# 北鸟南寄

有酒 著

长江出版社 CHANGJIANGPRESS　力潮文创 POWERTIME　白鲸文化

"俞长盛儿，你多少岁了？"

"十八岁。"

"哦，成年了。你上来，我跟你说点事。"

北鸟
南寄

北鸟
南寄

CONTENTS
# 目录

# 第1章 白鸟

我的爷爷今年七十五岁，在北方的湿地养鸟。

那片丹顶鹤保护区建成时，战争刚刚结束，百废待兴，他也尚且年轻，留在了荒无人烟的沼泽地做一名护鹤人。

沼泽上的日出很美——那种漂亮是我穷尽辞藻也无法形容的，非要说的话，它就像是一次呼吸，是生命诞生时最初始的那一次，朝阳探出水天中间的一条线，橙色的晗光是婴儿的啼哭，热烈而渐进地吞没两片青涩的嫩肺。

老头子很喜欢盘坐在刻字的花岗岩上，看那些高傲的鹤在日升时飞起、鸣叫，而他比我还要匮乏干瘪的词库自然憋不出什么好词，无非就是一句："这鸟，啧，真漂亮。"

爷爷粗俗了几十年，照他的说法："你爷爷呱呱落地就能指着头顶骂老天爷，一身逆刺，不会夸人。"

而在形容词面前加句粗话，就代表了这位老头最高的文化水平。

大概是那位被老头骂过的老天爷保佑我，我的名字并没有采用我爷爷的提议。名字是我父亲取的，为"汉皇有神器，光明长盛实"的长盛。

我叫俞长盛。

老头嫌我父亲太能啰唆，于是没叫过这个名字，平时便喊我孙子，惹他生气了便叫我小东西。

我和父亲母亲住在南方沿海一座顺应政策发展起来的大城市里，与爷爷天南海北，除了童年和偶尔的假期，我几乎见不到老头。

父母几番想将他接来一起住，但老头硬着骨头就是不同意，他说我的父亲是捡来的，并没有赡养义务。

老头在排遣我时，说得最多的一句话就是："小东西，我告诉你，你爸其实是捡来的。"

父亲气他老是翻旧账，哪个血气方刚的少年叛逆时没说过几句混账话？亏我爷爷能阴阳怪气地记这么久的仇。

气归气，父亲没有放弃过劝他来南方住，可爷爷坚持着，始终没有被接过去含饴弄孙。

我知道，老头是放不下他养的那群鸟。

丹顶鹤生性高傲又敏感，不易与人产生感情，他养了大半辈子终于养熟了，是舍不得走的。

父亲要送我去外国留学，一个月后我将会乘上邮轮远赴异土，临走之前，我去北方看望了爷爷。

他在日出时抱着一条黄狗，还是坐在那个巨大的花岗岩上，下颌轮廓像一把刀般瘦削有力，岁月让他的双颊凹陷，皮肤生褶，白色的胡茬如他硬朗的脊背，一根根矗立在下巴上，准备随时扎疼小土狗的鼻子。

我只见过他年轻时候的一张照片，是一张五人合照，老头当时对我说，里面最帅的那个人就是他。

于是我指着一个漂亮男人，问他："你是这个？"

他浮光掠影地瞥了我指尖所指一眼，沉默了一下，平淡地说了一句："……是他旁边那个。"

爷爷特有的俊朗在他暮色的脸上还能抓着些尾巴，我当然能认出来哪个是他，但他却让我挑里面最帅的那个，我只好实话实说。

那时他难得的没有骂我"眼瞎"，这说明我的审美至少是跟老头契合的。


我走上前去，在岩石的背后，喊了一声："爷爷。"

老头子脑袋也没转，回道："你什么时候走，走什么路？"

"一个月后，坐船走。"我说。

老头子吸了口烟，说道："挺好。"他又说："你上来坐着。"

"我上不去。"

"真蠢，比不上个七十岁老头。"

"我不跟你犟嘴。"我想我要出国许久，走之前就不要给这老头子留下些气，于是忍住了顶嘴的冲动，扑了扑地上的尘土，倚着大石头坐下了。

这座大岩石很老，肯定是比我的年纪要大的。上面还能找到我小时候乱刻乱画的痕迹，以及不知何人何时的作品，爷爷夸我的艺术细胞"鬼斧神工"，留下的笔触可供后人当作化石遗迹研究。

我抹去许多尘埃，在岩石的侧面找到了一行刻字。

"十月，他葬在这里。他看见了和平，没有等到最后一只鸟儿南飞。"

下面刻着一个日期，一个离我很远的年份。

我看着这些字迹，再次问了那个问过老头许多次的问题："这是你刻的吗？"

这次老头没有搪塞，取而代之的是一个个烟圈还有沉默，他忽然问道："俞长盛儿，你多少岁了？"

我恍惚了一下，从爷爷粗糙的嗓子里听到这几个字时，几乎认为这个名字是完全陌生的。

我说："十八岁。"

"哦，成年了。"老头呼了一口气，远方沼泽地里的鸟儿从草丛中飞起，像是被他的这口长气给惊扰到了，他拍了拍岩石旁边的空处，悄声说，"你上来，我跟你说点事。"

我再次重复道："我上不去。"

他又道："真蠢。"

他这样说着，伸手把我拉到了岩石顶上。

我有些恐高，战战兢兢地找个合适的姿势稳住重心，听到老头子说："我给你讲点事。"

我坐稳。

"你爸他有另外一个爹。"

"……"我掉了下去。

我爷爷说："真蠢。"

岩石不算高，下面还有些杂草掩护，除了吃到一些皮肉苦，我并没有伤到。

"什么意思？"我不明白，皱着眉头，心想老头奚落我父亲的说辞竟然还常听常新，叹气说，"哦，你又要说我爸是捡来的了。"

老头居高临下地睨了我一眼，问道："你还能站起来吗？"

我龇牙咧嘴地去搬块不算沉的石头，努力地爬了上去，在老头语出惊人之前，先确定自己的前后左右没有可以踩空的危险地方。

他从怀里掏出那张合照，用细长瘦瘪的手指"啪"地一指，沉声说："你看他。"

我沉默良久，"……我记得这个人，"我看着他指的那个漂亮男人，说，"他长得比你帅。"

爷爷吐了口烟圈，说："眼光还不赖。"

……

老头子说我的曾爷爷是个叫大地主闻风丧胆的"混混"，后来归顺政府，一步步地当了个挺大的军官，而我的曾奶奶是留洋回来的女大学生，家境殷实，本人在淮市租界的一家报馆里做编辑。

我问他，我的曾祖父母是怎么走到一起的。

老头子说，我的曾奶奶思想开放，不讲门当户对，就看中曾爷爷身上那股特别的气质了，在他还是个没出头的毛小子的时候就瞒着父母结识了，后来能顺利成亲诞下爷爷，受了不少阻力。

爷爷继承了我曾祖母的外貌，但是曾祖父的气质传给他的时候走歪了路，刚正走没了，就剩下邪气儿有余的痞。

爷爷大名徐致远，但他本人并不"宁静"。

……

十八岁的徐致远是个老子都管不了的浑蛋。

徐老爷子教育儿子无非就是用棍棒，但徐太太最忌他动手，把徐致远划到自己手底下管着，以至于徐老爷子的棍子够不到他的屁股，徐致远也学会了在母亲面前装乖，人后再竖起尾巴当狼的一套。

他经常在浮夜笼罩的百乐门听曲跳舞，偶尔谈个女朋友。

徐致远觉得和女人交往是一种盛大的艺术，每个男人"各有千秋"，像他钟情的是中国画——譬如女人穿旗袍，如果过于贴身就缺少了留白的美感。

他喜好高挑小姐身上空荡荡的衣褶。裹着瘦腰的单色布料挑绣几枝春意盎然的芍药，那简直是文艺复兴的青萍之末，爱神的画廊独发给他徐致远一人的邀请函。

傅书白是当地大学的哲学系学生，徐致远最好的朋友。那时他也搂着自己的女友，醉醺醺地对这番附儒风雅的长篇大论发表评价："徐致远儿你有病。"

徐致远觉得时代在进步，而教育在原地踏步，最令人敬佩的是学生的水平，不回头地撒丫子往后退步。

他踹了傅书白一脚。

心中嫌弃着，"文艺复兴"都听不懂，果然什么阿猫阿狗都能上大学。

徐太太有时会因报社公事出差，每到这段时间徐致远就落到了徐老爷子手里，他就格外谨慎警惕。

夜总会歌舞升平，人多眼杂，而他又忍不住来这种地方，来了只能小心翼翼地在角落里转。父亲的人脉广，若是他在这里明晃晃地撞见年长的熟面孔，被徐老爷子拖回去打个三天下不了床是保底。

于是他与闪烁星光之间总隔着一条明暗交接线，他习惯在黑暗处醉生梦死。

某天酒酣时，他听见一段悠扬而陌生的独奏，一抬眼皮，见着个亮堂堂的身影，后半辈子的沦陷始于此。

……


我熟悉这种"初见"的故事套路，于是问："你看见照片上那个人了？"

我爷爷虚晃一枪，说："没，我看见拉小提琴的了。"

我："嘶……"

老头子虽然人看上去粗俗，但的确是会演奏这种"高雅"乐器的人。他曾胡子拉碴地站在大岩石上穿着汗衫又蹬着泥靴拉《月光》，可谓是容光焕发。

……

徐致远眯着眼看着演奏者，可能是醉意上头，又或者是这种音色在嘈杂热闹的舞池中像一条世外涓流，卡住了他心底的一根弦。徐致远回去跟徐太太说，他想学小提琴。

徐老爷觉得这是一件好事，他这个逆子只要肯好好待在家里学习，就算是学女红他也会支持。

傅书白不以为意，他甚至觉得徐致远的脑子真的无聊出了毛病。直到在一次既明大学的文艺演出，他看见音乐系活泼漂亮的女学生成群结伴地说笑时，才捶着掌心恍然大悟，感叹徐少爷就是天才。

他把这些气质出众的俊男美女每周一次地聚集在一起，做一个所谓的音乐沙龙，给徐致远做"指导"。

多亏了傅书白这位优秀的"狐朋狗友"，一个月过去，徐致远连新乐器的弓弦都没研究明白，便又回归了"采花撷蜜"的老本行。


十月的一个周末，徐致远西装革履地踩着秋意，提着小提琴盒，照旧赶赴爱神的音乐会。那所旧教室的旁边种着许多银杏树，金黄的树叶落了一地，铺满了冬青墙。

跟浪漫不沾边的徐致远，第一次在这里窥见了"罗曼蒂克"的一隅。

就像是哪个痴迷的凡人偷了爱神的审美偏好，提前做好了模子，亲手刻进了这个人挺直的骨架里。他留有柔软的半长发，脸上缺乏波澜，正在认真地去纠正一位女学生琴颈上的手指。

徐致远没见过如此长相的男人，愣了一会儿神。

傅书白远远地见到徐致远，挤眉弄眼地朝他暗示，又笑容不怀好意地拿下巴指了指那漂亮男人。

徐致远登时心领神会，他走上前去跟这群人打招呼，手从口袋里滑出来，用蛮力将他往那人身侧一揽。徐致远朝面露疑惑的他一笑，吹了声口哨，故意捉弄道："今日得见公子，幸会。"

"……"

这个人并没有像之前被徐致远调侃的人一样，嗔怪一句"徐少爷别闹"，而是在众目睽睽之下送给他小腹一拳。

徐致远捂着肚子，懵然的表情和旁边学生的犹如复刻。

"……镇平只说，若是少爷流氓耍赖，尽管收拾就好。"男人平淡地道，"没想到是这么个耍赖法。"

徐镇平就是徐致远的爹，我的曾爷爷。

徐致远付出了胃里差点翻出酸水的代价，知道了这个男人是被自己老子请过来教他小提琴的，按辈分，他该叫声叔。

见面的第一眼，徐致远就挑衅了他的小叔叔。

……


近六十年过去，回想此事时，"当事人"半点悔改之意都没有。

在大岩石上，爷爷骄傲地对我说："我们就这样相识了。"

他叫俞尧。

尧舜的尧，我姓的那个俞。

爷爷见到他的时候是十月份，老头听着鸟鸣，说："正好是丹顶鹤南迁的时候。"


徐致远从小到大没受过如此奇耻大辱，连他爹打他都是在家里把门关得严严实实，因为家丑不可外扬。

因为这一拳结下了梁子，俞尧让他恨得牙痒痒，徐致远发誓要把打在自己肚子上的一记仇给报回来。

傅书白劝他："算了吧远儿，本来就你理亏，谁会跟你似的瞎调侃他小叔啊。"

自己之所以会误解跟傅书白有很大一部分关系，徐致远接连问候了他的几位亲戚，道："不是你说可以随便开玩笑的吗？"

傅书白问自己什么时候说过。徐致远说他用眼神暗示的。

傅书白四指并拢发誓，自己那时的眼神只是在告诉他这位先生身份不一般，绝无他意，是徐致远心术不正幻想出了别的意思。

"……"

徐致远有气无处发，只能黯然地给不讲道理的仇恨上又添一层闷闷的羞愤。这种杂糅的心情总在他看到这位小叔叔时出来作祟。

俞尧成了他的专属老师。徐致远本以为他这人见面给他一个下马威的目的是让他上课听话，触碰到了他叛逆期的一根筋，他偏要跟俞尧反着来。

但相处一段时间才发现俞尧和他的初印象完全不一样，随和的脾气让那些"强硬"反抗像打在棉花上一样绵软无聊。

徐致远很奇怪，他觉得这人着实有些难猜，于是更改策略，开始由强硬转为软磨硬泡，非要逮住这人的破绽摸摸他的底子。

俞尧寡言少语，但是声音温柔好听，教起学来又十分耐心，几乎是挨个掰着徐致远的手指头，细腻得就像教小孩学算术一样——徐致远当然没有笨到那种程度，其中多半是故意添乱，以试探俞尧的忍耐上限。

于是他故意把琴拉得呕哑啁哳去玷污小叔叔的耳朵，然后在俞尧紧缩起眉头时，看似天真无害地问一句："我拉得好不好嘛？"

其中饱含的期待让俞尧硬生生把责备忍了下去，他只好再耐着性子去纠正。但是如此几番之后，徐致远的小心思很容易就被看穿了。

俞尧认真地问他到底想不想好好学。

徐致远故作委屈地道："我本来就在好好学，你凶我干什么。"

俞尧伸出食指："再给你一次机会。"

徐致远又拉得鸡飞狗跳，一曲作毕之后，看着沉默不语的俞尧扬扬得意地挑衅："啧，小叔叔不必用这种赞扬的眼神看着我，也不必安静来默认我的优秀，自己是天才这件事我打小就心知肚明。"

"……"

这个打小有自知之明的天才得到了俞尧的奖励——

第二天，徐镇平就揍了他儿子一顿。

徐致远趴在床上"养伤"，对站在他边上的俞尧咬牙切齿道："你玩不起，有种跟上次一样再给一拳，我跟你打一架……跟我老子告状算什么本事！"

俞尧轻轻地把琴放在颈边的锁骨上，下颚贴向腮托时，徐致远可以看到他脖子露出的白皙筋脉。

俞尧说："你并没有冒犯我，我不会打你。"

徐致远冷笑："你真以为你能打得了我？上次人多懒得跟你计较而已，我要是真跟你动手……"

"我给你演奏一次，你好好听。"

"我还没说完话！"

俞尧旁若无人地起势。

屁股有伤的徐致远没法站起来彰显自己的威严，只好将枕头往脑袋上一盖，试图隔绝外界一切声响。

旋律透过厚重的棉花，进入他的耳朵。徐致远心中焦躁的骂声平静了下来。

如果让他去找一个词来形容此时的感觉，他只能从没被多少知识滋润过的脑海中搜刮出一个"毛骨悚然"来。

当然要形容的不是惊悚，而是那种汗毛直立的穿透感。

就好像这音乐是从他血液里生长出来的，空灵灵地灌溉着五脏六腑，多年的静默、等待，只是为了此时此刻的一场共鸣。

后来的徐致远一度想将这种感觉写下来，或者演奏出来，奈何文学素养有限，艺术天赋不足，只能将它放在心里细细琢磨了。

徐致远闷在枕头里差点憋死。

窒息将他从出神中拉了回来，他的目光从缝中偷瞄俞尧。

白色衬衫的袖子挽在手肘，领口处放任了两颗散漫自由的扣子，没关住锁骨和颈上的红绳，这个人沉浸的样子……就像是一只高贵又漂亮的白鸟。

他心底有一种频率，莫名其妙地，与这位优雅的演奏者产生了一种说不上来的微弱和鸣。

徐致远最终还是在置气中妥协，问了一句："你拉的什么曲子，怪好听的。"

"原曲是德彪西的钢琴曲，《月光》。"

"嘶……钢琴曲，"徐致远喃喃自语，"你会弹钢琴吗？"

"嗯。"

他听着曲子沉默一会儿，忘了生气，来了兴趣："……哎，那等我学会这一首，咱俩一个拉，一个弹，怎么样？"

"随便你。"

在俞尧眼里徐致远还是个脾气飘忽不定的小孩，他又不爱跟小孩计较，只当徐少爷说过的话是一时兴起，于是才会"有求必应"。

这件事还是徐致远后来琢磨出来的，暗自生了很久闷气——若是当时他知道俞尧心里其实不把自己当回事，一定会忍着屁股的剧痛当场揭被而起。


俞尧在他面前闭着眼睛拉了一遍又一遍。

徐致远的怨气从来待不长久——也不怪俞尧把他当小孩，曲子听熟了，就又忍不住打趣道："你打算什么时候教会我？"

"看你什么时候能学会。"

"你这不车轱辘废话吗。"徐致远道，"哎，小叔叔，其实你不讨厌，就是脾气太坏，人又古板得很，不如我活泼开明，所以我们之间有代沟。"

徐致远"文学素养有限"和"艺术天赋不足"是有原因的，他大部分的时间和心思全都花在跟自己恋爱上——俗称自恋。

俞尧不说话，徐致远便催着他说话："……你看你就是这一点不好，不把别人说话当回事。要么就擅自打断，要么就什么也不回。"

徐致远这一通煞有介事的分析让人觉得他有多了解俞尧似的。

"还有，别以为这事儿就翻过去了，少爷我还生着你告状的气呢。"徐致远一半脸埋在枕头里，眼神在他身上移不下来，"小叔叔，快点说些哄我的话，我睁一只眼闭一只眼地就原谅你了。"

俞尧充耳未闻地演奏着。

"行不行，哎你听见了吗……"

"喂……小叔叔，俞尧！"

俞尧被他吵得皱了下眉头，只好停下演奏来看着他，温和道："不要说话。"

"你瞧瞧我嘴上有阀门吗，"徐致远大言不惭地道，"能叫少爷闭嘴的，只有我老子的棍棒。"

俞尧叹了口气，将小提琴摆正到桌子上，在床边俯下身来。

徐致远莫名其妙地蜷了手指，不小心咬到了自己下唇的一块肉，看着俞尧问道："……做什么？"

"我与镇平商议一番，"俞尧给他拽了拽被子，隔着被褥轻轻拍了拍徐致远受伤的屁股，声音让人觉得柔和舒服，道，"他下手还是太轻。"

徐致远："……"

……

秋风送凉时，环绕着练习乐声的铺满银杏叶的地上，少了个高大顾长的身影，傅书白左右觉得不对劲，因为徐少爷不参加沙龙，那些"慕名而来"的才子佳人都少了许多。他好不容易把徐致远约出来下馆子，见面的第一句就是："哟，咱大忙人徐少爷居然拨冗来跟我吃饭了，荣幸至极。"

徐致远心神憔悴地踹他："少给我阴阳怪气。"

徐老爷的棍棒是让徐致远嘴上关阀门的最好法子。恰好徐镇平近日空闲时候较多，就受俞尧之邀在练琴的时候在旁边坐着，给徐致远造成的恐惧程度不亚于惊悚故事里吊在人背后的鬼。

幸好老爷子最近领了命令外出，个把月回不来，徐致远这才回归自由之身。

徐致远的技艺在这期间突飞猛进，同时人也要憋出毛病。

徐致远举起自己隐隐作痛的爪子，露出揉琴弦造成的通红指尖，"当时老子一定是脑子进水了才想要去学这玩意儿。"

"这些乐器都是有灵气的，你学好了，气质也跟着上去，看到那些歌剧院里表演的洋人了没？只是往那一站，就能叫人觉得优雅。"傅书白摇了摇头，道，"我看你的本土气息太过浓厚，'小提琴之灵'爱莫能助，反而还要倒过头来贴合你的气质……可惜可惜。"

徐致远骂他扯淡，他便把俞尧拉出来做论证，说道："俞先生就是模范了，他拉琴的模样你总见过吧。我学识浅薄，除了美找不出其他词来形容……"

徐致远冷哼道："你不是成天跟我宣扬自个儿誓做那什么'浪漫的阶下囚'吗？这么好的机会，你怎么不去跟他屁股后面请教请教？我看你几天之后还有没有心情在这跟我装嘴上君子。"

"哎，此言差矣，"傅书白敲了敲红酒杯透明的壁，理直气壮地道，"我所追求的，可不在虚无缥缈的意境，我喜欢的是实实在在的美。"

徐致远："庸俗。"

傅书白："彼此。"

二人契合地碰杯。

各饮一盅酒，正大快朵颐时，傅书白又问起关于俞尧职务上的事情。但只相识几日，徐致远对他了解并不多，只停留在漂亮的皮囊而已。


他这会儿工夫好不容易从俞尧的管教下逃脱出来，得了这空闲，和傅书白喝得微醺，又去了夜总会。

那天也许是被限制自由太久，徐致远的放纵过了头。

加之他出入的夜总会里本就有不少人有意攀徐家的枝头，他这一烂醉，稀里糊涂地跟人回了房间。酒气麻痹了意识，他什么东西都看不真切，满脑子都是迷人的胭脂香。

他兴味正酣，正宽衣解带之时，只听女人尖叫一声，徐致远看向开门而进的迷糊身影，重影相叠，看清了那是他的小叔叔。

慌遽的徐致远下意识地喊了一声："尧叔？"

……徐致远脸皮厚似铁墙，无坚不摧，唯独这段羞耻的"历史"是他的软肋。

因为是俞尧给他穿好衣服领回家去的。


他醉时只有惧怕，一言不发地跟俞尧回了家，安安稳稳到自个儿房间睡觉。

第二天醒酒，回想起自己如傻子一般的乖巧行为之后，羞耻及其牵引出的怒火才一股脑地上头。

徐致远三步当两步走地闯进俞尧的房门，见他正坐在窗边，聚精会神地翻看一本大册子。

徐致远开门见山道："昨天晚上你干什么？"

俞尧将册子合上，平淡地说道："你喝醉了，我带你回家。"

宿醉造成的头疼正啃噬着徐致远的大脑，他说话声里带着愠怒："关你什么事，我自己回不去吗？"

"镇平说，在他和徐太太回来之前，让我看好你。"

"别一口一个镇平、镇平的，我妈都没叫得那么顺口！"徐致远最忌别人拿他老爹的名字威胁他，这只会给他的恼羞成怒火上浇油，"这是我自己的私生活，我交个女朋友，还要征求征求你的意见？"

俞尧认真地看着他的眼睛："那是你女朋友吗？"

他清凌凌的视线让徐致远噎了一下，他随口瞎诌："我……不是……正要谈，嘶，我为什么要跟你说？"

"你若是真想将她领进门，我无权插手，但要和父母商量，在这之前不要做一些出格的事情。平时少和乱七八糟的人来往。"俞尧慢条斯理地说，"你自制力太差。"

这话不知怎么戳到了徐致远的肺管子，他脸色阴沉下来。

"还有……"俞尧起身，想去从抽屉里拿什么东西，却被徐致远一把逮住手腕，紧紧箍住。他的声音截住，手腕被抓着的地方传来的疼痛叫俞尧皱了一下眉。

徐致远晃了晃他的手，一字一顿地说道："小叔叔，咱俩第一次见面的时候，你打了我一拳。我承认那次是我理亏，当时我还挺欣赏你这脾气的。现在才发现自己是'慧眼识错珠'了。"他盯着俞尧，"我爹在的时候我听你的话那是给他面子。现在他出去了你还较上劲了……你要不然现在一通电话给徐镇平，让他回来打死我？"

"镇平没空。"

"那你就别管我！"徐致远冷眼吼道，"他的儿子他自己不看，用得着你个外人看？"

俞尧望进他的眼睛，也没说什么，思忖良久，慢吞吞地吐出一个"好"来。

从这件事之后许多天，徐致远和俞尧都没有过什么交流了。


徐家的府宅很大，除了白天来做事的管家和住在家里的三个用人之外，能喘气的就只有他们两个。虽然低头不见抬头见，但俞尧在承诺不再管他之后，两人好像变成了陌生的房客关系。

徐致远通过管家之口得知，俞尧是徐镇平一位挚友同父异母的弟弟。这位挚友的老爹比较有出息，正房妻子去世之后竟娶了一位金发碧眼的外国太太，生了俞尧这个混血儿子。

俞尧的年纪只比徐致远大七岁，抛去辈分，还没到该被喊叔的时候。他年轻，熟练掌握很多语言，思想开明，身上有着一个"先进青年"的所有的特质。这样一个人，跟他那个安常守故的老爹聊得来倒也是一种奇迹。

俞尧经常白天不在家，徐致远也不知他去了哪儿——他甚至认识俞尧到现在，连他来到淮市的原因都不知道。不过俞尧傍晚总能惹一身疲惫回来，不会吃用人给他温着的晚饭，关进自己屋子里就不出来了。

徐致远在家里闲得不像话。他成绩差到考不上学，徐老爷就给他雇家教。接连几个老先生给他气走之后，下一个合适的人选还没找到。而傅书白最近的时间全部贡献给了什么考试，什么论文，没有精力陪他解闷。

徐致远就这么个好了伤疤忘了疼的脾气，心里装不了多少新仇旧恨。过几天丢面子的耻辱淡了，心里也就翻篇了。

说好听点叫豁达，不好听点叫没心没肺。

小浑蛋无聊透顶就又想跟俞尧说话，心里怪他跟自己较劲，但自那日和俞尧"划清界限"才过去几天，又说服不了自己去主动挑起话题。

于是他想到一个绝佳的办法，他在某天下午主动练了半个时辰的琴，等着俞尧傍晚回来。

徐致远的琴声虽然还是惨到"不忍卒听"，但比起之前来好了许多。尤其在听到俞尧进门的脚步声时，在紧张之下竟把曲子演奏得格外顺畅。他装作毫不在意地没有停下手中的弓，心里面却是忐忑不安地等待着俞尧的评价。

但俞尧的脚步竟然没有停，他轻手轻脚地走到上楼去，就好像客厅里没人在演奏，发出声音的只是一架出了故障的留声机。

徐致远青涩笨拙的乐声与关门声一齐戛然而止，他忍不住朝楼上喊了一声"喂"。

没人理他。

他报复似的把难听的锯木声拉得满屋子都是，俞尧越是不理，徐致远就越是生气。直到手指痛得受不了，他才垂头丧气地将琴扔到沙发上，边低骂边砸枕头。

最后还是管家理了理他，他把耳朵里的小棉塞摘下来掖回口袋，无奈地递给徐致远一瓶清凉的乳膏，说道："听人说磨起茧子来就不痛了，初学者嘛总得吃点苦，少爷的指头要是疼得受不了，就抹些这个。"

徐致远拧开，闻到了些许薄荷的清凉。他只好自己抹了，扬着下巴指了指楼上，微声问道："他白天都到些什么地方去？"

"哦，俞先生被既明大学雇来做副教授，白日不在家便是在教室了。但今日他应该没课……"管家看了楼上一眼说，"我见他早上带着胶卷出去过，大概是去洗照片去了？"

既明大学好像是傅书白的大学来着，徐致远心想。

"他要洗多少照片花这么多时间？"徐致远道，"都是些什么样的，你见过吗？"

管家道："就在俞先生房里摆着，他说过让我们随便参观，我见过几张，照片上面也没几个人影，就拍了些鸟，我见识少也不认识。就看它腿特别长，翅膀张开，怪好看的。"他道，"俞先生说那叫丹顶鹤，就是给老人祝寿时经常绣在画上的红头大白鸟……我之前还以为那都是古人编出来的神鸟。"

徐致远疑惑道："丹顶鹤？那玩意儿咱这里有人养殖吗？他去哪里弄的这些胶卷，拍来做什么？"

管家被他这一连串问题问得脑壳发疼，道："哎哟少爷，我就是前天好奇问了俞先生一嘴，具体的东西我哪明白。你要是想知道得自己去问一问他。"

徐致远对鸟不感兴趣，他的重点在于得知了俞尧的行踪——这附近就一家照相馆，乘巴士到那里只需十分钟左右。

......

傅书白是个"好兄弟"，知道徐致远无聊之后，就在百忙之中挑选了几个同样游手好闲的混子陪少爷解闷。

其中一个小青年姓巫，徐致远和一众人都喊他乌鸦。因为这小子心眼多得像老鸦的羽毛，而且颜色都一般黑。拍徐致远的马屁也是拍得最响的一个。

内到气质涵养，外到容貌和"体香"，反正徐致远有的没的都被他明夸暗赞了一番，得知徐致远心中的忧愁，乌鸦也是积极地进言献策。

"……"徐致远不喜欢男人身上喷香水，忍不住闻了闻自己身上的"萦鼻清香"，那大概是他用来缓解手疼的凉膏味。

乌鸦就像算数老师教出的最愚笨的学生，把哄人的一套公式生硬地套在了他徐致远身上，浑然不知辛苦堆出的结果被打了零分。


乌鸦顶着徐致远的不耐给他卷了根烟点上，听他倾诉完心事之后，露出谄媚的嘴脸："我给少爷支个招。"

徐致远兴趣寥寥，道："说。"

"这种留过洋的公子哥最是喜欢看不起人，尤其是对待学历比他低的，比富人看不起穷人还要厉害。"乌鸦有模有样地分析道，"不是我冒犯少爷，我觉得这个姓俞的就是纯属门缝里看人——把您看扁了……当然徐少爷肯定比他强多了。"

徐致远只是抽着烟，面无表情，不置可否，他道："我问你要支什么招？"

"您别急，这正要说呢……真高人都是能文能武，我们学问比不上他，拳脚总比他强。"

徐致远嗤笑道："还真不一定。"

"就算一个人不一定，一群人总能制了他。"乌鸦嘻嘻笑着，"照相馆往东不远的石库门有块地方还没招到新租客，巷子清净无人。他从照相馆回徐家肯定要路过，到时候我们在那里守株待兔绑了他，徐少爷再假装'见义勇为'，到时候他对您感激都来不及……哎哟。"

徐致远一巴掌拍在他后脑勺上，让他回家往厕坑里倒一倒脑子里面的垃圾小说。

乌鸦捂着脑袋眼睛瞪大，惊喜道："少爷怎么知道我读的小说？"

"就你？守株待兔、见义勇为俩词都是从书上抠下来的吧。"

众人皆笑，乌鸦却信誓旦旦地保证自己的计划绝对万无一失。

"什么年代了，土匪犯罪，绑人违法。"

"我们哪敢动真格，就做做模样，我见过这种公子哥，遇到这种事不用我们动手，胆就被吓破了。"

徐致远看着眉头耸动的乌鸦，沉默了一会儿。

他也不知道怎么就鬼迷心窍了，大概是想到了俞尧惊慌失措，以及事后对他感激涕零的模样，忽然来了极大兴趣，一掐烟头，站起身来。

他磨了磨后槽牙，心中浮现出一些隐隐的期待来，道："记得把眼睛蒙上。"临了又嘱咐乌鸦一句。"……轻点。"

……


爷爷在跟我说起这段往事时，停顿了很久。

久到我忍不住发问："然后呢，真绑了吗……哎。"

最后他还是没有启唇，只把我一个人扔到大石头上吹冷风，自己不知走到哪里去了。

在这里看鸟，他要时不时地去捡几颗蛋回来放到培养室，听说是为了保证亲鹤的产蛋率和体质。

爷爷说，给这些鸟儿十几天的时间稀罕稀罕自个儿的蛋就足够了，它们还得在繁殖期继续为这里的"鸟口"做贡献。所以剩下的工作就全然交给人工孵化。

照爷爷说的，自己就是给它们当奶妈的。人给鸟打工，谁叫它们珍稀呢。

但总有几位丹顶鹤同志不配合奶妈的工作，朝靠近它们巢穴的老头又打又叫，爷爷骂骂咧咧地说它们是"白眼鸟"，恐吓它们要把蛋煮了吃。

当然只是逞个嘴快，爷爷不能也舍不得伤害它们，只在饭时煮几个白皮鹅蛋撒了盐，用饼卷着吃，象征性地解解气。

爷爷做好午饭，老远就听到嘹亮的一声："俞长盛——下来吃饭！"

我艰难地从石头上爬下去，拍拍手上的灰尘进屋。

爷爷很会做饭，荤素皆可口，但他本人最爱喝粥，那种薄薄的米油上只杂着几粒粟的小米粥，弄得好像我爸磕碜了他似的。

我坐下来跟爷爷说："我在这里住三天，跟家里打声招呼，直接去淮市准备出发。"

爷爷皱起眉来："住哪儿？这儿没你地方，趁早走。"

我："……"

我知道他并不是真的想赶我走，只是他这人又倔又别扭。他道："国外哪里好了，怎么都往外面跑。"

"有新的技术和知识，说了你也不会懂。我的导师说，如果去外面进修几年，我的思路会更开阔一些。"

爷爷哼了一声，给我扔碗里一块肉，说："那就好好学。"

他欲言又止，我知道他想说什么，便道："我学完了就回国，我出去就是为了回来的。"

爷爷看着我，我说："到时候给买过来台彩色的电视机。"

"……还有彩色的？"

"早就有了。"看来老头在这冷旮旯两耳不闻天下事是真的，我叹气道，"我拿到学位大概就能被学校推荐到国企工作，攒攒工资还是能买一台的，不用我爸的钱。"

爷爷忍不住笑了起来，但是这人高兴也要骂我几句"小东西"，只是前面加上个"孝顺的"前缀而已。

"……"我不跟他计较。

"我要在国外学习很久……以后没法来了，走之前多陪一下你。"好不容易对他说了句真心实意的话，说罢我啜了口米汤，问道，"……米呢？"

他说："你拿筷子搅一下碗底就出来了。"

我再次忍不住问道："你怎么会喜欢喝这种东西？"

"习惯了，从前的坏年代，哪来的那么多米。"

我皱起眉来，这似乎和他讲的过去不甚相符："你年轻的时候家里不是很有钱吗？"

老头笑而不语，他没有正面回答我，捡起没讲完的故事，说："我继续跟你说尧儿……我说到哪儿了？"

"你要绑人。"

"哦，"爷爷启开一瓶杂牌啤酒，一半悔憾一半怀念地娓娓道来，"我曾经说，迟早要把他给我的那一拳还回来，那时阴差阳错地'还'回来了，现在想起来……"


……

乌鸦和那群人真的在照相馆的路上绑了俞尧。

但是该来救人的人却姗姗来迟。


因为就在计划实施的当天，徐太太忽然来电话说她提前回来了，人在淮市，很快就能到家门口了，问儿子惊不惊喜。

徐致远那是相当"惊"喜，惊得魂飞魄散。

徐致远因母亲的忽然回来而尿了。徐太太交际广泛，自己平时交往的寥寥朋友之中没几个是她数不上来家世的。加之她善刨根寻底，万一俞尧对她说了这次"绑架"，这一窝人都得吃不了兜着走。

他赶紧去小巷还让这群跟班们停止计划，但是来晚了一步，气喘吁吁的他在小巷深处看到了俞尧——他的眼睛被黑布条绑着，手脚也被众人锁住，姿态奇怪地蜷缩着身子。

匆匆赶来时加速的心跳还尚未平缓，泵到四肢百骸的血流难以自制，看到他这副模样，徐致远的呼吸莫名地滞停了一下。

乌鸦和一众人的表情中带着难堪，见主角徐少爷来了立马"满面春风"。乌鸦当即换了一副凶狠的模样，抓着俞尧的领口，道："交钱啊，听见没，别装死！"

徐致远可气地一拍额头，赶紧挥手作势让他停住，乌鸦剩下的台词只能噎在嘴里。

徐致远做口型道："放了！"

"这……"乌鸦不小心发出了声，又连忙捂上了嘴。

徐致远恨铁不成钢地瞪了他，目光小心翼翼地触碰俞尧，方才那种奇妙而微涌的感觉又漫了上来。

俞尧的发丝是乱的，几绺垂贴在唇角，衬衫的领口被扯开了一块，脖子上系着的小银佛露了出来，后面牵着的红绳耷拉在锁骨上。奇怪的是，他没有反抗，只曲着身子，胸膛一深一浅地呼吸着。

徐致远鬼使神差地蹲下身来，蜻蜓点水地触碰了一下他。乌鸦目瞪口呆，反应过来之后龇牙咧嘴地拦住他，使劲拍他肩膀让他快走。

徐致远这才回过神来，却在刚要起身时，听到了一声轻轻的"……致远？"

徐致远脑子发昏了，下意识地就回了一句："啊？"

"……"

乌鸦及一众跟班异口同声地在心里替他喊了一声"完犊子"。

徐致远："……"

俞尧的语气里带了轻微的起伏，像是在不可思议又像是生气："徐致远……"他声音中的颤抖声渐渐明显，而后化为虚弱。

"我……"徐致远发了阵蒙，才发现一直安静不动的俞尧有些不对劲。他的嘴唇发白，手好像一直在蜷缩之中护着腹部。

徐致远也顾不上暴露和解释的问题了，连忙问："你怎么了……"

俞尧不说话，徐致远胸中莫名其妙的火气噌地上来，他慢慢将俞尧背起来，环问四周道："怎么回事！"

这些人暗暗相觑，终于有个人嗫嚅着："刚才巫小峰打他肚子了。"

"你……"乌鸦急忙解释，"不是，他刚刚他乱挣，我就轻轻碰了他一……"

"你跟我保证什么了？不是说一定没事吗！"徐致远单手拽过他的衣领，咬牙切齿地道。

乌鸦干瘦的小身板被拎起摁到墙上，险些摔倒，被吓得不敢说话。

但徐致远顾不上朝他发怒，背着俞尧去医院了。


徐太太回来的时候，家里只有管家和下人看着她一脸蒙。她的惊喜和热情扑了个空，心里正埋怨儿子，见到徐致远垂头丧气地回来了。

"……"

……

他的小叔叔并没有什么大碍。

这里的内科医生和俞尧认识，姓裴。裴大夫皱着眉头说俞尧平时胃就不好，问他怎么弄成这副样子的。徐太太在场，徐致远慌得就像一只被雨淋了耷下羽毛的鸡。但是俞尧只是在她面前说，碰到地痞无赖了。

徐太太心疼坏了，一边嘘寒问暖地给他倒热水，一边问他见没见到那些小流氓的脸，她这就去报警。

俞尧摇了摇头。而徐致远始终没有敢去看他。

徐太太是个活泼开朗的中年妇女，她提起俞尧来时总是滔滔不绝，仿佛这个漂亮的小青年才是她的亲儿子。她夸俞尧年纪轻轻地就在什么研究院做事，什么物理高能又粒子的，反正徐致远都听不懂——他越是听不懂，徐太太就越是恨铁不成钢，她拍了拍徐致远的铁脑袋，为这个真正的儿子的前途发愁，聊到兴起时忽然灵光一闪，问俞尧介不介意给他当家教，和小提琴一块儿教着。

徐致远以为这些高级的知识总是和白大褂以及老男人挂钩，而俞尧像是晶莹剔透的玻璃，精致又脆弱，只适合被温柔的艺术和文学呵护。他这重身份是徐致远没有想到的。

他抬起头来看他的小叔叔，或许是心怀愧疚与期待，他并没有去阻止母亲的提议。

但是俞尧垂着长长的睫毛，声音里不起一丝波澜，说："我不再教他了，小提琴也是。"

小孩被耐心宠溺惯了，总觉得做出什么事都能有挽回的余地，徐致远在母亲提出请求时也是这么想的。

徐太太很敏锐，不用问原因她就知道自己的儿子肯定又混账了，二话不说地让徐致远道歉。

徐致远还处在幻象被摔碎的余愣之中，本来酝酿了很久的一声"对不起"想趁着俞尧点头时说出来。却在看到俞尧毫不在意他的侧脸时，心中泛起一股难受的酸意。

他站起来，扔下一句："你爱教不教，谁稀罕。"

徐太太生气地要去拎他回来，但徐致远跑没影了。

……

傅书白还在宿舍里昏天黑地地复习，说是"复习"，其实大部分时间是将脑袋枕在摊开的厚重课本上。

然后一边向各个国家的大哲学家们祷告，一边骂学校只会叫学生死记硬背的教条主义。珍贵的精神食粮只可意会不可背诵，只浓缩于几个填空和选择的题目上，更是对这些伟大思想的侮辱。

名士的祈祷仪式刚轮到叔本华，徐致远便把他从书海里拉了出来，傅书白满脸愁容地问他干什么。

徐致远："喝酒。"

傅书白："？"

酒馆里，傅书白将前因后果了解完全之后，憋笑憋得难受。

"这么说，你那晚不见人影是因为被你小叔叔逮回去了？"傅书白借着酒杯掩饰嘴角，尽量平静道。

徐致远一个人喝闷酒，不说话以表示默认。

"然后你叫他不要管你，可他真的不管了你又后悔，你想跟他说话，所以就找人演一出绑架戏码结果还暴……"傅书白越说越忍不住，直到这时候笑腔崩开，才出卖了自己幸灾乐祸的嘴角，"……咳，暴露了。"

傅书白比出一个大拇指："哥儿们，高，实在是高。"

"……"徐致远踢了傅书白那边的桌子底一脚，哐当一声把旁边人吓了一跳。他怒道："傅书白！你笑个屁啊。"

傅书白大笑起来，敲着他放在桌上的酒杯，道："你知不知道叔本华说过，生命是一团欲望，欲望不能满足便痛苦，满足便无聊，人生就在痛苦和无聊之间摇摆。"他把一杯酒推到徐致远面前，指着人面倒影，说，"你看你现在像不像一只不倒翁？"

"别跟我扯什么叔姨的，"徐致远咬牙切齿道，"你还没完了。"

"可你把我拉来不就是倾诉这些的吗，"傅书白道，"不然你找我做什么？小的不才，当不了军师，可想不出救人的这等精妙绝伦的法子。"

"……"徐致远哑口无言。

傅书白看出他跟往常不一样——徐致远闷声不做反驳，仿佛是老老实实来让傅书白骂他的，大约这样能让自己心里好受些。

他们学校哲学系和心理学系的学生被并列誉为"两大神棍"。傅书白没有算命的本事，但看人略懂一二。他这兄弟虽然嘴上嫌弃着徐老爷，但却比谁都渴望他老爹的夸奖，哪怕是一声平平的"还行"。

于是这从小的习惯融进了他的为人处世中，他十分在乎别人的给他的关注和哪怕很小的好意，尤其是上心的人。

"俞先生看起来也不是冷漠无情的人，你和他坐下来心平气和地聊一聊，有什么不能解开的。"傅书白说，"婆婆妈妈，又剑走偏锋，还是徐致远吗？"

"我又不是没找过台阶！他就是不理我……一点都没理。"

傅神棍"黔驴技穷"了。

他也不明白自己为何要在这个大好晴日，抛下考试和论文，跑来跟徐致远讨论两个男人的心理，最终结果却是四目相对，竟无语凝噎。

傅书白放弃思考，继续吃饭，吃到一半咂了咂嘴，问道："话说他蒙着眼睛是怎么认出你来的？"

徐致远摇头，他悔恨的重点全部在他自己傻了吧唧的那声回应上了。

傅书白瞥了他一眼，见他端酒时小心翼翼的，心想八成是练琴时手指吃了苦，于是为了缓解气氛，调侃了一句。

但是徐致远却在听他说完之后愣了愣，望了半天手指，结了账之后又莫名其妙地跑掉了。

傅书白独自在原地一头雾水。

徐致远问管家，那瓶带点很特别的清凉味儿的乳膏是从哪儿弄的。

管家说，是俞先生给的。

徐致远闭上眼睛，道："你怎么不跟我说？"

"哦，俞先生说不必多言，我想大概是怕少爷知道这是他给的，就不用了。"管家说，"他的抽屉里还有，少爷如果觉得手疼得到缓解的话，可以自己再去取。"

"他跟你说的这些？"

"哦……我记得之前俞先生还准备了点东西来着，说是给少爷学琴的奖励，本来想跟药膏一块儿给你。就在你跟俞先生吵架的前一天……他找了你半天，结果看来应该没给出去。"管家轻轻一笑，"……我听下人说，吵架是因为你那天晚上在差点在外面宿醉不归。"管家的年纪大，在他们徐家的年数不少，有时候也会以长辈之姿劝诫一下徐致远，他语重心长地道："少爷，你这个年纪玩乐是该有个度的，俞先生管教得并没有错，你心里不要和他生仇。"

徐致远一个人愣了一会儿，感觉待哪儿都不舒服，他望向钟表，离俞尧平时回来的时候还差几刻，于是起身想去俞尧房间看看。

俞尧借宿在他们家里，始终将自己当成个客人，他房门开着，里面除了些照片以及乐器，干干净净地没摆什么其他东西。

徐致远想起管家说，这些照片可以随意参观，于是便拿起了一沓来看。

上面都是些鸟儿，引颈，展翅，觅食，各种形态的大白鸟。

听说丹顶鹤的头顶是红色的，但这些黑白照片对于这鲜艳的色彩无能为力。

徐致远看到一个抱着鸟儿的小少年，他正笑得开怀，漂亮的五官都舒展开来，叫人看了也会忍不住嘴角上翘。徐致远从他清秀的眉目中能捕捉到些影子，这是俞尧。

徐致远慢吞吞地看了两沓照片，也不知情出何处，或许是因小俞尧的笑容而起——这些鹤就像他在微醺之中听到的小提琴声，对他有着一种神秘至极的吸引力。就像他知道这相片后面有一种生命力正在鲜活着、绽放着，只是被黑白蒙上了禁锢。

他明明没有见过，直觉却冥冥地告诉他，这被蒙住的色彩一定值得世人去渲染，去栉风沐雨，夜以继日。

徐致远看得入神，全然没有发现俞尧走了进来。

俞尧敲了敲他面前的桌面，惊醒了徐致远。他轻轻地将徐致远手中照片取来，在桌面上卡了几下冲齐，温声地道："出去。"

徐致远手指蜷缩，道："你说可以随便参观。"

"我没有对你说。"

徐致远讪讪道："你生我气了。"

俞尧点头："嗯。"

"你是我的长辈，不能跟小辈置气。"徐致远低着头，既不肯放弃，嘴上又不想认输，"……你怎么能这样。"

俞尧说话声总是平淡温柔的，就算是责备和不满，也没有真的凶狠过，让人想起一些温顺的动物，徐致远觉得很好听。他用这种对徐致远毫无威慑力的语气，又重复了一遍："出去。"

"我不出去。"徐致远道，"打我可以，不能赶我。"

俞尧只好收起照片自己出去。徐致远胸中像是塞了一片乌云，雨要下不下，憋得人难受。他跟着俞尧出去，下楼，赶在他出门前学着徐太太唤了声"阿尧"。

俞尧不解地看着他，徐致远乖巧地道："你不愿意听这个叫法，那我喊你小叔叔。"

徐致远那些鬼混的艺术中偏偏没有关于如何挽回的招数，于是他此刻被打回了原型，只好使出浑身解数，在脑海中搜罗半晌词汇，最后只干巴巴地说："……你别不教我。"

俞尧道："你不想好好学。"

"我知错就改,以后保证不犯浑。小叔叔,你心最软了。"

听了他恳切的保证,俞尧还是轻轻摇头。

徐致远急了,眉头拧得像是老叟发愁的八字眉,他问:"为什么?"

俞尧给他了一个五字评价:"你,过于顽劣。"

"我……"徐致远胸膛里的雨轰隆下了起来,他愣了一会儿,嗤笑一声道,"你早说我烂泥扶不上墙呗。"

徐致远心中憋着狂风骤雨。想要这么算了,又升腾起一股不甘心来,却又因理亏找不到反驳的地方而难受得要命,他攥了攥拳头:"……我就是想跟你开个玩笑,没想伤你。"

俞尧不说话,此刻二人之间像是有一片沉静的死海,徐致远在里面溺水,紧紧地抓住了乌鸦这根"救命稻草",大步走向门外,说道:"行……我现在就去揍巫小峰那小子。"

"你去哪儿?"

徐太太回来被儿子在门口撞了个正着,宛若带了冰碴子般地说道。

一时沉默滋生。

她朝俞尧礼貌地笑了一下:"阿尧,没事了吧?"

俞尧垂下眼睫来:"嗯。"

之后,她把帽子摘下来拍在徐致远怀里,一句斥责把徐致远撅了回去。她回来得不早不晚,正好听了个尾,警敏地就推测出了事情的大概,冷言道:"怎么着,你俞叔叔出事……你还占一份羹?"

徐致远捏着帽檐,扭过头去。

愤怒的徐太太将手中的报纸拧成小卷,往徐致远结实的胳膊上砸了几下,虽说对身强力壮的少年人来说不痛不痒,但却是徐太太对她这个混账儿子动过最重的手了。

"长能耐了徐致远儿?长辈管管你,你还学黑帮那套绑人打人?是不是你老娘打这几下，往后你还要还回来！"

虽平常母子俩的相处无拘无束，徐致远也经常调侃她是女中豪杰，但像这种激烈的言辞反应徐致远还是第一次见。他缩着肩膀回了一句："又不是我打的！"

徐太太的动作更加用力："你还有脸顶嘴？我早跟你说不要跟那些不三不四的小混混往来，把琢磨这些歪门邪道的心思用在读书上，你现在还用家里蹲？这么能耐，你怎么不去考个学位给我看看！这么大个男人了丢不丢人，你是想一辈子烂在家里啃老本啊！"

"……"

徐致远委屈极了，他本心只是想要来好好道歉。俞尧没有劝好，还被人连着掀了心底的逆鳞和疤。他正要发怒时，俞尧忽然抓住了徐太太下挥的报纸卷，说道："安荣，别这样。"

"是我教子无方，给你添麻烦了。阿尧你不必管他了。"

"……致远虽顽劣，不至于是朽木，"俞尧只好叹气，说，"若他愿学，我可以教。"

徐致远一愣，登时如同被温和地浇了一桶灭火水，这声"致远"好像比以往的任何呢喃细语都要好听。

徐太太立即瞪他。徐致远喉咙里原本压着的爆发的前奏，先前有一声十分傲气的"我告诉你……"哑了炮，而紧接着顺从母亲的眼神指示拐个十八弯："……我想好好读书。"

徐太太凶神恶煞："好好说！"

徐致远瞥了她一眼，嗫嚅道："……我想好好读书。"

就是徐太太当时给他的那个眼神，让后来的徐致远一度怀疑，她那反常的言行是故意的。

## 第2章 少爷

　　但徐致远还是托了徐太太这顿"打"的福，徐致远是乐天派，他决定对从前的嫌隙既往不咎，先把淋湿的羽毛重新支棱起来。

　　他刚挽回了他的小叔叔，正珍惜着，抽不出多少时间来跟傅书白万花丛中游乐了。

　　傅书白刚考完试后的清闲和徐致远前几日的无聊相比半斤八两，只是他却没法冲进徐家，将徐少爷从书堆里拉出来去喝酒。

　　兄弟如手足，失去了个有钱的右臂，傅书白捶胸顿足地心痛，电话里指桑骂槐地说俞尧。

　　徐致远建议他去音乐系找一个女学生谈恋爱。

　　傅书白正骂他是大尾巴的白眼狼时，徐致远挂了电话。

　　俞尧正教他微积分。徐致远上下眼皮的战争进行得如火如荼时，是这一通傅书白打来的电话让他暂时脱离苦海。俞尧让他不要离开太久，于是徐致远只在电话线上跟傅书白聊了几分钟就又回去，权当课间休息了。

待他回到座位上继续点头打瞌睡时，俞尧将笔轻缓地放下，说道："你不想学数学吗？"

徐致远一个激灵清醒了，模样变得认真专注，眉头皱得像那么一回事，他道："小叔叔你继续讲，我昨晚没睡好而已。"

"不是指你的态度，我只是想知道，你喜不喜欢数学。"

徐致远偷偷瞄了他两眼，确认他不是在考验自己之后，才实话实说道："不喜欢，无聊透了。"

俞尧给他简单地介绍了一下自己所专长的核物理。

"……"徐致远使劲儿了摇头。

俞尧手指敲了敲桌子，说道："那生物学……"

"小叔叔，"徐致远做了个打住的手势，忍不住问道，"你怎么会的东西这么多？"

"曾经随我的母亲在欧洲生活了一段时间，多学了些东西。"

徐致远托着腮，他对xyz生烦，倒对这些琐事有十足兴趣："这坏世道，就算你在大城市找，能听得懂、听得下去这些东西的人又有多少？"徐致远不老实地摇着椅子，好为人师地道，"这里的先生都会教怎么考学，怎么赚钱，怎么做官，怎么当医生和老师……学生考大学是想能赚钱在城市里活下去，所以你得教这些东西。小叔叔，你会吗？"

俞尧摇头。

徐致远像是个拿着小棍戳螃蟹的孩童，好奇地问："那你教的东西能做点啥？"

"……核物理算是一个新的领域，在国内还未成熟。"他的眼睛里有很轻碎的光在闪烁，他道，"但它一定会有用的。"

徐致远："那你直接在欧洲研究好了，回到这地方，好比把玫瑰花种扔到旱黄土里，你再怎么努力发芽它也破不了土的啦。"

俞尧幽幽地盯着徐致远。

"……怎么了？"

"比喻还挺多，"俞尧将他面前的书整齐地摆回原处，抽屉里掏出一本厚重的《中华大字典》，放到他面前，道，"那就学国语。"

徐致远和字典深情对视，双手摊向它，说："小叔叔，你还是拿着这块砖抢死我吧。"

俞尧一只手抄起字典。徐致远立马道："我错了。"

他捂着脑袋道："你还没回我话呢，你怎么不在欧洲待着……"他又补了一句，"非要听我爹的话跑到这地方来。"

俞尧并没有回他，只是拿钢笔轻轻地敲了敲他的后脑勺，温声说："背公式，十分钟后我检查。"

"你哄我呢？不是说不学数学了？"

拉小提琴的手再怎么痛也要不了徐致远的命，但读书会，哪怕是一刻钟。

徐致远是从小顽固到大的抗教体质，知识不进他脑子，教书先生和徐太太使再多的"灵丹妙药"都不管用，也只有徐老爷拿起棍棒的那一刻，知识才愿意屈尊纤贵地在他脑子里待个一炷香的工夫。

但最近的徐致远好像有点明白，为什么小说里的古代少爷喜欢在身边带个诸如书童之类的伴读人了。他想，那些一定都是顶尖聪明的人儿，伴在身边时让人感受不到白驹过隙，漏间流沙。这样，就算是学无所成，也不算消磨蹉跎。

就好比他看着他的小叔叔一样。


只要徐致远的嘴不欠，安静地盯着俞尧一会儿，他是不会阻挠的。徐致远就这样乖乖地在他跟前念了许多天书，除了小提琴的技艺稍有些长进之外，其余的没有什么明显进步，但也足以让徐太太心花怒放了。

她寻思着以后让儿子跟着他俞叔叔去研究科学，并叮嘱徐致远不能贪图一口吃成一个胖子，一步步地来，从俞尧的助理做起，慢慢地再去挑"赛先生"的大梁。

俞尧："……"

徐致远的至高理想只是当一个混子，他懒散地回道："妈，你想多了……虽然吧我确实很优秀，但若是有朝一日大梁真的倾到了我肩上，那只能说明咱国家没救了。"

徐太太揪了他耳朵嗔他瞎说话。


事后俞尧在课上提起这件事来，夸徐致远身上有个难能可贵的品质。

天真的徐致远笑问是什么。

俞尧说："对自己的顽劣有自知之明。"

徐致远："？"


周末约傅书白出来喝酒，这位哲学神棍赞美俞教授的博学多识，并指着徐致远的鼻子，啧啧道："这就叫辩证法，短短一句话，就充分把你徐致远的矛盾性给阐述了出来，啧，你应该找个相框把这句话裱起来挂在你床头。"

徐致远皱起眉头来，刚好能将最近背的一句古文言学以致用："能人言否？"

"就是说你……"傅书白摇了摇高脚杯，小酌一口，用大白话给徐致远翻译过来，说道，"虽然对自己的水平很清楚，但这并不妨碍你脸皮厚。"

徐致远照旧在桌子底下给了他一脚。

神棍觉得不满，两人这么多天没有见面，徐致远开口闭口都是俞尧。

傅书白打断他，说："你之前搁俞老师学身边小提琴，一会儿这不舒坦一会儿那又难受，怎么没过几天就甘之如饴了？"

徐致远哑了炮。

于是傅书白指了指他，撇嘴道："瞧吧，你还笑我庸俗。"

徐致远嫌弃地拍开他的手指，坐在对面一言不发，仿佛前几天夹尾巴毛的兔崽子不是他。


他初见俞尧时，是有过不敬的心思，但那也只是当时一念而已。

即使他和俞尧没血缘关系，他现在也诚心地把他的小叔叔当成自己的长辈。

徐致远虽是个纨绔，但有些道理还是清楚地揣在心里的。像是那些他头头是道的"鬼混艺术"，拈花拈草地一掠就好，可不能真情实意地生根。

等他在年轻时把自由放荡挥霍完了，总得被他爹捉回来娶妻生子，人到那时候怕是风流债全都找上门来堵成疙瘩。所以他一直抱着根底线，以少留些麻烦。


安静听完，傅书白挑起两只眉，问他："要是那晚上，你真跟她干完了事，你要怎么办？这可是个要命的'高利贷'啊。"

"还能怎么办，娶她呗。"徐致远挠乱了头发，烦躁道，"徐镇平打断我腿我也得受着，'翻脸不认账的都不配是男人'，这还是他教他儿子的。"

傅书白哈哈笑道："当局者迷，现在出了局总算清醒了。你自己说，没造成那种后果，你最该感谢的人是谁？"

"我小叔。"徐致远不情不愿地嘟囔。

"你还骂人家呢。"傅书白嗤笑道，"哎！放下酒杯……你这是恼羞成怒，非君子之为。"

徐致远忍住想把酒泼到他脸上的冲动，深呼一口气道："……从前我不了解他。"

"你……"傅书白发现了新的乐子。以往的徐致远就像是一只生活在无聊与平淡中的猫，而新冒出来的俞尧则是根逗猫棒。所有关于他这位小叔叔的话题都会惹得徐致远伸出爪子拨弄几下子。

傅书白饶有兴趣地想再逗弄他，但眼神一瞥，卡了壳。

他们这次没有去大饭店的包间，而是在一家热闹的小馆子，旁边有熙熙攘攘的人走动、吃喝。穿过嘈杂，傅书白在徐致远身后看到了个人影，清清嗓子，说道："……这不就来了吗？"

徐致远疑惑地转头，看见了俞尧和另一个男人正在就座。

"是裴禛，"傅书白拿筷子鬼鬼祟祟地指着，"他跟你小叔认识啊？"

徐致远认出来俞尧身边的男人是那天在医院遇到的裴医生。他很绅士地给俞尧拉开凳子，拒绝了店小二推荐的特色酒，笑着说同伴胃不好。

徐致远看着俞尧微微勾起的笑，眼神在裴禛身上剐了一遭，喊道："不喝酒来这种小酒馆做什么，整那文绉绉的一套。"

最终还是俞尧自己执意争取来了一小盅，像小孩子喝苦汤药似的，小小地用舌尖蘸了丁点，又缩回来。裴禛无奈道："伤胃是首要，再说你又不会饮酒，逞能可不好……只这一小盅就行了。"

俞尧试探之后将酒水一饮而尽，轻咳几声，评价道："不好喝。"

裴禛哈哈笑了几声。

徐致远眼不见心不烦地转过头来，傅书白还在看热闹，道："他们好像在聊什么……"

"闭嘴，吃你的饭。"徐致远敲了敲他面前的盘子，叮当作响。

整个饭局徐致远都闷声不语，傅书白奇怪地瞟他，说些复习期间遇见的好玩事，这徐少爷也是兴致乏乏。终了他擦了擦嘴，又瞥了远处的俞尧一眼，说道："你小叔醉了。"

徐致远皱着眉回头望，见到俞尧正在裴禛对面正襟危坐地发呆，脸上浮现着些醉意，裴禛笑问他酒好不好喝，俞尧摇头说他没醉。

徐致远："……"

傅书白忍不住道："你真的不过去打声招呼吗，你小叔叔要走了……"

徐致远也忍无可忍地一磕酒杯，问道："关你什么事，又关我什么事，再叽叽喳喳，饭钱你结。"

最后一句让穷苦神棍乖乖闭了嘴。


饭没吃饱，倒是莫名其妙的气吃了一肚子。

徐致远心情不爽地回家去。

他晚上和俞尧约好了补习数学，心想着他小叔叔喝醉了会不会比平常要好玩一点儿。他努力地哄自己高兴起来，托腮翻着那本大字典，望着门口等"老师"回来，其间竟难得认真地做了几道基础数学题，最后实在做不下去了，就托着腮在大题的空间里涂鸦。

他画的鹤无非就是几只大肚子茶壶，或者背上长着两只大蒲扇的干草垛，像什么都可以说得过去，唯独不像鸟。

徐致远笨拙地把一张题纸全部写完，心血来潮地在旁边写上了思路和公式，期待地想象着俞尧会怎么夸他。

等了很久，他最后无聊到趴在书香中睡着，翌日醒来已是清晨了。

身上多了一件碎花的鹅绒大衣，徐致远本是心中一暖，后发现这是他母亲常穿的，虽说心中温流尚在，但因期待落空降了些温度。

他腰酸背痛地舒展了下身子，抓来从门口路过的管家，问俞尧在哪儿。

"俞先生昨晚没回来。"

徐致远锋眉一蹙："什么？"

"太太本来给他留着门，但他的朋友打电话说，俞先生要在他那里留宿。"

徐致远咬牙切齿道："他朋友姓裴是吗？"

"是姓……哎，少爷，你怎么知道的？"

徐致远忽然想起了他七岁时的一件事——徐镇平有天喝醉了，把他扛在肩上带出去逛街。小徐致远从来都没跟威严的父亲这般亲热过，于是这件事在他记忆里刻得很深。

醉醺醺的徐镇平打趣说："小东西什么时候能考个甲等给你爹争脸，我就天天带你出来玩。"

于是小徐致远第一次在一共二十多个小孩的小学堂里，念书拿了第三，这是他第一次拿名次，也是成绩最好的一次。

可徐镇平自那天后出差了半月有余。徐致远每天等他回来，徐太太却一边给他裱起奖状，一边说："徐镇平从来都不记得喝醉了说的话。"

他记得那时候的心情，像是有人随手把它扔进了冷水桶里泡着，于是他不顾徐太太的斥责把奖状夺了过来，涂得乱七八糟。

现在他也一样，把写满笨重的步骤注释的题纸揉成一团，丢进了垃圾篓里。

他也不知道为什么那时心上的一层痂会在这时候被掀开。他觉得好像没道理去生俞尧的气，他不让俞尧干涉自己的私生活，那小叔叔有他自己的生活，自己也无权干涉。

于是想来想去，只好把气头归咎于俞尧作为老师的食言——让学生一个人在那儿无头苍蝇似的瞎翻书。

他烦躁地吃了早饭，回到自己的屋子锁上门，又睡了浅浅的一觉，直到临近中午，被一通轻柔的敲门声叫起来。

"致远，"门外人道，"该背书了。"

徐致远火气又旺了，他闷在被子里道："本少爷不想念书。"

俞尧沉默一会儿，道："你昨晚做的题有两处纰漏。"

徐致远噔噔噔地从床上光脚冲到门前，打开门，果真见到俞尧手上那张皱皱巴巴的卷子，已经被尽力展平了，上面有工整的批改痕迹。而俞尧的眼角发红，大概是昨晚的酒劲残留的痕迹。

只是一小盅就醉成这个样子，还逞强喝什么酒。

他忍住没将这句话脱口而出，拿过那张试卷，说道："我都不会，瞎写的，你别看，丢脸。"

他将纸张慢慢撕掉，塞进裤袋里。

门又被他关上。

徐致远没有去看俞尧的表情，他坐在床边发了好久的呆，以为俞尧走了，又在床上翻来覆去地滚了一遭，偷偷摸摸地用被子把头蒙起来，把卷子碎片拼整了，看俞尧的批注。

他刚把最后一片移到原本的位置，就听门外幽幽地传来一声："不背书……那练琴吧。"

徐致远："……"

被吓了一跳的呼吸把碎片都吹散了。徐致远把卷子划到一边去，假装云淡风轻地回复："我什么也不干，累了，要睡觉。"

俞尧道："那你什么时候能醒？"

"我不知道。"

"哦。"又是好长一段时间，俞尧又开口说话了，"昨天我忘记和你有约了，抱歉。"

徐致远趴着，清晰地听到了自己的呼吸声。

"忘了就忘了，谁在乎这些东西。"

俞尧商量道："那下午练琴行吗，你什么时候睡醒了，来房间找我就好。"

徐致远道："……随便。"

他这次谨慎地听到俞尧的脚步声远去后，才迅速从被子里爬出来，把碎片捡了捡。

批注整洁，字体俊逸，字如其人。俞尧最后还在他随手涂鸦的大肚鸡旁边写了行小字——"画技有待提高"。

徐致远其实在看到俞尧把他的卷子捡回来的时候就已经气消了——甚至心情还愉悦了几分。直到俞尧的这声"抱歉"，他才肯让这心情转晴。

徐致远轻轻地哼了一声，在这行字底下画了个大头小人，一道线下面涂个半圆当作眼睛，有一种冷淡又颓丧的气质。

徐致远画得津津有味，末了还在旁边写上了"老俞"。

他没有关窗，有风偷偷溜进来，在他一不留神的时候，又把涂鸦和卷子吹散了。

"嘶，讨厌的风。"他一边收拾，一边皱眉道。

自那之后，徐致远和他的小叔叔和平共处了一个多月。

近年多战事，淮市有敌侵扰。因为一纸停战协议，今年还算太平。

徐致远对此了解一些，但关心不深，淮市的富裕繁华和他家庭的不凡为他织了个漂亮的保护壳，使他与其余众生的忧忡始终隔着一层膜。

转眼就要入冬，天气渐凉，天黑的时间也提早了些。

徐太太从出差回来开始就总是很晚回家，回来就喜欢把俞尧拉到书房里私聊。徐致远有一次，盯着书房门缝里的漏光直到深夜，也没见俞尧出来。

他一般从徐太太眉头中看天下事，那就是个晴雨表，紧皱不舒的时候就说明又来风雨。近来他在母亲的脸上看不出"形势"，像是不阴不晴，但感觉还算安稳。

徐致远围着一条暗红色的围巾，傍晚时分出门去既明大学接俞尧回家。俞尧在办公室和学生谈话，透过窗子使了个眼神，让徐致远先自己玩去。

徐致远"喊"了一声，明目张胆地进屋把俞尧的小提琴盒给拎走了。

他去了门前种着银杏树的教室，他对这地方熟悉得很——这是他与俞尧初次相遇的地方，不过现在金黄的树叶已经掉秃了。

他正撞上三个女学生从教室里出来，她们身着淡蓝色的素布襟衫和黑色长裙，像是在交流什么作业，其中个子较矮的女孩说道："……不行吧，他们怎么会刊登这种文章……"她指着纸上的黑字，"这里的倭贼是'蠢蠢欲动的狡猾豺狼，虎视眈眈的食腐秃鹫'，虽然骂得在理，但是发表出来……"

"若是放在前几年打仗的时候，可以算是振奋人心，可现在都签了停战协议了，被退稿事小，若是被扣上激进分子的帽子就不好了。"另一个女同伴也说。

可其中那短发齐耳的高挑女子蹙着细眉，打量着信纸，仍旧说道："我想试试。"

其余女孩面面相觑。

她们好像知道这短发女孩的性子，于是其中一位叹气道："算了……那……我去帮你联系一下校报的同学。"

那女子仍摇头，说："我想投《熹华日报》。"

"这……"

那个子较矮些的女孩光顾着惊讶这勇气去了，没听见伙伴们的提示，双手正比画时撞上了徐致远。

"啊……"她连忙道歉道，"对不起……同学。"

徐致远伸手一捞，将她扶稳了，笑道："今日得高人一卦，说我出门撞吉，原来契机是姑娘，我还要感谢你呢。"

徐致远风华年纪，只看外皮可是相当的一表人才。女孩被逗得抿唇莞尔，红着脸赶紧拉着笑她同伴们走了。

徐致远向后瞥了那短发女子一眼，继续走向教室。

……

"你认得他？"

"徐少爷呗，我同舍和她参加过一场沙龙……在音乐系有点小名气……你认得物理系俞老师吗？"

"当然认识。"

"听人说他是俞老师的侄子。"

短发女子本一言不发，表情始终是平静无澜的，此时她的脚步却一滞。同伴走出一段路，见她落下于是回头唤她："剪柳，走啦，愣着做什么？"

岳剪柳捏紧了手中的文章，跟上去，问道："刚才那个人……他叫徐什么？"

"致远，非宁静无以致远，"同伴嘻嘻笑道，"怎么了，你对徐少爷感兴趣吗？"

岳剪柳摇头，正经地评价道："名字很好。"

同伴笑她是个文痴，以后要和笔墨纸砚做夫妻了。矮个女孩也想加入逗她玩的队伍，但忽然想到了什么，挑眉道："……不，你该感兴趣。"

岳剪柳："嗯？"

她小声地在岳剪柳耳边说："徐少爷的母亲是李安荣，《熹华日报》的编辑呀。"

岳剪柳眨了眨眼，回头望去，刚好看到徐致远前脚刚进教室的背影。

……

徐致远的那"高人一卦"自然是傅神棍给他算的。

其原句是："凡来既明者，路撞邂逅，大吉也——四成贵人，四成美人，剩下两成，主任和狗屎对半分。"

徐致远不怕主任，也踩不到狗屎，所以在这里的邂逅就全都是好事。

他在教室里找了个阳光正暖的地方。

他好在空荡的教室里拉曲子，四面八方都有回声，虽然这对演奏来说并不是一件好事，但他莫名喜欢这种感觉。

下课的学生还没有走完，有零星几个向他投去目光。

他的手指上已经起了茧子，不像当初摁一会儿琴弦就觉得痛了。待得韵律淌了满屋，徐致远睁开眼睛时，听到学生在鼓掌，门口有人说话："很好听。"

徐致远看向不知何时出现的俞尧，眉飞色舞道："那当然。"

俞尧手里拿着一本小笔记，走进来时不经意地环顾了一下教室里的学生，像在找什么人似的，与他对视的都恭敬地喊了声俞老师。

学生挨个离开，俞尧寻人未果，将笔记塞回口袋，对徐致远说："走吧。"

徐致远蹙眉道："你不问问我为什么要拉这首《月光》吗？"

俞尧看向他，徐致远城府不深，心思放进去就搁浅，他也只好迁就道："你为什么要拉这首曲子？"

"因为少爷我喜欢，"徐致远故装优雅地背着手，绕到他身后——看熟练的模样就知道是个花言巧语的惯犯，他道，"这可是第一次听小叔叔演奏的曲子，我可记着呢……"

俞尧面不改色道："有什么事？"

徐致远不带缓冲地立马暴露献媚的目的，道："明天徐镇平回来……"

"你在读书和学琴上表现得怎么样我会如实地和镇平说，你不必想着走花言巧语的捷径。"俞尧语气平淡。

"不是……至于吗俞尧，"徐致远哀声怨气道，"我们都相处这么多天了，我没犯过浑吧，你在他面前说句好话又不掉块肉！"

俞尧还是老样子："我会如实告知。"

徐致远气得鼻子打了个哼，拎起小提琴先行跑了。半路又折返回来，把脖子上的围巾解开，扔到俞尧怀里。

"我妈给你织的新围巾。"徐致远说，"路上冷我就围着过来了，还挺暖和。围上不容易着凉。"说罢，自我感动地觉得自己这是"公私分明"之举，感动完了继续生气，远远地走了。

俞尧手指摩挲着围巾上余留的温热，眸子中泛起了一些无奈的温澜。


一个月的时间已经足够让徐致远将"老俞"画得炉火纯青。他在当天晚上，当着俞尧的面在数学大题的空隙上画了一个大大的老俞，以示挑衅。

俞尧观摩了很久，问道："这是什么？"

徐致远："这是你。"

俞尧认真道："你在题上画我做什么？"

"因为我想到了一个考试通过的绝佳方法，"徐致远不安分地转着笔，说道，"我小叔叔在既明大学无人不晓，我只要在卷子上写一个'我叔是俞尧'，再画上这一副标志性的尊容，批卷先生准让我过了。"

俞尧不语。

徐致远笑道："怎么样？"

俞尧慢慢卷起题纸来，轻敲他的脑袋："没收了，补做两份。"

这次徐致远不再那么听话了，既然他爹明日就要回来，俞尧又油盐不进，他也干脆破罐子破摔，抓起俞尧的手腕来，道："不做，你给我拉琴听。"

"太晚了。"

徐致远和衣，躺上床，被子一盖，道："那你给我说故事，哄少爷睡觉。"

"你多少岁了？"

徐致远道："多少岁你也是我小叔。"

俞尧起身道："我去喊安荣给你讲。"

"尧儿！"徐致远抓住他，埋怨道，"这个点我妈都睡了，她明早起来还有工作，你折腾她干吗呀，不好。"

俞尧看着他，不语，但徐致远能从他的眼神里读出他想说的话："所以你就折腾我？"

徐致远笑嘻嘻道："你心最软了。"

俞尧深呼一口气，无可奈何地坐下，从桌子上拿起一本书来翻阅。徐致远总是入睡困难，每天睡前都无聊得紧，此时得了他好脾气的小叔叔，更是玩心大发，睡意全无了。

徐致远想，俞尧年纪轻轻，人生履历就已经可以写一本不薄的书，他的肚子里定然存着许多有趣的墨水，于是他把枕头摆到舒适的地方，准备洗耳恭听，在他旁边翻书的俞尧却说了一句："我给你讲普朗克量子假说中的辐射能量量子化概念……"

"……"徐致远的期待破碎，起身夺过他的书，防止俞尧抢回而塞到枕头底，说道，"你还是走吧。"

他心想，好好的人怎么长了个书呆子的脑袋。

俞尧不解，目光落在他塞枕头的书上，提醒道："枕头垫得太高，晚上容易落枕。"

"你懂什么，"徐致远趴在枕头上，把后脑勺朝向俞尧，道，"傅书白说，这是科学学习法，利用扩散作用可以让知识从高浓度流到低浓度。"

俞尧："……嗯？"

徐致远指了指枕头下面的书，说道："高浓度。"又指着自己的后脑勺："低浓度。"

他似乎听见俞尧轻轻笑了一声。

徐致远惊讶地眨眼，连忙将脑袋转过去，却遗憾没有捕捉到笑容的尾巴。他着急地脱口而出："你再笑笑给我看一眼。"

俞尧面不改色，又往他脑袋底下塞了两本书。

徐致远："？"

俞尧一本正经地科普道："浓度差越大，扩散越快。"

"……"


第二天徐致远歪着脖子去见他爹。

徐致远提过父亲的行李，放到车上，给车夫多塞了些钱。

徐镇平一直严肃地盯着他看，指着他的脑袋，不用老爹开口，徐致远就自觉用毫无波澜的语气解释道："落枕了。"

徐镇平皱眉："你睡成什么样？"

"不是我，是知识太沉重。"

徐镇平接不上话，对他这牛头不对马嘴的哑谜感到不满，瞅了歪脖的儿子一眼，父子两人一言不发地回了家。


徐太太上班，而俞尧今天没课，正在家门口迎接两人。车子停下来，俞尧主动去接行李，朝徐老爷伸出手，道："欢迎回来。"

徐致远第一次见到小叔叔露齿的笑容，忽然想到了照片上那个抱着鸟儿的小少年。

两人很正式地握了一下手。

徐镇平拍了拍他的肩膀，转头问儿子："你妈呢？"

徐致远的脖子不均匀地承受着脑袋的压力，正难受着，叽歪道："报社呢，没回来。"

徐镇平哼了一声，仿佛心头上生了只痒不痛的小疙瘩，有些不爽快。徐致远后悔接老爹的话了，徐镇平怕是要把李安荣女士没在家接丈夫而受的气转移到自己头上。

果不其然，徐老爷整理风尘，进屋后坐下的第一句话就是问俞尧："徐致远这几个月表现得怎么样？"

徐致远在暴风雨来临前给父亲端茶倒水，屏住呼吸，尽量使自己看起来云淡风轻。而俞尧也坐下，看徐致远倒完了茶，说："致远……他表现得很出色。"

徐致远没拿住茶壶盖，它磕着壶身滑落了下来，幸好他眼疾手快地及时接住。

徐镇平对这评价有些吃惊，刚想说些什么，听见动静皱眉斥道："毛手毛脚的。"

"致远每天都有认真听课，做题。"俞尧端起茶来吹了吹，"小提琴也练得不错，他还说今天会拉首曲子给你听。"

徐镇平："哦？"

俞尧看向他时，徐致远从发愣中清醒过来："……啊？"

"不过看来今天不行，等他脖子……"

"其实……"徐致远慌急地抓住这个可以临时表现的机会，清嗓，故作淡然道，"其实……没事，我可以。"他指着自己的脑袋，"刚好……往左边歪。"

俞尧："……"

"身残志坚"的徐致远立即回到房间里拿出他的小提琴来。端正地在徐镇平面前一站，心脏怦怦直跳，紧张到刚开始就摁错了一根弦。

好在后面发挥超常，徐老爷也听不出前面的小瑕疵，整首曲子拉得有模有样。

徐致远留了丝余光在他小叔叔身上，见他的脸上有浅的笑意。明明入冬渐寒，心中却不小心溜进去缕乍暖春风。

一曲作毕，徐老爷虽不喜形于色，但一直放在儿子身上的眼神出卖了他的惊讶。他肃色道："……还可以。"

徐致远则是把绷紧的心弦松下去，装作漫不经心："……没拉好。"

沉默半晌。

"还是阿尧教得好。"

"是小叔叔教得好。"

这爷俩又同时开口道。

俞尧觉得这两个人是一个模子里刻出来的。

他无奈地喝了一口茶，想给这别扭的父子两人腾出空间来叙旧，但徐镇平就好像长了和儿子相克的思维似的，没话题了就把陈年旧账翻了出来，又继续问俞尧："徐致远没干什么混账事吧？"他道，"我听安荣说……他一开始还不服你管教？"

徐致远刚露出芽来的欣喜半路卡在了嗓子眼。

"他……"俞尧放下茶杯，说道，"是不服管过。"

徐镇平狠狠地瞪了徐致远一眼，道："他干什么了？"

徐致远抓紧了弓弦，他以为俞尧还记着自己"绑"他的仇，于是愤愤中带了丁点委屈，道："我和你说过了，我那只是想开个玩笑，我……"

俞尧将一沓纸给徐老爷递过去，说："都在这上面。"

徐致远："？"

他定睛一看，递到他老爹手中的那些纸张，正是他曾乱涂乱画过的所有题纸——上面画艺精湛的老俞尤为醒目，正瞪着它颓靡的眼睛，和徐镇平面面相觑。

……

鉴于此等混账行为过于幼稚，仅对当事者形象造成了轻微影响。徐致远托着落枕的脑袋被罚了半个时辰的站。

快要结束的时候，徐太太回来了，围在儿子旁边笑够了之后，去给生她闷气的丈夫准备洗尘宴了。

俞尧与徐镇平忙完了公事，下楼来坐在徐致远旁边的沙发上看书。

徐致远小声咬牙切齿："算你狠……"

俞尧手指翻过一页："不然你想让我和镇平说什么？"

"没什么。"徐致远像是一只登时将龇起的獠牙收回的狼崽子。

他继续负着手面壁思过，听俞尧翻书的清脆声响。仔细听的话，好像还能听见他的呼吸。这些化在空气里的动静，在一点一点地挠徐致远耳朵。

他在这窸窣的声响里，听到了一声小小的脆鸣。站倦了的徐致远循着声源，望向靠院子的小窗。

小小的鸟儿在落到窗沿时撩拨了一下抽芽的新枝，徐致远看着这只不停扭动脑袋的羽毛团子，挑了一下眉。

它似乎在透过窗户，好奇地偷瞄俞尧。一只被书香熏陶的鸟儿，目光里多少学会了点大家工笔的技巧，双钩、平涂……点染，于是房间里空添了一幅巧夺天工的画。

"恋爱是一场盛大的艺术，每个人各有千秋。"

——这是徐少爷跟着傅神棍在小姐堆里鬼混几年悟出来的名言。而在所有形式的艺术里，他选择的是计白守黑的写意国画，山水与人物平分秋色。

徐致远若能读懂鸟语，便会知道窗外这小东西是与他审美相通的"知音"。

……可惜的是他听不懂。徐致远见这鸟赖着不走，以为它要在窗台出恭，少爷皱着眉喷了一声，吹了响哨，又敲了敲窗户，将他难得一遇的鸟族知己给吓没了。

徐致远望着飞走的鸟儿，不知在想些什么。

他唤道："尧儿。"

俞尧"嗯"了一声，半天没听到徐致远的回声，转头看他。

"……没事，就叫叫你。"

徐致远本来想说"谢谢"，但一念之后，他觉得还是放到以后再说。


"俞先生，"管家走过来，忍不住看了一眼正在罚站的徐致远，道，"那个……有人来找你，说是你的学生，名字叫夏恩。"

俞尧眉头稍稍一皱，说："让他稍等。"

还没等俞尧走出客厅门口，那个叫夏恩的学生就风风火火地冲了进来，用人拦不住他。

夏恩个头一般高，留着寸头，鼻梁上挂着副大框圆眼镜。那仿佛可以挡枪弹的厚镜片和耳朵上夹的铅笔，配之刚正不阿的长相，大概就是既明大学理工科的统一徽标。

夏恩急得像个炮仗，看起来好像出什么事了，匆匆道："俞……俞老师……"

徐致远转动目光，挑起一边眉来看着他。

俞尧仅仅是比了一个噤声，他便安静了下来。俞尧丝毫不乱地拍了拍夏恩的左肩，淡淡地说："回学校说。"

俞尧温柔的声色有安抚人心的奇效，这一点徐致远深有体会。自然对夏恩也是起作用的。

夏恩把话憋了回去，跟着俞尧出了门。

"致远，"临走前俞尧说，"你和安荣镇平说一声，午饭不用等我。"

徐致远心中好像哪里堵了起来，但也找不出什么原因，望着他的背影"哦"了一声。

俞尧这一去，第二天早上才回来。

徐致远正在客厅，摆弄着俞尧新洗的那些照片，见他回来，问他昨天干吗去了。俞尧只说学校安排了些任务，上楼到房间取了些东西，并叮嘱徐致远看完了把照片放好。

他连围巾都没有摘下来，徐致远的目光随着他上下楼，问了句："你又要出去？"

"事情还没办完。"

徐致远搓着相片的一角，欲语还休，俞尧以为他想问是什么事情，正准备搪塞，徐致远却说："回来吃午饭不？"

俞尧张了张嘴，措辞没派上用场，简单地说了一句："……我尽量。"

"你要是吃的话……早点回来。"徐致远没回头看俞尧，只在沙发中央留下一个孤独的后脑勺，还是歪的。

"你回来我妈才会下厨。"徐致远说。

俞尧看着那颗脑袋。

徐家虽大，但只大在屋子，不在人气。徐太太不同于其他的"家庭主妇"，没时间相夫教子、洒扫庭除，徐致远吃顿她亲手做的饭还得趁逢年过节或是家里有什么值得庆祝的大事，连他的生日都排不上号。徐老爷更是几个月才能见上一面。

徐致远宁愿在夜总会听舞女们聊胭脂涨价的琐事，也不愿意在这个大房子里独自翻书。不过自从俞尧来了之后，徐致远在外面混的时间忽然少了许多。

像昨日那样一家人齐聚，和和气气地谈些陈芝麻烂谷子，对徐致远来说更是第一次。

遗憾是饭局里没有俞尧。昨天晚上睡觉的时候，他就在抓心挠肝地想着第二次。

他听见俞尧嗯了一声，接着就是开门远走的脚步。

……不知是心中的哪块地方冒出一丝痒痒的感觉来。

他听傅书白讲过病榻上的穷学生数常春藤叶的故事。画在墙上的最后一片绿色是盼头……那他在心上刚刚抽芽的，大概也是盼头。


徐致远去找傅书白聊天解闷，在半路遇见了巫小峰。

他大概是游手好闲太久了，家里人给他找了个拉车的营生。他脖子上正搭着白手巾，跟其他车夫侃天侃地，看到徐致远时脸色霎时青如酸梅，一言不发地拔腿就跑。

但徐致远只喊了一声："回来。"他就战战兢兢地倒退回原地了。

"徐……少爷。"

徐致远并没有找他碴，而是给他递了钱，说去既明大学。乌鸦拉起他，一路上闷得像个葫芦，走了半程之后才敢开口搭话道："少爷是去找傅书白，还是……俞先生？"

徐致远撑着脑袋说："找傅书白啊。"

提及俞尧只是试探，乌鸦后瞥了一眼他的神色如常，松了口气，看来这位少爷宽宏大量，已经把那事揭过篇了。他说道："那恐怕不行，今天上头在既明查学生，正好就是傅书白那个院的，他们得等下午才能被放行。"

"什么事？"徐致远皱眉问。

乌鸦消息灵通，好像整个淮市的石头缝里都有他的耳目。他说："昨天有人在教学楼的墙上用红漆写字，尽骂上头是吃里爬外消极抗敌的废物。这事叫警察局知道了，说既明有学生受了反动思想的荼毒，非要查个清楚。"

徐致远蹙着剑眉，心里想着，俞尧回学校难不成是为了这事？

他问："老师也查？"

"没，字是前天晚上写的，当时教师宿舍没什么人，仅有两个老教授，都有不在场的人证。"

徐致远心里放下了块石头，托着腮调侃："说的本来就没错，淮市这群硕鼠就想着让地和谈，血性还不如些学生。"

"哎哟，少爷您别乱说话。"乌鸦一边跑着一边四处探头，说道，"徐老爷也算是联合政府的要员，你这不连他一块儿骂着了吗？"

"我爹和那些酒囊饭袋不一样，"徐致远来了脾气，"要是枪在我爹手里，贼人一刻也别想在淮市待。"

眼见越说越激烈，乌鸦赶紧掐火，道："徐老爷有勇有谋，肯定跟那些目光短浅的人不一样……话说回来，最近徐老爷回家，少爷您怎么不在家里多陪陪？"

徐致远只是不想让别人说徐镇平的不好而已，对那些风云际会的复杂国事不感兴趣。徐太太虽时时为它发愁，但愁不与儿说。平常和傅书白聊天时谈及，他就顺便听一耳朵，若是问起徐致远的意见来，他也只是一句"不关我事"。

他顺着乌鸦给的台阶下了，说道："他是个大忙人，用不着儿子陪。"

乌鸦干巴巴地捧场笑。徐致远叫他掉头，目的地从既明大学改成了仰止书店。

这是家私立书店，经傅书白介绍，说是名字取于"高山仰止，景行行止"，以喻来此顾客品行高尚，德行崇高。不过徐致远来此目的在他后面一句——光顾这里的有许多漂亮的女学生。

他走进去，呼吸了一口书香，觉得足可以拿这一肚子新鲜"文化气"回去和俞尧炫耀了。徐致远随便抽了本书去窗边坐着了，书店里人刚好，果真有许多素雅衣裳的女子，徐致远从前最是青睐这种清新的女孩，现在仅仅是逗留两眼。

虽那些的面容上尚且有几分青涩的美色可以欣赏，但徐致远只觉得兴趣乏乏。他也不知是哪里出了问题，用好听的话说，大概是曾经沧海难为水。

曾经沧海难为水……要命。

徐致远扶额，正暗暗地责自己不争气，抬头时目光扫到了一片裙摆，裙摆的主人小声叫道："是徐致远少爷吗？"

徐致远的笑容随时为女士和美人准备着，表情切换起来没有停顿，他放下书，礼貌地道："是我，姑娘是……"徐致远看清了她的脸，觉得这短发女子眼熟，想了一会儿，道："我们在既明大学遇见过是吗？"

岳剪柳道："是的。"

她指了指旁边的空座位，徐致远微笑道："没人，请坐。"

"谢谢。"

岳剪柳礼尚往来地也告诉了他自己的名字，徐致远挑眉，道："剪柳姑娘的名字，像春天。"

二人的交谈中规中矩，徐致远发觉岳剪柳并不是外向的性子，还经常把天聊死，全靠他一人挑话题支撑。徐致远看了一眼她手中的书，封皮上复杂的名词，打消了他欲从书本下手找话题的心思。徐致远好奇，既然这位姑娘并不是热于社交，为何还要主动过来搭讪。

她又在三言两语间，提到了俞老师。徐致远见她抓书的手指都蜷缩紧了，心想这大概是他小叔的崇拜者。


岳剪柳并不是俞尧的直系学生，她是被朋友强行拉去物理学院听新来的"美男"教授讲课的。本以为会在那些听不懂的术语中昏昏欲睡一节课，但没想到俞尧在物理学与唯物辩证主义的时候，中途旁征博引延伸了下话题，给他们浅讲了些别的东西，可她却被深深地吸引了。

她忽然像个给人介绍心爱东西的小孩，眼里闪烁着隐隐的期待，小心翼翼地把书递给徐致远，说道："……俞老师讲的是这个。"

徐致远听得脑壳疼，接过书来，翻了几页，故作十分懂的模样："喔，小叔叔跟我讲过，很是吸引人。"

期待得到了回应，岳剪柳难得地笑了起来，道："俞老师曾与我说，他有个天资聪颖的侄子，后来我才知道是致远少爷你……便心想你的思想一定与俞老师和我有契合之处。"她稍稍松了口气，说，"果不其然。"

徐致远的笑容愣在脸上，他以为自己的耳朵出了问题，怀疑地问："他说我……天资聪颖？"

"嗯。"

"他什么时候说的，又为什么……这么说？"徐致远浑然不觉自己完美无瑕的微笑冒出些慌急来。

"俞老师刚来既明的时候，许多学生喜欢课后在九号教室问他问题。那时候与我同行的还有几个活泼的男学生，俞老师说他们让他想起了你。"岳剪柳说，"我以为你和俞老师的关系很好，因为他对你的评价很高，让我印象深刻。"

九号教室前种满了银杏树，曾是他们附庸风雅的音乐沙龙的集合地，也是他和小叔叔相遇的地方。

徐致远的心思又不知飞向了哪里，聊了一会儿后找了个理由告别了岳剪柳，岳剪柳看上去还有些话想对他说，但是被一时高兴上头的徐致远给忽略掉了。他怀着忘乎所以的心情出了门，拍了拍蹲在石阶上等候的乌鸦。说："走了。"

乌鸦奇怪："少爷怎么这么早就出来了？"

"回家回家。"徐致远心情愉悦地说道。

他翻来覆去地咀嚼岳剪柳说的话。

俞尧居然说他天资聪颖，从小到大第一次有人说他聪明。

他从长辈那里听到过夸赞他的褒义词无非就是"健康""长得挺

高""性子挺虎"——要么是说他的个头，再则说他的脾气。这么真情实意地夸他脑袋的，俞尧还是头一个。

徐致远一边高兴一边又胡思乱想，回忆起自己之前的表现。

那时候他在小叔叔面前混账了没？

……这个应该不用猜，他好像无时无刻不在俞尧面前混账。

那……半路绑他那件事发生了没有？

他高兴得在半路绊了个跤之后冷静了下来。他皱起眉，在颠簸的车上托着腮，又想起了小叔叔曾经在医院里拒绝自己的冷漠模样，心中"喜极生悲"地开始发堵。自己蠢成那样，这件事不论发生在评价之前还是之后，肯定会给俞尧留下个抹不去的坏印象。

藏了许久的愧疚就好像是打翻在书桌的茶杯，水缓缓地洇透纸面。徐致远觉得心中不舒服，于是喊了乌鸦一声，乌鸦在路边停下，道："哎，少爷，做什么？"

"明天上午你到我家来。"

乌鸦搓手，赔笑道："这……我得外面拉客呢，怕是没有闲工夫去少爷家做客。"

"这有什么大不了的，我给你钱。"

"这……多谢少爷，"又能参观徐家的大房子，又能躺着赚钱，乌鸦欣然接住了这个从天而降的大馅饼，笑眯眯地问道，"少爷是想让我去做什么？"

徐致远的眼神十分多情，笑时如"沾衣欲湿杏花雨"，大多数姑娘看不穿这蒙蒙细雨，只雾里看花地觉得小少爷浪漫。但只有熟知他的人才知道——他胸府里可没有什么玉宇琼楼，心思只能藏两三条不能再多了。

所以直觉告诉乌鸦，这笑容是"吹面不寒杨柳风"。

"之前拦路绑俞尧那事，你去给我小叔叔道个歉……措辞我给你想好了。"徐致远跨过他的肩膀，说道。

巫小峰："……"

他心里透亮得很，这句话翻译过来的意思就是"之前拦路绑俞尧那事，你去给我顶个包"。

"少爷别这么说，我本来就有责任，"他看着徐致远响当当的钱包，拍了下大腿，一咬牙把珍藏了许久的新成语给用上了，说，"这当然是……义不容辞的。"


晚上徐老爷有酒局，但徐太太得了空，代拿了用人的锅铲做了一盆酱烧勾魂鱼。

是一盆。

听说她在报社跟上头领导碰了一鼻子灰，心里正晦气着，把怨念发泄到鱼上了。

幸好味道闻起来还算正常，没有"怨念"。徐致远在厨房门口远远地看着她，壮着胆子道："……鱼何罪之有。"

徐太太将那盆递给他，命令他这"闲着没事的东西"去挑刺，徐致远上前接了，被徐太太嘱咐了一句："挑干净点，你小叔嗓子细，被卡过。"

徐致远忍不住勾了下嘴角。

这抹笑容被徐太太抓住了，她问道："怎么？"

"没事。"

他仔细地挑了鱼骨头，给夹进一个饭碗里。肉越来越满，徐致远时不时地向门口探一眼。

徐太太做完了其他的菜，端上来擦擦手，正要下筷时，徐致远忽然把碗轻轻一拖，说道："这碗是给小叔叔的，你自己挑骨头。"

徐太太："为何？"

徐致远理直气壮地哼道："你嗓子又不细。"

"徐镇平揍你揍轻了是不是？"徐太太怀疑这小子在记那天骂他的

仇，责道，"白眼狼。"

徐致远还是迫于老爹的淫威给徐太太也挑了一碗，也不知是不是错觉，他总感觉母亲的眼神一直在往他身上瞟，他每次寻回去，都被徐太太若无其事地躲开了。

徐致远一边出神一边问道："你跟我爹是怎么跟小叔认识的？"

"许久之前了，在北城的时候。"

徐致远知道父亲的故乡在北方，在年轻时就已无亲无故，后来是为了徐太太才决定南下。

"徐镇平家乡有片沼泽地，那里春天的时候会有许多候鸟，俞尧还要小点的时候——比你现在还要有出息，"徐太太中途忍不住损了儿子一句，继续说，"他有半年的时间都住在那里，看鸟、照相。于是他大哥就托徐镇平照顾这个弟弟……"

"那……"徐致远听着点了点头。他待想问更多，却发觉母亲那窥看他的眼神愈加强烈，便主动问道，"怎么了，我脸上有东西？"

徐太太醉翁之意不在酒，夸道："你小时候丑乎乎的一团，长大倒出落得挺帅气。"

徐致远不乐意了："谁丑乎乎的一团了？"

"哎徐致远，"徐太太顺势道，"你长这么大……有看上眼的女孩没？"

徐致远的筷子停滞住，这才心知这顿鱼的目的不纯。

自己鬼混的事迹暂时没有扰到徐太太的耳朵，徐太太心中的儿子虽然浑，可是在情窦方面还是知慕少艾的少年人，所以提及这些问题还是要小心翼翼的，殊不知她"天真单纯"的儿子曾经差点给自己从夜总会领回个儿媳来。

徐致远道："没有。"

"那你喜欢什么样的？"

他说："喜欢漂亮的。"

徐太太说他肤浅，找另一半要看灵魂而不是皮囊。她说："我知道一个姑娘还不错，这样，周末你们认识认识……"徐太太从口袋里掏出两只铁制的小牌，上面刻着"入场证"。徐致远接过来，听徐太太笑道："要是聊得来就带人家去看个电影，这场子小，凭票进去就行，不用对号坐。"

他们这里的电影院还秉承着"男女授受不亲"的原则。许多都是男女分场的，若是男子能邀女孩同坐，那至少在外人眼里，二位已经各一脚踏入热恋殿堂了。

徐致远皱眉道："……妈你急什么。"

"我哪里急了，看你的想法……不喜欢你可以先把票留着。"徐太太欲牵鸳鸯的心思用平静的语气也掩藏不住，她并不是"独断专裁"的父母，徐致远看得出来，她好像很喜欢要介绍给他的姑娘。

徐致远直勾勾地看着她，心中不知做何感想。他一方面对这突如其来的关心感到喜悦，可又觉得一阵糟心。他只好把票收了起来，怏怏道："哦。"

"你这怎么打不起精神来呢，在人家女孩面前机灵一点……"

说着，门口的银铃铛响了几声，徐致远扭头望去，果真是俞尧回来了。

他把围巾挂到衣架上，没等出声问候，就听徐致远喊道："小叔叔，吃饭，给你挑了鱼肉。"

俞尧轻轻嗯了一声，卸下外套，洗手完毕之后走过去，见徐致远悄悄地将碗往他跟前推了推。俞尧看着那满当的饭碗，道："我不是很饿。"

徐致远道："……我给你挑了很久的刺。"

俞尧看着他，还是坐了下来，徐致远问道："你公事办完了吗？"

"嗯。"

"那你这些天还要去学校吗？"

"不了，这两天休息。"

徐致远心中暗喜，给他夹了一筷子的菜，抿着嘴唇酝酿了很久，引得俞尧转头看他，听徐致远悄声说道："……明天你在家，我和你说些事情。"

俞尧的眉间好像有什么忧虑，说道："明天……"

把儿子的小动作看在眼里的徐太太，两边眉挑得高耸，说道："嘶……阿尧，看来我得让你教教我怎么训徐致远儿。"

俞尧："嗯？"

"这小浑蛋怎么遇见你就服服帖帖的，"徐太太调侃道，"比对亲妈还孝顺。"

徐致远并不服这评价，气道："我怎么了？我什么时候服帖，又什么时候不孝顺你了？"

徐太太翻了个白眼，拿筷子指着他现在这副气得翘尾巴的模样，对俞尧说道："瞧瞧。"

徐致远："……"

俞尧垂着眸子，低头笑了一声。

……

不知是白天的哪句话埋下了火药引子，晚上炸出了一堆梦境，把徐致远的脑子塞得鼓鼓囊囊的，导致这一觉睡得特别沉。


他早晨起来犯了半天迷糊，瞄了一眼钟表，赶紧翻身下床，估摸着在外面等他的乌鸦要给寒风吹感冒了。

徐致远去俞尧房间敲了门，发现他小叔还在，松了口气。俞尧一身正装，西装马甲把身形给裹了出来。开门前还在桌前写着什么东西。见徐致远方起床的模样，说道："致远，今天……"

"你等一下，"徐致远看着他愣了一会儿，捋了捋乱糟糟的头发，说道，"我领个人见你，待会儿就回来……"

说罢，穿好衣服下楼去了。

"哎……"俞尧扶着栏杆目送他远去，眉心尚有疑惑。

徐致远并没有找到乌鸦，他在之前相遇的地方等了很久，才见巫小峰拖着他的黄包车气喘吁吁地奔过来。

他看着脸黑的徐致远，慌道："对不起对不起少爷……我去你家门口附近等你很久没来，就趁着空子回来拉了几个客……"

"没事，要说的话记清楚了没？"

"记清楚了，记清楚了。"

徐致远拉起他，说道："跟我走……"

再次回到家门口的时候，那里已经停了一辆崭新的黑色汽车。徐致远盯着那崭新的车皮上的倒影奇怪，忽地看到了后座里的一簇玫瑰花。

"哎哟！徐老爷和徐太太可真浪漫。"乌鸦因放了徐致远一会儿鸽子，正想着将功补过，看到此情此景赶紧拍马屁，可惜再一次歪了地方。

徐致远脸上的颜色更加不好看，他们两个进了宅子。看到了坐在客厅的裴医生，正喝着茶与俞尧说笑。

徐致远昨天说有事情交代，俞尧便将早与裴禛定下的约向后推了几个时辰，本想着徐致远说完他再出去两不耽误，谁知徐致远贪睡了一会儿，起来又一溜烟地不见了，正巧裴禛准时来访，俞尧只好解释一番，让他稍加等候。

见徐致远回来，俞尧才松了一口气，颔首，礼貌地让裴禛稍等片刻，唤了致远上楼回房间说。

徐致远站在原地不动，只直勾勾地盯着裴禛看。

俞尧："致远？"

裴禛弯眼笑道："徐少爷好。"

徐致远亦回以微笑："裴医生好。"

乌鸦觉得气氛不是很对劲，刚想找理由开溜，被徐致远拎了回来。巫小峰缩着脖子看哪儿哪不是。既然徐致远不避人，俞尧只好揉揉眉心，在这里问道："你是想和我说什么事？"

乌鸦瞥了一眼徐致远的神色，清了一下嗓，紧张地开口道："俞先生，是我……我想跟您说声对不起，之前……之前我冒犯过您。是我跟少爷打赌，想试试您的拳脚功夫，徐少爷一再嘱咐我不要动歪心思，可是我不服气，就计划了这么场闹剧，失手伤了您还让少爷背了锅……想来想去实在过意不去，便托少爷带我来跟您道歉了。"

他郑重地鞠了一个躬，说道："对不起。"

俞尧安静地听完，几秒钟的沉默让乌鸦如芒刺背，他快速咀嚼了好几遍自己的措辞，和提早安排的别无二致，实在不知道徐少爷和俞先生为什么都一句话不说。

"说实话，这件事情……我原本很生气。"俞尧十分认真的回答让徐致远出乎意料，他说道，"但是我没想到你会来道歉，这样也好，我至少可以说服自己消除芥蒂。"

俞尧请他坐下，说："喝杯茶吧。"

乌鸦眨了眨眼，心中的大石落了地，坐下时却忽然听到俞尧继续说："虽然道歉是好意……但我还是希望你说实话。"

乌鸦端起茶来僵了一下，他似乎感觉到身边的致远也是和他同样的神色。

俞尧说道："如果致远没有指使你，你不会也不敢去这么做。"

耳郭羞成红色的徐致远于事无补地反抗道："谁……指使他了，是开玩笑闹出的乌龙而已，什么原因他刚才都已经说了！"

乌鸦随着应和，赔笑道："是……俞先生您真的误会了，徐少爷他真没指使……"

"是这样的吗，致远？"

俞尧的声音仍旧是那般温温柔柔的，只是简单的几个字却有着空谷足音般的穿透力，让徐致远在那瞬间想起第一次听见小提琴的音色时。嗓子在这瞬间好像哑了。

"这并没有什么大不了的，我不会怪你。"俞尧道，"但是有一件事……"他看了一眼缩手缩脚地端坐在沙发上的巫小峰，脖子搭的白手巾上沾着没干的汗迹。他敏感地发觉俞尧在不停地看他，以为自己被嫌穷酸，于是赶紧将脏毛巾掖了起来，赔笑了一下。

俞尧叹气，说："致远，我并不希望你对其他人颐指气使，即使为你刷碗拖地是他们的营生，你也要对同胞有起码的尊重。"

"不喜欢你把责任全都归咎于他的做法，"俞尧给愣成根棍子的乌鸦倒了杯热茶，看着徐致远的眼睛，又重复说，"虽然这只是一件很小的事，但我不喜欢。"

"他说这一切都是误会，与你无关，"他又问了一遍，"……是这样的吗，致远？"

被揭个干净的徐致远被他清凌凌的眸子盯出一胸膛的羞火，和不知名的愧疚混在一起——后者正好为前者提供了燃料。

尤其裴禛还在沙发上看着他，听完了全程。

莫名其妙的情绪让他根本按不下这火来心平气和地说话。

他生来就是个少爷，阶级给他养了这副脾气和习性，俞尧用三言两语就想给他剔除是很难的。

以至于这几句就触到了逆鳞，徐致远破罐子破摔，扭过头去，道："……是，都是我干的，我让他打了你，还让他顶罪，我坏到根了。"

俞尧摇头："我并不是……"

"少爷我顽劣得很，改造不成你想要的。"徐致远攥紧了拳头，"也配不上你的说的天资聪颖。"

俞尧觉得徐致远理解错了意，看着他匆忙上楼，唤他，他也停不下脚步来。

楼下有尴尬的寂静滋生，直到徐致远关上了门。

回过神来的乌鸦冷汗涔涔，喝完一杯茶之后，赶忙和俞尧道谢辞别。他临走前似乎有什么话想说，但瞥了一眼楼上，还是没吭声。

俞尧坐下，轻叹，和裴禛致歉道："耽误你时间了。"

"没关系，"在旁边目睹全程的裴禛慵懒地笑道，"你这个侄子，很有趣。"

俞尧轻叹一口气。

裴禛一语中的道："他好像很在乎你的看法，而且有些过头了。"

徐致远是个偶尔顽劣的小孩，和他的那些学生很像——俞尧心里一直这么觉得。

于是无论徐致远怎么闹，他总有一种迁就他的意识。

与成年人辩论时，俞尧的立场总是很坚定，虽温温和和地不会发脾气，但从不会让人觉得好欺负。

可对待小孩不一样。

裴禛调侃他若是以后做了父亲，说不定会惯坏孩子，应了那句"慈父"多败儿。

俞尧出去前，不放心地往楼上望了一眼，本以为徐致远又要闹许多天的小情绪，于是回来时买了一份海棠糕，打算哄哄看。

……要是不行那就跟之前一样把他晾三天，应该就自己就想通了。

但是没想到徐致远一直在门口候着他回来。俞尧心中放下块石头，拍了拍他的肩膀，说道："致远，给你买了东西，进屋吃。"

徐致远抬头，冷冰冰地看着他。正巧送他回来的汽车上，裴禛走了下来，追过来说道："阿尧，围巾忘拿了。"

俞尧道谢，正想取来，裴禛先给他在脖子上紧紧地围了两圈，道：

"这围巾做工这么精细，徐太太肯定花了不少工夫，你还是围住别摘下来了，省得你这忘性辜负了人家的好意。"

他抚了抚围巾，刚好和冰霜满面的徐少爷对视了一眼，笑道："……快点进屋吧，你们叔侄俩好好谈谈，我就不打搅了……"

"他是什么人啊？"徐致远当着裴禛的面，敞开了问俞尧。

这个问题就像是碧空晴日下起太阳雨，突如其来，以至于"没带伞"的俞尧被徐致远的不满之意淋了满头，俞尧道："……嗯？"

徐致远指着裴禛："他。"

裴禛笑了一下，回应道："阿尧是我的老朋友，我上学时认识的。"他故意挑眉，道，"我不知小少爷年方三岁，竟要与我争俞老师的关宠。"

徐致远听得出他在逗自己玩，眼中的阴森浓郁几分。俞尧眉头蹙了起来，无奈地制止道："裴医生。"

裴禛哈哈笑了几声，双手一揣口袋，说道："抱歉，我只是觉得小少爷很有趣。"

徐致远差点就要当场发作，幸亏裴禛的玩笑懂得分寸，及时打住，几句圆场之后就与他们挥手作别了。

俞尧的眉间的褶皱一直没舒展开，待裴禛走了，他们两人进屋，俞尧仍是这副神情。

他把糕点放在桌子上，但笼罩在阴云里的徐致远都没看一眼就要上楼，俞尧在他扶上最后一段护栏时唤住了他。

"对了，致远，"他终于还是打算把巫小峰那件事的疙瘩解开，道，"关于上午的事……"

徐致远一声没吭，只用关门声回答他。


既明大学的排查已经结束，之前的墙上红字好像一颗扔进死潭的小石子，没听见有什么消息，除荡起一圈涟漪以外，再无波澜。

徐致远与傅书白再次相聚还是老地方，吆喝传街的小酒馆。在招牌前等傅书白的时候，徐致远掰着指头想了想，这些日子勾得他情绪时晴时阴的，无外乎是俞尧。而说来好笑，每次心情起落前后，都跟老傅有一场"吃馆子"。

他忘记自己是怎么与傅书白熟识的了，反正很早开始傅神棍就成了他的排忧解难的御用垃圾篓。徐致远的脾气别扭得像朝天长的根，有些事越刻意地去想，越迫使自己开口，反倒越往心里藏。大概只有自在地举酒倾吐时，才会不经意间露出真情实意。

他先是找了张桌子，听旁桌的长衫先生推着眼镜高谈阔论，也打不开徐致远昏昏欲睡的眼皮。傅书白迟迟不来，他只好去门口瞎转，走着走着，迎面遇见乌鸦拖着他的小车，蔫蔫地走到他身边。

"少爷……"他扯出个笑容来，说道，"要上车吗？给你免费。"

"不了，"徐致远头也没回，阴阳怪气道，"我可不敢坐你的车了，省得叫一些人看到了，说我欺压百姓。"

"哎哟少爷，"乌鸦委屈地撇嘴，"我可不敢这么说……"

徐致远沿着路边走着，乌鸦就拖着他的小车在旁边跟着，说："傅书白让我给少爷带个信，他这次不能来了。"

"怎么？"

"不是前几天查学生吗……风声虽然给压了下去，但是人查到了。"乌鸦缩头缩脑地道，"谁能想到是个女学生，听说姓吴，警察问她平时看些什么书，又跟哪些人接触，她……平时性子挺孤僻的，没多少朋友。傅书白倒了大霉，正好跟她有些来往。"

傅书白是个老好人，人脉几乎覆盖整个既明，朋友遍地跑，跟什么样性子的都能聊上几句。认识一个"被孤立"的女学生并不奇怪。

"不过傅书白平时又不参与什么乱七八糟的聚会，没什么不好的言论，聊会儿就放出来了。"

"少爷……"

徐致远揉了揉眉心，说："做什么？"

乌鸦像是鼓起了很大的勇气，说道："我能再见俞先生一面吗？"

徐致远刚揉开的褶皱又蹙了起来，斩钉截铁道："不能，你想干什么？"

乌鸦还以为徐致远要打他，于是一缩肩膀，眯着眼睛道："少爷，不是，您误会。"

"瞎说，你知道我想什么吗就说我误会，"徐致远边说边扬起一只手来，却突然发现了一些不同——这不同也没有什么特别之处，仅仅是乌鸦脖子上搭的白毛巾洗干净了。

"少爷……"巫小峰眯眼瞥他，见徐致远停手了，再一次鼓起勇气感叹道，"您以后别气俞先生了，他是个大好人。"

徐致远不知道他为什么会忽然敢哪壶不开提哪壶，语气十分不友好："嗯？"

"少爷你听我说，"乌鸦赶紧道，"……我祖上十八代要么当农民，要么当下人，就数我最有出息了，能混到淮市来，还认识了徐少爷这样的朋友。"

"……"徐致远决定有时间一定要向巫小峰学学话术，他是怎么一句话里"不卑不亢"地把自己和别人都夸到的。他瞅了一眼黄包车有些生锈的踏板，不屑地说道："是挺有出息的。"

"我长这么大，第一次有俞先生这种身份的老爷跟我说什么……尊重，还请我平起平坐地喝茶。"巫小峰拿手指蹭蹭鼻子，说道，"我寻思着，就算是从我爹娘往上数两三辈，都没有遇见过这种老爷。"

徐致远看着他。

巫小峰不好意思地笑道："也怪不得俞先生是个大学老师，我爹娘说能当老师的都是最有出息的大好人。"巫小峰缩起了脖子，"少爷，你一直看着我做什么，盯得我背后发慌。"

"没事。"徐致远收回目光。

他想，"大好人""有出息"大概是他没学过文化的爹娘能从心窝里掏出来的最好的词汇，就这么无修饰地传给他了。

这个人好像是一片土地上最普通的一株野草，混在成千上万的同类之中。平时琢磨出一些利于生存的狡黠，随风飘荡，随踩弯腰，讨好谄媚。若是遇到愿意分他滴雨露的，土生土长的憨态就露了出来。

"只是件小事而已，怎么就大好人了，我对你不好吗？你要是想喝茶随便进徐府。"徐致远虽然心里那样想着，嘴上还是不肯让步。

巫小峰嘻嘻笑道："少爷你气消了。"

徐致远："滚蛋。"

徐致远加快步伐，他也快步跟上去，他说："我送你一程。"

"算了，我没带钱。"徐致远瞥了一眼他的人力车，说道。

今天仰止书店进书，徐致远散步到那里的时候，看到老板在清点数目。正好岳剪柳也在那里，好心帮忙，正当书本将要倾倒之时，徐致远去扶了一把。

岳剪柳愣愣地说了声徐少爷对不起，徐致远微笑道："叫我致远就行。"

他顺势展现了一下自己乐于助人的好形象，与雇佣的搬运工一起帮老板收拾了一番。老板感激地给他们两人递上两杯茶。

岳剪柳问道："少……致远你也经常来这家书店吗？"

"是啊，"徐致远顶着老板远远的目光，淡然地昧着良心道，"平常没事就喜欢看些书。"

"我也经常来，我之前没有见到过你。"

"之前缘分未到，时间不对，错过一次缘分便攒一回，攒够了，这不就遇见了吗？"

岳剪柳道："我猜你平常净看些不正经的小说。"

"都看。"徐致远道，"剪柳平时都看些什么？"

"我学习古汉语文学，平日里读历史居多……近来俞老师给我推荐了几本书，我与老板说了，进货时多留意了一下。"岳剪柳认真地道，"少爷感兴趣的话可以去看看，我写了读后感，我们可以互相交换，交流看法。"

"你平常还写东西吗？"

"尽是些评论感悟，再就是模仿的拙作，原创的很少……有诗和散文。"岳剪柳道，"致远你呢？"

"我……平常……"徐致远瞎扯道，"平常听我小叔讲那些普朗特什么量子就够累了，实在是没有空闲去写一些杂笔。"

岳剪柳真心地感叹道："好厉害。"她垂下眼睫来，说道："忙那便算了，还是你的事要紧。我还以为能和少爷成为互换随笔的书友。"

"不过……"徐致远最不忍看见女士失落了，弯眼一笑，"我可以抽空去写，毕竟这也是我的爱好。"

岳剪柳惊喜地眨了眨眼，道："好。"她把随身带的本子递过去，说道："这是我的。"

徐致远翻看，只见第一页就写着："鸟儿的歌声是曙光从大地反响过去的回声。"

"这是我摘抄的，我买下本子的时候正好是个清晨，外面有鸟啼，就将这句写在扉页了。"岳剪柳补充道。

"剪柳姑娘还蛮有仪式感。"徐致远道。

又随便聊了几句，直到式微时，岳剪柳才与他告别。出来这一趟虽没有傅书白跟他聊天解闷，但徐致远还是觉得轻快了许多。他口袋里揣着那本笔记，心里正想着下次交换时该如何应对，回到家刚好看到徐镇平、俞尧和一位他不认识的长衫老头坐在一块儿喝茶。

徐致远的轻快戛然停止。

徐镇平见徐致远正好回来，将他叫过去，让他恭敬地唤了那老头一声"先生"，徐致远感到心头不妙，果不其然徐镇平接着说道："这是岳先生，以后便是他教你念书了。"

徐致远心凉了一截，看了一眼俞尧，又看了眼自己的父亲，不可思议道："为什么？"

"什么为什么，"徐镇平道，"拜托阿尧教你读书本就是你妈心血来潮。他是大学教授，公务缠身，哪有那么多工夫管其他事，现在先生请来了，你以后都要老老实实在家中学习……"

徐致远忽然道："我不。"

徐镇平大概没被徐致远顶撞过，瞬间变了脸色，道："你说什么？"

"小叔叔……"徐致远捏紧了拳头，对俞尧说道，"是你说的不教我了吗？"

"是我说的，跟你小叔没关系。"徐镇平尽量平和道，"我们大人自有安排。"

"我又不是小孩。"

徐镇平严厉道："徐致远。"

"孩子长到这般年龄，自我意识总是会变强，这是好事，但要有个度。父之言不可违，便是条底线。"长衫老头老气横秋道，"徐老爷，致远虽是徐家的一棵独苗，但还是需要多加管教管教。"

徐致远瞪了他一眼，可在这两道目光的注视之下怎么也神气不起来。见俞尧一言不发，忍不住他又问道："小叔叔，你是不是又觉得我顽劣了？"

"不是的，"俞尧终于开口说道，"我会继续教你小提琴，其他时间岳先生会代替我……先生比我更加专业。"

"可是我不想他教。"徐致远愤愤不平的语气中掺杂了委屈，"你能不能问问我的意见，至少商量一下。"

他这话对着俞尧，却也像是对着徐镇平说的。俞尧一怔，看向他时，他已背对着徐镇平的训斥，跑到楼上房间，把门锁起来了。

# 第3章 无风

徐镇平难得没有教训他。大概也是知道儿子跟俞尧比较亲，一时要割舍总会不太乐意。

但他们仍旧是生活在同一屋檐下，抬头不见低头见，徐致远没必要反应大到顶撞他老子。

徐镇平想来想去不对劲，最后将症结归于徐致远最近皮又痒痒了。

俞尧劝住他，徐致远的屁股才免了遭殃。

徐致远将自己锁在屋子里不知道在做什么，管家敲门喊吃饭他也不应，"经验丰富"的老管家一度以为少爷翻窗跑了，还去后院查看了好一番。

徐镇平在餐桌上冷哼一声"不用管他"，这顿晚饭便在徐太太的调侃之中冷清地过去了。

直到子时将近，灭灯欲睡的俞尧房门被敲响了。俞尧开门，看见是徐致远，先问了一句："饿了？"

少年人正是长身体的时候，胃像断不了俸禄的贪官，一顿缺了是要哀号的，于是徐致远的肚子很应景地回答他。

俞尧叹气，抓起衣服来披上，说："我去给你温饭。"

徐致远抓住他，进屋锁上了门。俞尧被他一股蛮力逼到书柜与墙的狭仄夹角，撞了柜子，上面摆着的药瓶轻轻摇晃，发出的清脆声响让徐致远留意了一眼。

俞尧责道："致远。"

徐致远道："你为什么不教我？"

俞尧料想得到徐致远会因为这个跟他置气，认真解释道："镇平没有骗你。过去休息的这两天之后，我的公事会变得很繁忙，恐怕没有那么多时间为你单独备课，但我会尽量腾出时间来继续小提琴的教学，没有看管，你也应该勤加练习。"

"没来得及和你商量是因为我今天下午才得知镇平已经为你选好了私教，而且明天就会上任。"俞尧道，"镇平他也是为了你好，只是他的方式不适合你而已。在你真正可以独立之前，还望你能体谅一些……"

徐致远情绪平复了一些，但还是不甘，是各种糅杂的不甘搅混在一起。他说："可我就想让你教，别人教我听不进去。"

"致远，你听我的劝，好吗？"俞尧揉了揉眉心，抬头。白天的种种涌上脑海，他冒着又会惹这崽子发脾气的风险，十分认真地说道，"你，做事实在太任性了。"


徐致远磨了磨牙，讥笑道："你难道不是从一开始早就知道我是什么样的人了吗？怎么说得好像一件新鲜事似的。"

"……"

徐致远这些天的听话给俞尧造成了一种错觉，他以为这少爷的脾性会有所改进，他皱眉，些许失望道："那你今晚特地过来是要惹我生气的吗？"

"你今天和裴禛去哪儿了？"徐致远自顾自地问道。

俞尧说："座谈会。"

徐致远比俞尧还要高一点，近距离对视时会有一种压迫感，徐致远问："真的？"

"我没有理由骗你，"俞尧再次对他的靠近斥责道，"致远，不要这样说话。"

晚上的俞尧像返璞归真为一只雏鸟，疲倦、忧虑，把白天的一切都卸下了，只留出了最质朴的内里。

徐致远道："你害我担心了。"

"担心？"俞尧道，"有什么好担心的？"

俞尧疑惑地望向他黑色透亮的眼睛里，说："你是不是对裴医生有什么误解？"

"我当然是担心他骗你，"徐致远不知道哪根筋饿得跳了轨，某种顽劣的心思怂恿着他故意无理取闹，以拱起俞尧的火，他紧紧地攥了攥手指，说道，"他看起来就不像好人的样子，你知道这些所谓医生……坏主意最多了……"

徐致远对自己挚友的诋毁让俞尧紧蹙了眉头，他严肃道："徐致远！"

徐致远继续道："而你又对他没有防备，他叫你喝酒你就喝，醉了还……"

徐致远的声音戛然而止，蹲下身捂起了肚子。因为俞尧效仿初识那次的力度，再次用一拳头打断了徐致远的话。

俞尧冷道："我是不是太纵容你了？"

他是有脾气的，徐致远又忘了这码事。

他起身再次逼上去，这次用了十分的力度，俞尧猝不及防地又被压回去。

"我就顶撞你了！"方才那一拳的疼痛未消，徐致远咬着牙强行站起来，说道，"我说过了，你能打我但不能赶我……更不能嫌我。"

"你今天到底……"俞尧善于安抚人心，但也得找到源头才能对症下药，他实在是没找到徐致远阴晴不定的症结所在，一时也无可奈何。尤其在看到他的眼角因为疼痛而憋出生理性泪水时，声音塞在嗓子里。

门被敲响，被他们的大声争辩引来的徐镇平在门外厉声道："阿尧？徐致远在你这里吗，他是不是闹你了？"

俞尧看向徐致远，刚想去开门回应，谁知道徐致远一手摁住了门把。

"徐致远……"

徐致远此刻像只没精神的狼崽一样耷拉着脑袋，他看着地面，语气有种幼稚的凶狠，又怨又乖道："小叔叔，你让他走，我不想跟他说话，这是我跟你的事。"

"……"他这副样子把俞尧刚发作的脾气给磨没了。

他盯了怏怏的徐致远半天，只好深呼一口气，柔声回道："我很好镇平，致远只是来找我问题而已，吵到你了，很抱歉。"

徐镇平沉默一会儿，道："没事就好，我还以为这小东西气不过来找你麻烦。"

听见徐镇平确认之后脚步声逐渐远去，徐致远才幽怨道："小叔叔，你脾气太坏。"

俞尧道："你没有资格说我。"

"人说君子动口不动手，可你总是打我，"徐致远说，"每次闹矛盾，还要我先原谅你。"

"你若是不犯浑，我也不会打你，"俞尧揉揉眉心，话头被他牵着跑，"哪一次闹矛盾不是你先出格，道歉是应当。"

徐致远理直气壮地要赖："你怎么能跟我置气，你是我的长辈。"

"首先你得是一个知义守礼的后辈。"

"……小叔叔你话什么时候这么多了。"

俞尧重复："你没有资格说我。"

一来一回的密集反驳把气氛沉淀得平和起来。

静默许久之后，徐致远小心地试探，问："尧儿，你生我气了吗？"

"没有，"俞尧实话实说，"差一点。"

"我是真的担心你，"徐致远做出一副掏心窝子的真诚样来，他道，"我可是有人证的，是傅书白说，裴禛不是什么好人。"

"……"

俞尧看着徐致远，心中不知盘旋起什么复杂情感，觉得自己摸透这只小兔崽子脾性的路还远着呢。于是叹了一口长长的气。

"小叔叔？"

"没事，"俞尧的语气温柔了一点，他说道，"……算了，谢谢。"


新来的长衫老头名叫岳磊，平时人们便称呼其岳老。他的眼镜支架似乎和他年龄一样大，经常往下掉，皮肤的褶皱竟阻止不了它的滑落，还要麻烦他上课期间时不时地就用手推一下——那皱纹除了显老也是全无作用了。

用山羊胡来作比他的胡子太过老土，山羊胡好歹颜色一致，从头到尾都是白色。岳老的胡子却黑一块白一块，徐致远觉得它更像用了几十年的毛笔尖，毛糙坚硬。但徐致远敢打包票，用他长在下巴上的毛笔尖写出来的字都比他教的书好看。

岳老讲课和之前的先生还是有区别的，别人是高谈阔论得又臭又长，他是引经据典得又臭又长。

虽然本质上都是臭与长，但后者至少能使他受益。

失去了俞尧的教导，徐致远学习的兴趣也下去了大半。蔫头耷脑得仿佛晒干了的娇花，下课时才敢趴下去歇一歇，先生让他去倒杯水，徐致远便成了个腰酸背痛腿抽筋的"病人"。

徐镇平在家时，看到此情此景便会呵斥一句，于是徐致远不情愿地从桌子上起来，舀杯水放在岳老面前，太凉或者太烫他都不会过问了。

徐太太在家的话，不必岳老招呼徐致远，她就已经给贴心地倒好了。

但倘若他的小叔叔在家，只需要说一句："致远，给岳老倒水。"徐致远便会"垂死病中惊坐起"，泡了上好茶叶，试准了合适水温，恭恭敬敬地摆在岳老面前。有时还会微笑着说声"您请用"。

岳老每每都会冷眼盯他很久。

不仅是倒水，在做功课之类的事情上也是如此。他知道这厮正在用行动告诉他，自己"身在曹营心在汉"，对他卑躬屈膝是被逼的，对他小叔恭敬才是真的。

如此一来过了三四天，到了徐镇平检测短期成果的时候，徐致远最是熟悉这样的先生，面子不容学生冒犯，于是就等他告状，自己好把"明明我听小叔叔的话了"拿出来喊冤。

却没想到岳老一捋毛笔胡，脊梁一挺，说了一声："很好，小少爷很有骨气，只是歪了地方，过几天我给他正回来。"

徐致远只觉得假笑得脸疼，心中暗暗骂道："呔！此老叟脑中有疾。"

结果是周末休息过后，岳老继续教他。

徐致远百般懊恼，但还是把斗智斗勇的心思放了放，腾出空去想岳剪柳的笔记和周末的相亲。

他没想着这时候就给徐镇平找儿媳，想以普通朋友的身份带姑娘简单游玩一番，但把"看电影"这一关键步骤略去，就当作委婉地拒绝了。

正好傅书白打电话来说自己想他了，问周末要不要去下馆子。

徐致远唾了一声："我看你是想我钱了。"

傅书白实诚地道："都想。"

待他挂了电话，转身回屋时，铃声又响。徐致远接起来，不耐地道："还有什么事？"

"哦，是徐少爷。"

徐致远脸色一拉，听出来是裴禛的声音。

"干什么？"

"我想找俞尧，他在家吗？"

"他不在，有什么事？"

"没什么大事，就是算着他的药该吃完了，给他准备好了下次的，"裴禛笑道，"徐少爷替我转达就行。"

"哦。"徐致远刚要挂电话，裴禛又说，"还有……"

"嗯？"

"小少爷帮我问问俞尧，他周末有没有空，"徐致远总觉得裴禛慵懒的声音里总带着坏气，不知是不是故意的，"我想约他去看电影。"

没等徐致远回复，那边像是提早就预料到了徐致远会有什么反应似的，先行挂了电话。

徐致远放下听筒时的动静把路过的用人吓了一跳。


徐致远近来总是不顺，俞尧其实也半斤八两。

像他这样年轻也不严厉的新老师，总有一段时间要受调皮学生的掣肘。原本他们的相处一派平和，但因为某些缘由擦出了不愉快。

起因主要是夏恩。

因为性格过于刚直，他与一部分男学生一直存在罅隙。

近来因南墙涂字一事，既明大半学院都被禁足半天，休息时间白白流逝，这让闲不住的好动分子们怨声载道，纷纷私下责骂这个写字的出风头之人。更有甚者模仿那墙上的"还我疆土"，去给被查出来的吴同学寄纸条，血红的大字写着"还我假期"。

夏恩得知之后，气愤地在众人面前让沾沾自喜的恶作剧者们道歉，闹大了还动了手，叫那群人丢足了面子，之后他便被孤立起来，处处针对。

俞尧知晓夏恩的品行，在得知此事之后，对那群好事者稍作惩戒，之后就被传了"俞老师偏袒斗殴学生夏恩，维护涂墙激进分子"的说法。

俞尧的教学变得不再那么顺利，每天需要多解决一些故意和他做对的问题。

他疲累地回到家中，看到了沙发上坐着的徐致远，正给他的琴擦拭灰尘，一副心事重重的模样。徐致远见到他回来，招呼他去坐下并递上茶来，第一句话便是："小叔叔，你累不累，喝水。"

听到这句关心，俞尧就知道这小浑蛋又要有求他了，于是开门见山道："什么事？"

徐致远又瞬间暴露了献谄的目的："你换个医生治病好不好，我让我爸给你找个全淮市最好的。"

"……"

俞尧觉得自己最近是捅了崽子窝了。

在学校有一群不听话的就罢了，家里有一只更不让人省心的。

他看着徐致远的黑眼睛，想起前几天的事情来。


徐致远曾经应该是一个热情的小孩，如若打小一直被温柔细腻的亲情包裹着的话，大概会长成一个到处去散发他的阳光的直率青年。可童年给他的印模却是大而空旷的徐府和纸醉金迷的贵族生活。父母疏于对他的管教和关爱，于是这一小块岩浆不成样地逐渐冷却。以至于他到了十八岁——保留着点少年的热忱，又没有动力支持着他上进，有些纨绔的影子，却又当不了个彻底的社会混子——性格别扭成四不像。

徐致远不可能永远都如此，他需要成长。正在这个迷惘的节骨眼上，遇上了怎么样都会对他迁就的小叔叔。便一股脑地，就算要赖也拽紧不放了。

而在俞尧眼里，他觉得徐致远就像只发育期的幼狼，正又痛又痒地到处磨牙试错。他不知该如何下手解决——是替他拔掉异齿，教他如何隐忍和藏匿。还是包容着他已养成的天性，让他自己慢慢碰壁、吃苦。

俞尧沉默半天。

"小叔叔，你说话。"徐致远道，"不说话当你同意了。"

"裴禛就是那个全淮市最好的。"俞尧说，"内科学博士，之前留过洋。"

"骗人，他一点都不像资质老的好医生，看上去就是个江湖庸医。"

"你不要对裴医生有那么深的偏见。"俞尧不知道他为何又提起裴禛来，想了一想，问道，"他打电话来了吗？"

"是。"徐致远散漫道。

"他说什么了？"

徐致远握紧了琴颈，说道："你自己给他打回去呗。"

俞尧起身去拨号了，徐致远则是哼了一声，吹掉了最后一点羽尘，将小提琴架在锁骨上。

俞尧刚一接通，"喂"还没有说出口。就听到身后飘来幽怨的乐声。

俞尧回头嗔了噪音源一句："致远。"

徐致远充耳未闻地拉着他的快曲，神色故意地十分沉醉。

听到这自带的背景乐曲，心知肚明的裴禛笑了起来，俞尧左手罩着话筒，无奈道："不好意思，有些吵。"

裴禛重述了一遍医嘱和邀请之后，徐致远听到俞尧说"周末有空"和"可以"，一时间韵律急促，摁得不甚熟练，还错了几根弦，像是在发泄不满似的。最终这通电话在"优雅"的旋律里挂掉。

放下听筒的俞尧道："……你为什么要这时候练？"

"是你说让我勤加练习，现在到时间了。"徐致远停下弓弦，明知故问道，"你刚才是不是在打电话？哎，对不起我没听见。"

俞尧面无表情地看着他，好像在看一个幼稚的小孩赌气，不超过十岁的样子。

……

周六下午，徐致远糊弄完了岳老布置的功课，结果被老先生薅着耳朵斥责了一顿。原因是作文不但没有写完，还在足有两百字的空行里瞎画画。

俞尧看到那张字迹不羁的卷子时，与那旁边写了"岳老头"的涂鸦小人对视了足足十秒，总觉得它有点眼熟。后来才记起，这原来是"老俞"加了几根山羊胡之后重出江湖。

岳老要打他手心做惩罚，徐致远难得乖巧地将双手伸出来，可只见左右手心都用墨水画上了流泪的"岳老头"，还配字"打人不打脸"。

岳老："……"

恰巧徐老爷和徐太太都不在家，岳老被他惹得脑袋跟煮开的茶壶一般冒气，骂骂咧咧地收拾书回家了，俞尧没拉住。

俞尧送岳老回来，关起门来教训徐致远。

"顽劣，"俞尧严肃道，"你这样做除了让先生生气有什么好处？镇平回来又会训你。"

"你让他回来打死他儿子吧，最好今晚，"徐致远斤斤计较道，"小叔叔明天都跟人看电影去了！我的明天还有什么意思，在家无聊，出门糟心。"

"……"

俞尧语塞，喊他去洗手，徐致远却双手一插兜，吊儿郎当地回房间了。

他心中早就打好了如意算盘，不会任由那庸医把他小叔叔拐走的。

第二天的徐致远西装革履，一派风流，带着手心没洗干净的墨水，去美术展览见徐太太给他介绍的姑娘了。

地点在一家私人商场的展厅，地方开阔，参观者众多，展出大都是美术学院的学生与教授的作品，观众之中不乏既明大学的学生。

只是没想到，徐致远在等待那位神秘女士竟是一位熟人。

岳剪柳绾起了头发，穿了一身莹白色的绣兰旗袍，跟之前判若两人。

"致远！"她有些小惊讶，说道，"我本提早约好了李主编，但她说时间不定，若今日实在不得空闲，会请他人赴约……没想到请来的竟是你。"

徐致远暗暗地给徐太太掀了个白眼，转头又是亲切单纯的微笑，说道："母亲也只说逛展有人作陪，没想到竟是剪柳。"

"早知道是你，我就穿常服了……"她有些不好意思，食指轻挠后颈，看上去这身衣服使她十分拘束，"父亲说出门见贵人，非要让我穿得正式些。"她又补充道，"啊，并不是说你不重要的意思……"

徐致远哈哈一笑："我知道，让你觉得在我面前自在，这才是我的荣幸，那说明你不把我当外人了。"

岳剪柳礼貌地一笑，问起交换笔记的事情来。

徐致远才想起这回事，却是处变不惊地说："写到兴处来了好灵感，还没结束。今日不知道剪柳要来，所以没带，改日亲自送到府上。"

岳剪柳点头。徐致远礼貌地伸来手臂，让女士搭着，岳剪柳看到他手心未褪掉的图画，津津有味地看了一会儿，道："徐少爷还蛮有童趣。"

徐致远微笑："无聊时的玩闹而已。"

一言一语之后二人姿态都放轻松了许多，一起逛展了。

西洋画太实，徐致远不喜欢，可被高才生们钟情，占了画展的大半。

徐致远心中有无数的蚂蚁乱爬，无聊得发慌，但偏偏岳剪柳看得很认真，他又不好意思去打搅，只能频频地去看钟表。

画展不乏洋人，走到了半圈，出神的徐致远被一个小东西撞到，低头一看是个穿着花色和服的女孩。

她的母亲拉着她，用徐致远听不懂的语言跟他鞠躬道歉。徐致远点头微笑以示没事。

随后跟来一个男人，身穿亚麻色的西装，留着整齐的短胡子，大腹便便的。

这位家主看到了方才的情景，似乎对女人鞠躬一举十分不满和鄙夷，用旁人听不懂的语言说了些什么，小女孩小心翼翼地瞥了走远的徐致远一眼。

徐致远用余光把这一幕看在了眼里，鼻子打了个冷哼。看装束，想必这洋人是个大商，在淮市做出名堂，把妻女接来享乐了。

这些洋商人深令徐致远厌恶，来淮市赚得盆满钵满，也不讲宾客之道，却还要反过来趾高气扬地对主人轻蔑相待。若是这种人来徐家做客，是要被轰走的。

走了一路，徐致远心想要不要找个理由开溜，瞥了岳剪柳一眼，却发现她好像也在时不时地留意钟表。

徐致远眼睛一亮，他以为岳剪柳也在煎熬，于是大胆地试探道："剪柳，待会儿要不要去看电影？我这里有票。"

"不了……"岳剪柳难为情道，"我一会儿还有其他事情。"

"太可惜了。"

凑够了相处的时间，徐致远找了个理由分别，果不其然岳剪柳爽快地答应了。

将岳剪柳送上车，微笑目送她离开之后，徐致远终于现出了原型，把修身的西服外套和马甲脱下来，一路连跑带跳地闯进跟傅书白约好的馆子。

见少爷来了，傅书白死气沉沉地道："你还是再晚到几个时辰正好吃晚饭吧。"

"把你那穷酸衣服换了，穿这一身，比较符合成熟的社会人士形象。"徐致远把自己的衣服递给他。

傅书白见钱眼开，接过瞬间怨气就没了，说道："哟，远儿，要带我去哪个舞会蹭饭啊，上流人嘛我最会装了。"

"比舞会更好玩。"徐致远说。


徐致远带傅书白去看电影。

傅书白满脸失望，进门前拎着一袋原味瓜子，叽叽咕咕道："看电影，讲究的是伴，内容其次。你又不带女伴，还不如去下馆子。"

但是徐致远没理他，在席中找寻了一番，不停脚地窜进了一排中间，坐下时整了整衣摆，同时整理了一下脸上的笑容，朝着他道："书白，往这里坐。"

傅书白被他这一声温柔的"书白"吓得嗓子眼卡了两片瓜子皮，恍若吞了掺着耗子药的花生米——恶心得要命，他正想说徐致远你有病。便听到有人先出声唤了那小混账的名字。

"致远，"俞尧些许吃惊，"你怎么也来了？"

徐致远回头，不失礼貌地朝俞尧和裴禛一笑，说："小叔叔，庸……裴医生，真是巧得很。"

傅书白要是信了这是巧合那只能说明读书读傻了。他浑身写满抗拒地走过去，迎着三道目光，恍若坐上了一把铺满荆棘的刑椅。回头，轻声问候道："俞老师好……裴……大夫好。"

裴禛弯眼笑道："身体好些了吗，傅同学？"

看见他傅书白只觉得天灵盖疼，敷衍地应了几声，脸色难堪地正身坐着。徐致远还在旁边添油加醋，声音里含着轻盈的笑意："书白，饿不饿？一会儿去华懋饭店吧，你想吃什么？"

傅书白转头看着他，要不是被俞尧的目光笼罩着，他已经脱口而出一句"不用了我已经被你硌硬饱了"。

他最终还是屈服于少爷的钱袋，紧了紧西服衣襟，说："……行。"

一时尴尬滋生。徐致远虽看不到俞尧的神色，但是相当地从容淡定，甚至还有些恶作剧成功的小喜悦，有模有样地欣赏起电影来。

这场是《桃花泣血记》重映，看了个开头徐致远便猜出结局定然伤感，默片的无声本是悲剧最好的衬托，败笔是不知哪个自大的放映员全程放了一首凄凄的哀歌。

当然徐致远鉴赏能力有限，共情能力不行，观影一半做出唯一可供参考的评价就是"阮玲玉真好看"。

正当他啧啧感叹之时，傅书白忽然拉过了他的手，徐致远悚然一惊，但立马换上一副迎宾式假笑。

傅书白微笑着铺平他的手掌，接着在他手心缓缓地写了几个字——"你是狗吧"。

徐致远亦回以微笑，拉过他的手，也缓缓写道——"安静闭嘴"。

这一举一动，在外看起来都是亲密无间的。二人如此一来一回地问候着彼此的种族和亲戚，写到手心被画得发红，一直到电影结束。

主题似乎很应景，正好结束了徐致远可以跟身边人假模假样地感叹一声恋爱自由，就好像自己是个被悍母的封建观念缠足的"贞洁之士"一样，被徐太太知道了定要罚他抄书。

临了，徐致远装作好像才想起俞尧也在场一样，回头问道："对了小叔叔，你要不要跟我们一起去吃饭？"

俞尧神色复杂地看着他，说："不了，我和裴医生有约。"

裴禛笑道："小少爷有朋友陪着，我们这些'老古董'在场，岂不是饭局都要变得拘束？"

他一说话徐致远满面的春风就消逝了一半，他瞪了裴禛一眼，说道："好吧……那罢了。"

"书白，我们去吧。"徐致远说。

傅书白憋坏了，正想着推开门灌口冷风洗洗耳朵醒醒神，但即将离开时，又听到后来跟上的两人的对话。

俞尧说自己的围巾落在放映室了，要回去取。裴禛愧然地说自己也没注意提醒，表示在原地等他回来。

俞尧前脚刚走，徐致远忽然又对傅书白说，自己有东西落在放映室了。

但是傅书白心知肚明，恍恍地道："你来的时候带东西了吗？什么东西能落下？脑子吗？"

"我说落下就是落下了，你在这等我一会儿。"他看着莞然的裴禛，说道，"你无聊的话跟他聊天解解闷呗，正好你们一个神棍一个庸医，聊得来。"

傅书白："……"


徐致远正好在门口撞上取围巾回来的俞尧。他的下半张脸埋在厚实的围巾里，露出来的只有眼睛和额头。

他头发上沾了一点不知哪里来的羽毛绒。

徐致远看着他，俞尧往哪儿移他便往哪儿移着挡路。

俞尧声音裹在围巾里，闷闷地问道："怎么了？"

"没事，"徐致远道，"我就想问问你……真不来和我们吃饭嘛，你可以……把庸医一起邀来。"

俞尧说："不了。"

"行吧。"徐致远其实没落什么东西，他往里面走着，想进去走一圈装装样子，但是俞尧唤住了他。

"致远，"俞尧问道，"那和你一起看电影的，是谁？"

徐致远幼稚的诡计得逞，笑道："小叔叔，为什么这么问？"

这对话似曾相识，徐致远故意道："哦，我好像也问过。"

俞尧不答，幽幽地盯着他看。

"那是我的老朋友，"他清了清嗓子，学着俞尧曾经的语气说道，"咳，尧儿，你是不是对傅同学有什么误解……"

"他就是你一直挂在嘴边的傅书白吗？"俞尧停顿了一下，认真地道，"他是既明的学生，想来品格不会是差的，你要学会见贤思齐。不过说起来，他似乎和裴禛存有一些矛盾……"

"你这不对，"徐致远打断他，嘶了一声，眉头蹙起来，说道，"你接下来应该说，你为什么会误会，然后我解释误会，你我再争论一番，化解矛盾——小叔叔，闷气应该是这么生的。"

俞尧把他推开，道："你在说什么……什么闷气？"

"尧儿，"徐致远发愁道，"你说庸医是全淮市最好的内科医生……我看你是全淮市品种最纯的榆树木头。"

俞尧："……"

徐致远伸手，将他头上的羽毛碎屑摘下来，吹走，转身离去了。

俞尧疑惑，出口提醒道："你不是落了东西回来取吗？怎么不捡回来就走？"

徐致远的声音很远，带着幽怨，道："落了个榆木脑袋的小叔叔，刚捡回来。"


西餐厅里，有女人在弹钢琴。

漂亮的演奏者穿着优雅的灰旗袍，刺绣牡丹在腰间开着，她手指跃动的时候，仿佛有风在吹花瓣。

徐致远醉眼蒙眬地盯着不停跳动的琴键，思绪也随着黑白在变，看着看着，他发现杯里的红酒残余得只剩底了。

酒劲上来顾不得优雅，干白又接着倒上，徐致远一边托腮望着弹琴人，一边问傅书白他怎么会认识裴禛。

傅书白说，别提了。

他之前费了好几包烟跟中心医院的门诊大夫搞好关系，就为了装病请假的时候能派上用场。结果"养兵千日"，用兵一时也没有，他终于要去开个假证明的时候，撞上裴禛值班视察，一时没料到这年轻医生的高职。

……之后傅书白便进了那家医院许多科的"特殊名单"。他又不愿意再花烟钱在别的医院大夫身上。所以他往后装病只能从跌打损伤上装，可真要因为这个开出证明来，学校肯定让他减少外出运动，与他的本心相悖了。

从某种意义上说，裴禛堵上了他逃课的歪门邪道。

虽然傅书白理亏，但这不妨碍他和裴禛结下梁子。他因此搜罗来一筐关于裴禛的小道消息，趁着现在全倒在饭桌上。

他听徐致远说起车上的花一事，挑眉道："座谈会？那不会是俞老师敷衍你的说辞吧？裴禛他明明结婚了，戒指不离手，看上去一心一意着呢。"

徐致远从来没注意过裴禛的手，他挑眉，问道："真的？"

傅书白抱着胳膊，看着他，说道："远儿。"

"做什么？"

"你又是怎么跟裴禛死磕上的？"傅书白不解道。

徐致远拿银勺轻磕空酒杯，脆声让傅书白的话中止，他擦着嘴，说："吃你的。"

几杯酒入肚之后，烈味会冲走许多皮面的包装，傅书白没有多做嬉皮笑脸，煞有介事地叹气道："你这心眼没几斤几两，脾气倒是难猜得很。"

徐致远只瞪了他一眼，难得没有踹他，他扯开话题，问起傅书白的近况来——就比如牵连他卷入南墙事件的吴桐秋。

总是滔滔不绝的傅书白这次却说，没什么好说的。

看见他眼里被酒意冲刷出来的忧郁，徐致远问他："你是不是有什么事？"

傅书白淡淡地将话题抹去，说："你想多了。"

灰旗袍的女人弹了许多首曲子，声音很慢。两人好像有很多话可以说，又好像无话可说。

气氛太过沉迷，本来酒力适中的徐致远受了感染，酒量浅成了一捧，倒进去两瓶就醉了。

他迷迷糊糊地睡过去了，傅书白好像摇过他，说了些什么。等他意识稍稍回笼的时候，看到了裹着红围巾的俞尧。

他们好像是在车上，外面下起了大雪，这好像是秋去冬来之后的第一场。徐致远以为在做梦，淮市不轻易下这么大的雪。

而俞尧则是前脚刚回家，外面就落了鹅毛大雪，直到傍晚外滩的道路和秃树上都镀上了薄薄一层。

雪愈下愈大，徐镇平和李安荣都回来了，俞尧担忧天黑路滑，便穿上外套和围巾，去徐致远说的那个饭店接他回来。

"醒了就先别睡了，"俞尧说，"到家再睡。"

徐致远迷蒙地看着他，放肆地一头倚到了他的肩上。

俞尧看着车窗外没有说话。

徐致远静了一会儿，唤了声小叔叔。

"嗯。"

他又叫："小叔叔。"

俞尧看向他，心想他大概是睡毛了。听到他改口叫自己"尧儿"，接着是一连串的呓语，道："我……认真跟你说，你过来听……"

俞尧便把耳朵侧过去，凑近了。

"小叔叔……我可能有点……"

俞尧皱了眉，他什么也没听清，模模糊糊地猜了个"我"，想要再靠近点好听更真切一些，忽然这厮发出一阵鼾声。

虽然不算大声，但比起之前的嘟囔，已经算震耳了。

俞尧无奈。

这小浑蛋又睡着了。


徐致远感觉胃里好像混进去个哪吒，他是被它闹起来的。

睁开眼之后，紧接着，发热、鼻塞、头疼争前恐后地噬咬他的大脑。徐致远觉得自己快要死了。

求生欲使他伸手去够床头柜，手指碰到了一杯热水，他好不容易支起身子来，大脑却随着指尖的滚烫掀起一股剧痛来。

他捂着额头，想起了自己被接回家的路上发生的事，愣了一会儿，随即又自己缓缓躺下。

求生欲没了，徐致远觉得自己还是死了比较好。

正好撞上有人开门进来，听动静就能感受到来者的愤怒。看向门处，只见徐镇平脸色阴沉。

见徐致远醒来，也省得他动手掀被，徐镇平负手说道："醒了？"

徐致远心中知罪，坐起来，虚怯地道："醒了。"

徐镇平吼道："给我滚到客厅里跪着！"

徐致远下床穿衣，抱着时不时就踢闹的胃，到了客厅，看见徐太太已经贴心地准备好了垫子，俞尧也在场。徐致远使视线尽量不与俞尧对上，轻车熟路地朝着书橱跪着了。


恶作剧气走岳先生，外出差点宿醉不归。徐致远若是不挨顿打，只能说明徐镇平提不动棍子了。

徐镇平把那做得七歪八扭的功课摔在他的面前，说道："学成这个死样子还敢对先生不敬？徐致远，你想怎么样？"

被醉酒染了风寒又灌了胃痛，徐致远难受得很，却低着头没叫一声苦，只哑着嗓子说："我想好好读书。"

"你有脸这么说吗？"徐镇平愤怒地拿戒尺指着那群纸张，"你跟我说说你这学的什么东西？"

徐致远低着头没说话，徐老爷以为他是愧疚了，刚想再把另一件事拿出来训他。只见徐致远朝他伸出了手。

"但我天生笨，学不好。"徐致远说，"你打吧。"

本来徐镇平就被太太要求不能真的动手，拿戒尺也是充个样子，怒火被这条尺度拦着。但徐致远这副大不敬模样，直接把他隐忍着的气给点着了。

徐镇平拎起他的衣领，冷道："翅膀硬了敢跟你老子顶嘴。"

"你要打我，我就让你打我，这也算顶嘴……"

清脆的一声响，徐致远挨了一巴掌。徐太太倒吸一口凉气，赶紧去拉住丈夫，皱眉道："徐镇平！"她感觉得到徐镇平的胳膊在微微发颤。

徐致远被这一巴掌扇得脑袋嗡嗡响，好像听到俞尧在喊他的名字，一抬头，便看到俞尧站在自己身边，也不知是不是故意，刚好挡在他与父亲之间。

"致远，"俞尧看眉心有褶皱，他望进徐致远的眼睛，声如风抚平湖，道，"对岳老不敬，醉酒耽误习课时间……这两件事是你做错了，镇平训你便好好听着，不可以和长辈顶嘴。"

徐镇平把手收回去，一甩袖子，哼了声。

虽然徐镇平脾气暴，但不是蛮横无理，打儿子从来都是因为徐致远在学习上的问题，他的愤怒不敢说是来自望子成龙——因为徐致远的表现从来都没让他抱过高的希望，只能说是来自恨铁不成钢的失望。

"我……"生病的徐致远头昏脑涨，心中少了平时对父亲的恐惧，同时也少了对情绪的伪装。他咬着牙沉默了一会儿，但还是听俞尧的话，哑着嗓子说了一句："对不……"轻声淹没在痰里，他努力地咳了一声，头转向徐镇平，嗫嚅道："对不起。"

徐镇平斜瞥了他一眼，没有说话。而徐致远好像风寒被压垮了似的，很想大喊一声，却又觉得他们只会把自己的呐喊当成小孩的反抗，于是只能紧咬住了唇。

可俞尧忽然又说道："镇平，或许我不该管这么多，但是我至少教过致远一阵子，一些事情还是希望你知道的。"他说，"致远很在乎你的看法，他比谁都敬仰你。"

徐镇平蹙起眉头来，看着他："什么？"

徐致远愤世嫉俗的情绪兀然停止，像个被忽然被抽了老底的赌徒，瞪着带了红血丝的眼睛，只张了张嘴巴。

"所以你在做出有关他的一些决定时，可以想着和他商量商量。"俞尧的声音温和，说什么句子都会带着一种柔而韧的请求之意，就像是听者认真盯着倾诉人的眼睛，能让人下意识地感受到一种舒适的尊重。

徐致远一边心跳止不住加速，又一边觉得丢脸。伸手拽住了他的袖口，讪讪的，想让他不要再说了。

"因公事而舍弃对他的私教本来就是我提出的，是我的责任，不是你的问题，镇平。只要和致远沟通明白了，他也不会这样闹脾气的。"俞尧慢慢说，"他究竟想学什么，想选择什么样的老师，心中都会有自己的想法，即使有时你们二人观点不同，他也想被你重视一下。"

"你别说了！"徐致远抓他衣袖的力度愈发用力了，俞尧瞥了一眼他发红的耳朵，静了一会儿，又说道："他其实很乖。"

"乖"这个字，可以跟任何人挂钩，唯独不可能跟徐致远沾边，徐太太说他是生下来哭得大声得罪了老天爷，于是长得浑身带刺，大了就成了个刺头。

见丈夫一句话也不说，徐太太松了口气，调侃徐镇平："……也怪不得徐致远儿跟他俞叔叔比较亲。"

徐镇平："……"

闻声徐致远更是无地自容，想要立马把脸埋进书架里面。只听徐镇平哼了一声，噔噔噔地转身上楼，小声扔下一句："跟他商量个什么？哪有老子跟儿子低头的道理。"

徐太太看着徐镇平的背影叹气，饶了徐致远一次，说道："不用跪了，起来吧。不过待会儿要去跟岳老诚心道个歉。请不请他回来继续教你……就看你的意愿了。"

徐致远久久不语。

徐太太又叫了一遍："徐致远？"

俞尧的袖子都被徐致远拽得变了形，见他不说话，出声提醒道："致远？"

"小叔叔……"徐致远终于是忍不住，虚弱地道，"我肚子疼。"

……

"急性肠胃炎，小少爷，以后尽量不要饮酒过度，"裴禛拿下夹在衣服前胸的钢笔，写了什么，说道，"你们叔侄都一个毛病，不把自己的胃当回事。"

屋里还有一个小女孩安静地在高凳子上坐着，瞪着大眼睛看徐致远。

徐致远吃了些药物，正输着液，疼痛缓解了大半，可跟裴禛共处一室，心里比胃里还要委屈。

"你这样看着我做什么，"裴禛道，"我难道还能下毒害你吗？"

钢笔好像没墨水了，裴禛轻声叫那小姑娘把窗台上的墨水瓶拿来，女孩子乖巧地去做了。

"还真说不定。"徐致远道。

裴禛莞尔摇头，今天的徐致远是他的病人，他就不多做口舌之争了。

无聊了好一会儿，徐致远看着裴禛，问道："你怎么还不走？"

裴禛将双腿一搭，双臂盘在胸前："我本来今天休息，现在受阿尧之托看着你。"

俞尧将徐致远安顿好便去学校了，还比平时迟到了半个时辰。

徐致远一想起俞尧早上说的那番话，就羞得红耳朵，胡思乱想着把被单拧起了一个褶。

裴禛"无微不至"地注意到了他的小动作，问道："少爷不舒服？"

"没，"徐致远迅速恢复常态，与那一直盯着他看到小女孩对上了视线。他问道："这小孩是谁？"

"我女儿。"裴禛说。

徐致远想起傅书白的话来，留意了一下裴禛的手指，果然发现了一枚样式平平的银戒指。

裴禛笑着："本来今天是要陪她出去游玩的，但'治病救人'要紧，于是耽搁一会儿，让她等等我。"

女孩被父亲摸着头顶，乖巧地"嗯"了一声。

徐致远感觉自己好像个罪魁祸首一样，掖了掖被子，问道："她母亲呢？"

"去世了。"

徐致远一噎，心中后悔起来，小心翼翼地看了一眼那女孩，却见她神色如常。

"不用担心，她知道。"裴禛说。

庸医还那么年轻，妻子去世必然是因为意外了，徐致远心想。他欲问，但又觉得揭人家伤疤不好，于是怀着满满的好奇闭嘴了。

但裴禛好像毫不避讳似的，也看透了徐致远的好奇心，说道："因为癌症。"

"可……"徐致远看向他，忍不住道，"可你不是医生吗……"

裴禛云淡风轻地一笑，声音缥缈得像是在说别人的故事："没来得及。"

这四个字好像生长着一种无力感，沉淀了许多雁去花落的故事结尾，不用起因缘由，只是这么说一声，就让听者心知肚明了。

徐致远蹭了蹭鼻尖，说道："抱歉。"

"没事。"裴禛道。

"但……你很年轻，"徐致远莫名地升起了关心之意，看着小姑娘，说，"……她还很小。"

"是啊，家里需要一位女主人，所以我常去相亲，"裴禛笑道，"所以那天你在车上看到了玫瑰花。"

徐致远脸一黑："我什么都没看到。"

"但是很遗憾，"裴禛继续道，"并没有找到新的伴侣。"

"你有钱有地位，长得……还算可以。"徐致远大大方方地偏颇道，"虽然，咳……也不至于找不到一个女人吧？"徐致远是想说"虽然带着一个孩子"，但想到小姑娘的眼睛还清凌凌地看着他，便忍住没出口。

裴禛摇头不语。

徐致远虽然没谈过恋爱，但心中还是了解一二的。若是来者的目的真的是为了他的钱与地位，他也不敢将女儿和尚长的半生交付给这位伴侣。若是真能够遇见独立而自尊的女士，他也是无法奉献对等的情感的——这样的女人应该值得更好更专一的伴侣，而不是放不下亡妻和旧情的裴禛。

有一枝玫瑰，面对着千万未知的人，和有千朵玫瑰，面前只有注定的一个人。前者胜在自在，输在迷茫。后者胜在踏实，可倘若这个注定之人与己并不契合，便把一辈子都输在了牢笼。

徐致远想，这好像分别就是他们年轻人呼吁的自由恋爱，和老一辈的包办婚姻。

"或许吧……"裴禛转了转戒指，笑道，"路很长，我还不着急。"

徐致远用下巴指了指戒指，说："你什么时候能把它摘下来，什么时候就找到了。"

"少爷懂的还挺多，"裴禛哭笑不得，"老气横秋"地说道，"没有经历过的年轻人，总是喜欢在感情方面纸上谈兵。"

"我就算经历了也比你强，"徐致远哼道，"少爷从来不在一棵树上吊死。"

裴禛挑眉："等你过了二十岁再来说吧。"

小姑娘的眼睛在两人身上转来转去，听见他们谈完了，才开口说话，她抓住父亲的衣角，说："阿尧一会儿不和我们一起来吗？"

"他……"

徐致远笑道："他今天没有时间，乖。"

小女孩点点头，怕俞尧以后也不来了似的，忍不住抬起头来跟裴禛说了一句："……阿尧特别好，他昨天有给我买糖吃。"

"嗯，"裴禛摸摸她的头之后，双手插进口袋，叹气，似是故意挑衅徐致远似的，笑道，"没办法，这小孩跟他俞叔叔比较亲。"

徐致远："……"

他好像在不久之前听过这样的话。

临近中午的徐致远虚成了一团没开的面糊，等俞尧来接他的时候，整个人都委屈坏了。从俞尧进门开始就在碎碎不停地念叨，怪他小叔叔都不来陪他说话。俞尧放心地将他捞上车——都能腾出嘴皮子撒泼了，看来是好得差不多了。

他给裴禛的女儿带了些小玩意，当作是耽误时间的赔礼。小女孩欣然收下了，不停地叮嘱阿尧下次要一起来玩。

与裴禛作别，叔侄二人回了家，徐致远只能吃些软食，徐太太就给他熬了粥。午饭过后，徐致远在床上翻来覆去地躺了好一会儿，最终还是爬起来，出门前看了一眼桌子上那本棕色皮面的笔记，顺手带出来了。

他敲响了俞尧的房门。房间里有暖炉，热烘烘的，俞尧便只穿了一件薄薄的白色毛衣，领子到脖底，裹得严实。徐致远看着他领口间皱起的红绳，忍不住给他拽了出来，捋顺了。

"怎么了？"俞尧问道，"又哪里不舒服吗？"

徐致远清了清嗓子，说："可以进去吗？"

俞尧往旁边一让，示意他进，徐致远像是第一次来似的，拘束地坐在了床上，看见桌上铺着许多纸张，他在批改学生们的作业。

徐致远拿起一张来看，居然勉强能看懂一些公式，每一份下面都有俞尧认真写的批语。

俞尧又坐下，问道："致远，有事情吗？"

"没事，就……"徐致远挠了挠脖侧，他本想就着今天早上的事说声谢谢来着，但是话语到了关键时刻就像是出门前的女孩子，忙着妆扮，迟迟不肯下楼。"就……有点无聊。"

俞尧："？"

他轻轻一笑，看向徐致远手里拿着的那本笔记，问道："究竟有什么事？"

徐致远瞥了一眼他的笑容，说道："你喜欢诗歌吗？"

"还好。"

"之前结交了一位朋友，她正苦闷没有可以相互交流的书友，她给了我平时的随笔，等我评论呢。"徐致远将笔记递给他，道，"我文学素养有限。"

"书友？"俞尧接过来笔记，翻过第一页就看到了那行句子——"鸟儿的歌声是曙光从大地反响过去的回声"。

"是泰戈尔的《飞鸟集》。"他说。这字迹圆小而清秀，像是出自女孩之手，俞尧猜测道："是安荣给你介绍相亲的那个姑娘吗？"

徐致远"嘶"了一声，心想自己这不省心的妈怎么什么都跟小叔叔说。即刻反驳道："没有相亲！我们只是去逛了画展，你认识她，她是既明的学生，叫岳剪柳。"

"是她。"俞尧又翻看了几页，评价道，"我见过她的文章，剪柳才华很出众，你好好跟她取一下经。"俞尧看完了合上，将笔记递回去。徐致远却说："你帮我写书评呗，我想不出来。"

"这是你自己的事，自己写。"

"我写不好。你想想，岳姑娘满心期待地等着一篇无与伦比的评文，我却把自己文理不通的拙作递上去，她该多失望。"

"既知如此，为什么当初要答应？"

"我要是拒绝了，她也要失望。于是想了想，还是答应了。"徐致远说道，"你不是也说过吗，我是有自知之明的。我觉得这评价一针见血。"

俞尧："……"

俞尧叹气，听徐致远又说："小叔叔，你心最软了。"

他只好把笔记放在桌子上，说："明天我上下午各有一节课，中间空闲不会回家。"

徐致远也只是想找个与他走近的理由而已："那我去找你取，许久没有去既明了。"

俞尧没有拒绝，继续坐下来批改作业了。徐致远去给炉子添了煤，他伸手碰了一下柜子上的小提琴盒，又想会打搅到俞尧，就把手收了回来。无所事事地回到在床上坐着，看着俞尧发呆。

"尧儿。"

"嗯？""你知不知道裴禛相亲的事？"

"知道，"俞尧没有停下笔来，"怎么？"

徐致远回想着裴禛的神情和话语，揉捏着自己的手指关节，问道："你以后是不是也要去相亲？"

"大概不会，"俞尧道，"我的婚姻诸事，皆由我大哥定夺。"

"什么？"听到这里徐致远皱起了眉头，他着急道，"这怎么能行，万一你大哥给你找的人和你不契合怎么办？"

俞尧没有停笔，低着头说道："关于感情一事，我并无理想，也不贪求。若是能与女方情投志合，琴瑟和鸣，就当作是人生万幸之一。若是不称意，那就相敬如宾，平淡地过。"

"可是你……这也太过随便。"徐致远站起来，声音大了些，"你长到这个年纪，难道就没有什么喜欢的人吗？"

"没有。"

"那你大可腾出时间来去喜欢一个。"徐致远似乎特别生气似的，说道，"你也算先进的知识分子，怎么也走包办婚姻的老路？"

俞尧的红笔写错了一个字，他小心地画掉，停下笔来，揉了揉眉心，对徐致远这副"家长"的语气感到疑惑，道："致远，谁都有自己的轻重缓急，我目前没有打算把精力投入感情，将来选择哪种恋爱形式我也并不在乎。"

徐致远干巴巴地"你"了一声，心中发堵。

"你是不是……最近对于这些话题很敏感？"俞尧以为他头一次被父母安排亲事，心中生了迷茫和抗拒，他于是垂下眼帘来，耐心地道，"没关系，你若是有什么心事的话尽可和我说。"

徐致远只沉默地看着他。

他朝俞尧伸出手来，在离他只差半拃的距离又停下了。俞尧出声叫住他："致远？"

于是徐致远的手指顺势滑在他的毛衣后领上。

俞尧问："做什么？"

"你衣服起毛。"徐致远说着，随便摘了一下。接着又去勾他的红绳，怔怔地问道："小叔叔，你戴着这个做什么，你信佛？"

"大哥送给我的，佑平安，"俞尧皱眉道，"你轻些勒。"

"算了。"徐致远回过神来，叹气，也不知道在说哪件事，手收回口袋里，说，"我回去了。"

俞尧不解地望着他出门。


"徐致远。"

他睡觉的时候听见了许多人在叫自己的名字，各种音色混杂在一起，在他脑海中荡来荡去。渐渐地，声响消失，好像每个人都在离他远去。一切震颤消散之后，就只剩了一人的声音。

徐致远在深夜睁开眼睛，望着天花板，再也睡不着了。

他一直精神到第二天早晨，该学习功课的时候，拖欠的困意全都涌上来。


徐镇平收拾好了衣装，在客厅左右徘徊，见饿了的徐致远出来找饭吃，重重地清了一下嗓子，问他有没有时间。

徐致远以为自己还没醒，再三确认了那是自己老子。

他说有，问怎么了。

徐镇平说要带他出去。

徐致远立马醒了，只进厨房喝了杯尚温的豆浆，快速回房将自己打扮得有模有样，跟着徐老爷身后的时候，道："这是去哪儿？"

"去找岳老，"徐镇平说，"给他先生赔不是。"

本来满心欢喜的徐致远又蔫了下去。

管家开车，徐致远托着腮在后座上望窗外，即将到达租界工部局的时候，徐致远忽然看见了一张孤零零的横幅。

红布上面写着刺目的大字"叛徒廖德，还我兄长性命"。

徐致远皱紧眉头，仔细看去，发现守在横幅旁的只有一个单薄瘦弱的女子，扎着短辫子，穿着学生服，脸上没有粉黛妆饰，脸色有些枯黄，苍白的嘴唇起着细小的干皮。

她就站在工部局的门口，眼睛里死气沉沉的，一言不发。

这个时间大多数员工都不在，路上有零零散散的行人回头望她，等到了上班时间，她便会被警务处的人拖走的。

前座的徐镇平神色复杂，目光只在那抹突兀的红字上逗留了一会儿。

徐致远心想，他记得傅书白跟他说，工部局总办处的一个大官好像就姓廖。

徐致远正这样想着，忽然就看到了奔跑而来的傅书白。

车子缓缓驶着，他从车窗外看见傅书白弯下腰来气喘吁吁，离得远，徐致远听不见他在说些什么，于是努力贴近车窗，只见傅书白皱着眉头，环顾四周，抓起了那女孩的手腕，试图将她带走。

但女孩还是一动不动地站在那里，像一尊覆灰的雕像。

飞快路过的时候，徐致远听见了傅书白带着焦急和乞求意味地喊了一声："吴桐秋！我求你别死心眼了行不行……"

徐致远猛地站了起来，被车顶撞到了脑袋，他想要让管家停车，但是徐镇平严厉地说了一声："安稳坐着。"

徐致远望着横条向后远去。


一直到岳老家，徐致远都心不在焉，以至于徐老爷叫他他没有听见，直到后脑勺被赏了一巴掌，才清醒过来。

徐老爷骂他不诚心，徐致远心里想着傅书白的事情，一心二用，嘴上微声嘟囔着自己本来就没打算来。

用人开门之后，徐致远拽平坦了衣角的褶皱，走了进去，看到一个身形熟悉的女子在屋里摆弄一盆兰花，话中带着些小无奈："爹，您养不好就不要养了嘛，这花好娇贵……这是死了第几盆了？"

岳老不服气的声音从里屋传来："你不要碰它了，没死，只是没有精气神，浇些水就活了。"

女子噘嘴："您还犟嘴。"

用人叫了一声小姐，她便"欸"了一声，回头看见徐致远时一愣，唤道："致远？"

听声音时徐致远就已猜出，没想到竟真是岳剪柳。岳剪柳用手指梳了梳散开的长发，看到徐镇平问道："这位是……"

"哦，我老……嗯，我父亲。"徐致远道。

岳剪柳赶紧微微鞠了一躬，又回头催促，道："爹，有客人来。"

而岳老走出来时眼神一直在女儿放在桌子上的兰花上，用手拨了拨那无力回天的叶子，皱眉嘀咕道："哪里死了，这不是老样子吗……"他正说着，掀眼便看到了徐致远，瘪着的嘴角兀然一拉，做出难看的表情来，声音拨高了几个度，说道："你怎么也来了？"

徐镇平："徐致远前几日不听管教，冒犯了岳先生，我已经在家里教训他一顿了，今天特地让他来给您赔个不是。"

而岳剪柳好像不知道父亲做私教的对象是徐致远，听到这里歪了歪头。

岳老对徐老爷和徐太太敬重有加，自然不会因为这样的事斤斤计较而伤了两家的和气，但出于先生、长辈的尊严，得需要徐致远的真心悔过，他宽容大度的姿态才能找着台阶下。于是，三道目光盯着徐致远，见他没有反应，徐老爷还杀气腾腾地拍了拍他的肩。

徐致远："……"

人都是揣着许多张面具的，不同的场景换一张，越是切换得自然无隙、毫无破绽的人，就越是会得到玫瑰与橄榄枝的青睐，反之，一时出错的代价可能会是前路的积攒一夜溃堤。

此时此刻的徐致远面临一种"抉择"——在岳剪柳面前他是个优雅文艺的绅士，谈吐举止风度翩翩。在岳老面前是个叛逆不羁的文盲，不写功课也胆敢理直气壮。而在自己老子面前，就是个不听话就要挨抽的傻儿子，是不敢耍赖撒泼的。

权衡之下，徐致远还是挑了在岳剪柳面前的面具，乖乖低头，声音平淡地说道："岳先生，对不起。"

岳老眼睛一眯："错哪儿了？"

徐致远咬牙道："不该不听您的话，也不该十分幼稚地拿您的形象开玩笑。"

"哼，你该道歉的是你这学习的态度！"岳老捋着毛笔胡，手指指点点，慷慨激昂道，"我教过的学生，从来没有人对书本、对知识怠慢和不敬！他们在苦难里读书求知，是为了他们的目标和肩上的责任，不是为我学的！你知不知道自己如今的学习条件是多少学生梦寐以求的？"

"您……说得是，"徐致远在他的教训中思忖了一下，他的目标就是当个混子，责任是叫徐家落到他手里的时候不要太垮，别无其他。如此一想，他混吃等死的态度也没什么不对。但这番话只能腹诽，若是说出来，他长了十八年的两条大长腿可能要一朝被徐镇平打断在此。

"我想了一晚，是我不懂先生大义，以后保证改过。"徐致远一直弯着腰，"礼貌又真挚"地说。

岳老也不知他为何忽然就转变了性子，权当是徐镇平在一旁的威压相助，摇头叹了一口气，不过一番心中发泄之后，面子终于放下来了，他对徐镇平说道："致远顽劣，但回头是岸，朽木可雕。徐老爷操劳……别在这里站着了，来进屋喝茶……剪柳啊。"

"哎。"

岳老好像也知道他养的那盆病恹恹的"美人"兰花丢人了，下巴指了指那蔫叶子，小声道："……搬到外屋去。"岳剪柳照做了，跟徐致远擦肩而过的时候，轻轻问道："致远，我爹那些作文纸上的'岳老头'是你画的吗？"

徐致远尴尬地轻咳两声。

"怪不得那天画展,我看你手掌心的'残迹'眼熟,"岳老最疼爱的女儿一本正经地评价道,"画得还真像,致远,你有天赋。"

徐致远:"……"


徐致远坐在徐镇平旁边,听他们在侃春秋大事,徐镇平话不多,主要是岳老在滔滔不绝,徐致远偷偷瞄了父亲一眼,发现他居然听得很认真。

徐致远百般难受,心中杜撰了一个正当的开溜理由,哪知徐老爷不开口则已,一开口,话题就从风云际会落下来,砸到了徐致远的婚姻大事上。

"徐致远,你是该成亲了吧?"

彼时徐致远正坐麻了腿,挪动着双腿解麻,被这突兀的一句话问得发愣,谨慎地在岳老和徐镇平两人之间互瞄,而岳老正神色尴尬地捋胡子,竟然没有搭话。

徐致远小心翼翼地"啊"了一声。

徐镇平:"你看岳先……"

岳老忽然咳了一声,说:"徐致远才十八岁,正是血气方刚、青春大好的年纪,应该刻苦读书,不要沉迷情色玩乐……徐老爷,您谈这些谈早了。"

徐镇平有些迷惑地看着他:"岳先……"

岳老挑眉瞪了他一眼,像在嗔他说话太直接唐突,自己则措了委婉之辞:"……不过,早一些定下婚事也无坏处,大可学有所成之后再去成亲,一则安心后路,二则有父母之命媒妁之言的约束,省得学习时再被什么不伦不类的'自由恋爱'蛊惑。"

好的坏的全让他说了,徐镇平也无话可说了,伸着的手放下,只"嗯"着同意。

二老"眉来眼去"之中,徐致远也就看清了这二人的蓄谋已久,而且徐太太也应是与他们一伙的。

怪不得岳老头之前教课对自己那么尽心尽力的，原来是把他照着女婿的标准培养。

徐致远表情冷淡，烦躁地朝窗外望一眼，鹡鸰不肯在枝丫上多停留一会儿，仅是微微落脚，就再次振翅飞走了。

徐致远又听着他们谈起岳剪柳来，其目的昭昭可见，他脑子一冲，忽然说了一句："我有喜欢的人了。"

长达十几秒的静默之后，徐镇平的第一反应是："是谁？"

岳老则是在眉心拧了个疙瘩，想了半天，瞅了一眼徐镇平，搓着胡子说道："是……李主编给你介绍的？"

"不是，自己认识的。"徐致远用指甲刮着衣服，加重了"自己"的咬字，语气有些故意的意思。

"……"

岳老眉心的疙瘩越拧越大，他甫要说话，忽然岳剪柳拿着包茶叶走进来了，说道："爹，没在书房找到你说的那个，您看这个行吗，我见您之前也常喝。"

"放这儿吧。"看女儿来，岳老也硬生生把话吞了下去，眼神在在场之人身上流转一番，最后心事重重地站起来，说："我去找。"

徐镇平瞪他："徐致远。"

徐致远若无其事地看向父亲，说："怎么了？"

"回家再跟你说。"岳剪柳在场，徐镇平只得假装扫了扫大腿上的灰尘，严肃道。

"哦。"

即使知道自己回家肯定要跟徐老爷吵一架，徐致远的心情还是莫名地舒畅。


徐致远约了俞尧今天中午去拿笔记，要去趟既明大学，徐镇平没有多加阻拦。

走之前岳剪柳跟徐致远约好了下次的见面地点，仍旧是仰止书店，提醒他不要忘记带他的大作。

徐致远笑着答应，拐胡同出了巷子，叫了一辆黄包车去了既明大学。

天冷路滑，车夫跑得有些慢，到了既明时学生已经下课开饭了，徐致远到办公室没找到俞尧，问其同事，只听说俞老师和学生一起出去了。

徐致远也觉得腹中空空，感到饥饿，心血来潮想找到俞尧在学校食堂蹭顿饭。因为之前浪荡时在既明有些名气，路上零散几个学生和他挥手问好。于是他挑了一个眼熟的问，有没有见在吃饭的地方见到一个大帅哥。

学生笑道："俞老师吗？刚刚还遇到他打了招呼。"

徐致远问道："你怎么知道我说的是他。"

学生不知他们的关系，拍了拍徐致远的肩膀，道："既明谁人不知俞老师英俊啊，他办公室门前天天有老师学生排队，烫手着呢，我打算这些天也请教请教去。怎么了少爷，你也是慕名而来吗……欸！"

徐致远道："你，吃饱了撑着了就出去溜两圈消食，别闲得没事干。"

学生嘻嘻笑了两声，扫了几下屁股上被徐致远踹上的灰尘，看着他穿过人群走进了食堂。


这所食堂不大不小，徐致远走进去逛了一半，便看见了两张熟悉的脸。

他们就在角落的桌子上，那片地方好像不讨学生的喜，因为大窗户没有窗帘遮着，又向阳开，一上午都铺着亮眼的阳光，夏天晒得人燥热，冬天还好些。

手舞足蹈的夏恩好像在跟俞尧说什么学习上的问题，光在桌面上斜切了一条线，俞尧就坐在他对面的明处里，睫毛上都镀着暖意，笑眯着眼睛看着夏恩兴奋的模样。

他说到一半，一拍脑袋，站起来说要换地方，问俞老师晒不晒。

俞尧摆摆手，表示并没有关系，话题回到问题上，道："你这个思路很好，至少是来讲题的学生中，最清晰简便的一个。"

夏恩一愣，站着挠了挠头："谢谢您指导……"

他忽然又一惊一乍地拍脑袋，说："对了老师您还没吃饭！对不住对不住，我去给您端！"

"欸，小心。"

他边说着边转身，没听见俞尧喊他，就这样撞到了人。

"喂！"只听几声七零八落的散落声，那一小块地方的周遭静了一下。

目睹这一幕，徐致远忽然皱起了眉，绕开眼前人群快步上前。

被撞的男生说道："同学你这么激动干什么啊，没看见旁边有人吗？"

俞尧的衣怀中被泼了剩饭，衣服其他处也溅上了一点，夏恩不知所措，刚想说对不起，抬头时声音却卡了壳，只憋出一句"怎么是你"来。

"哦……原来是夏恩同学，好巧。"男生朝着同伴说着，暗暗地互相挑眉。

男生和俞尧鞠躬道歉，并吩咐同伴去取毛巾来，笑道："俞老师，实在是对不住。"

俞尧淡淡地瞥他一眼，说道："没事。"

"冬以柏。"夏恩咬牙切齿道，"你是故意的。"

那叫作冬以柏男生做出惊讶之色，他的同伴之中发出一阵唏嘘，征讨道："夏恩同学，大家都看着呢，明明是你先撞上来的，就算你不想承认，也不必诬陷我们是故意的吧。"

围观的同学确实是看到了夏恩撞到他的过程，被这一句引导着发声，自然全是站在了对方的一边。

"不是……我不是说……"夏恩的脸憋得发红，他仓皇地推了一下自己的眼镜，只好先忍着气向冬以柏鞠躬道歉，"撞到你是我的错，我道歉。我是说……你是故意泼到俞老师身上的，我看见了。"

冬以柏蹙眉，端着一副温文尔雅的平静，说道："虽然你我不合，但你也不至于公然报私仇，如此诬陷我。"

"我没有！你和俞老师离着这么远，你自己却一点也没有沾到……"

他的同伴起哄道："这是什么道理，被人撞了还一定要泼到自己身上，不然就是受害者讹人吗？"

"你还说自己没有公报私仇，冬少爷只是没拿稳而已，怎么就成故意的了呢，难不成我们有神机妙算，预料到此时此地必有'横祸'，所以来借着东风来给俞先生'泼脏'？冬兄还没说你撞他是故意的呢。"

周围看戏的一阵哈哈大笑。

正好同伴取来了毛巾，冬以柏接过来，去给俞尧擦拭脏污，俞尧只轻描淡写地说了声不用，自己取来整理了。

夏恩在笑声中低着头，看着俞尧轻拭脏迹的模样，心中觉得百般不甘，又恨自己嘴笨无法反驳，只得将求助的目光环望一周，说道："真的，我……明明看到了。"他看向冬以柏，说道，"况且你昨天你还跟俞老师闹矛盾……根本就……"

"夏恩，"俞尧喊住他，将脏了的西服外套脱下，并没有去看他们，轻轻道，"没事，去打饭吧。"

"昨天是俞老师上课迟到，我只是行使学生义务进行合理抗议而已，难道不对吗？"他说"迟到"时故意调高了音量，"夏同学，你这话我不爱听，你我皆是俞老师的门生，师生又没有隔夜仇。你既然喜欢读书，想必你应该在哪位圣贤的书上读过什么叫公私分明。"

徐致远皱眉。小叔叔上课从来准时，昨天只因徐致远突发肠胃炎，他又迁就李安荣和徐镇平的工作时间，自己将徐致远送去医院，才耽误了一些时间。

"据理力争"完了，这群人开始唱白脸，说道："夏恩同学，我们知道你家里穷，赔不起俞老师的衣服。冬少爷也有手滑的责任，他不是缺这些钱，只是争个公道罢了。"

"我不缺那些钱！我只是想为俞……"

"夏恩。"俞尧轻轻唤停了他，"我没事，你先坐下。"

正好冬以柏递上银圆来，道："俞老师，这衣服的钱，我替夏恩赔您。"

俞尧仍旧一眼没有看他，只说道："不用。"

"好吧，"冬以柏弯腰时用只有二人能听到的轻声，意有所指地阴阳怪气道："俞先生，您看您的同学有这么多精力和道理，得留着多去骂洋人，发泄到同胞身上，这不是和你伟大的初心有悖吗？"

看着他得逞的笑容，夏恩咬牙切齿地瞪他一眼："你无耻。"

公理和大度似乎全让冬以柏占了，夏恩的反驳在群众眼里似乎变成了穷人的心计和斤斤计较。虽然心中存有郁气，夏恩还是再次跟冬以柏道了撞人的歉。他看了一眼一直不做反应的俞尧，当初是他将俞老师扯进了与冬以柏的纠纷当中，愧疚让他垂头丧气："俞老师，对不起。"

"你没错，"他抬头看着夏恩，莞尔以示安慰，"谢谢。"

想看戏的本来要散了。他那些志得意满的同伴勾肩搭背地转身，忽然，稀里哗啦地也撞到了人。这群要散伙的看戏人又被吸引过目光去。

徐致远一身的剩饭脏污，一手插在口袋里，一手将盘子重重地往旁边桌子上摔放，忍着怒火道："同学你这么激动干什么啊，没看见旁边有人吗？"

俞尧："……"

冬以柏："……"

无他，这句话在几分钟前原原本本地从他口中说出过。

徐致远抄起俞尧桌子上那块刚擦完污渍的毛巾，潦草地扫了几下，也不废话，说道："赔钱吧。"

"你什么意思，"冬以柏不巧地看到了整个过程，"你自己撞上来把盘子扣到自己身上的。"

徐致远嗤笑着，把换汤不换药的原话地给他递了回去："我说冬以柏同学，你我素不相识，为什么要如此诬陷我？难道也是家里穷，缺这件衣服的钱吗？"

"你……"冬以柏彬彬有礼的面具似乎像块漂亮的桌布，被经验丰富的徐致远一扯就给掉了。他的同伴赶紧拦住他，赔笑道："哎，人是我撞的，冬少爷只是作为朋友想为我出口气而已……这位同学，你这件衣服多少钱，我来赔。"

徐致远脸不红心不跳道："三百大洋。"

那同伴呛了一下。

"你当我们是傻子吗？"冬以柏愤然道，"一件破衣服，狮子大开口地虚报这么贵的价，究竟是谁来讹人？"

"衣服是你的还是我的？"

周围有人窃窃私语："这也太贵了，一个学生怎么可能买得起这种价格的衣服？"

人群里背对着他们的一个学生，粗着嗓子开口道："这不是徐家少爷吗，穿得起这种衣服很正常。"

"啊……"

"他是徐致远？"

徐致远眼睛一斜，听得出来那个极力掩饰的声音来自混在人群中的傅书白。

傅书白又故意引导道："管他多少钱，给人弄脏了衣服要赔那是天经地义，别人免了你赔那是人家心善仁义，这个冬少爷看起来也是有钱人，肯定比那夏恩是有钱的，不至于这么抠门。"

"有道理……"

"学校食堂而已，怎么还钩心斗角的，冬同学方才还说被别人'污蔑'，怎么现在又转过头来'污蔑'别人。"

冬以柏四处找声源，大怒道："谁在叽叽喳喳地胡说八道？"

徐致远低头笑道："这些人是为我说话而已，"他指着冬以柏的同伴，说道，"夏同学还没说这些替你说话的人是胡说八道呢。"

冬以柏让他彻底激怒了，说道："你算个什么玩意，找打吗？"

徐致远道："哎，正有此意。"

"行了。"俞尧站了起来，严厉地说道，"这里是学校。"

这群欺软怕硬的学生似乎没见过俞老师发火，个个耷拉着脑袋闭嘴了，只有冬以柏昂着头。俞尧挥着手让围观的人散了，对那撞到徐致远的学生说道："道歉。"

学生瞥了一眼冬少爷，不吱声。

"夏恩不小心撞到了你，是他的过错，为此他给你说了两声对不起。除此以外的，不论事出何意，我都没有追究，"俞尧盯着冬以柏，说道，"我希望你的朋友，也应当如此。"

那学生看来看去，见冬以柏不表态，最终还是额头上顶着汗跟徐致远说了声对不起。

徐致远负着手，微笑道："那三百大洋……"

"致远，"俞尧嗔怪，"回办公室。"

"哦，"徐致远负着手踮了踮脚，他随意地瞭了一眼那学生和满脸愤恨的冬以柏一眼，说道，"俞老师这么说了，我就不计较了。"

……

徐致远跟俞尧回去时，一直负着手不说话。办公室里没有人，教师都去吃饭休息了。俞尧将自己的外套搭在椅背上，朝徐致远伸手，说道："衣服，给我。"

徐致远把脏衣服脱下来递给他："干吗？"

俞尧不说话，只是挽起袖子来，在洗手处舀了盆凉水，把衣服脏的地方泡了进去。

徐致远探过头去，试了试水温，皱眉道："这水也太凉了，冻着手怎么办。"俞尧不说话，徐致远就越过他的肩膀歪头看他，说道："小叔叔，你生气了？"

"你什么时候改改你这小流氓脾性，"俞尧给他搓着衣服，声音还是温柔的，对徐致远没什么威慑力，他责道，"他不讲道理，你也跟着不讲道理。"

徐致远冒出了一股委屈劲儿，说道："我以牙还牙还不是因为那个小玩意欺负你。小叔叔，你还说对我脾气不坏，他惹你你不揍他，还反过来训我。"

俞尧无奈地看着他："我是老师，他是我的学生。"

徐致远理直气壮道："我是你侄子，你还是我小叔呢。"

"你……"俞尧叹气，哭笑不得。

徐致远问道："这些学生是不是常找你麻烦？"

俞尧不答，给他洗好了衣服，在自行扯起的铁丝条上展开了晾着，朝双手哈了一股热气，说道："今天太阳还好，在屋里待着，等晾干了穿上再回去。"

徐致远盯着他通红的指尖思忖了一会儿，出门前顺手带上了俞尧洗衣服剩下的污水。

"你去哪儿？"俞尧刚跟他说不要出去，他就皮痒痒地要犯禁。

徐致远故作乖巧道："帮小叔叔把脏水倒了。"

……

物理系的建筑外种着许多植物，冬青墙和银杏树甚多。这些植被给宿舍楼遮掩出了许多静僻无人的小角落，多为瓜田李下之地。

"学校里不许学生吸烟，"傅书白靠着树干，虽然这么说着，还是给徐致远递了根烟，说道，"你不是戒了吗？"

徐致远没要他的火，只是叼着，神情复杂地目视着前方，随口问了一句："你今天在工部局门口做什么？"

傅书白掖起烟的动作只僵了一瞬，随即拽好衣角，淡淡地说："没什么。"

徐致远转头看着他，问："吴桐秋是不是有什么事……"

"来了，"傅书白用胳膊肘拐他一下，用下巴指了指前方，用提醒打断了他的发问，而后自己退到一边去了。

烟草碎渣掉了一些在嘴里，舌尖被清淡的烟味罩着。徐致远知道傅书白在逃避提起一些东西，他的目光在他身上，找到了些寻常而难以诉说的感觉，正如这烟味。他把没有点的烟卷丢掉了，回头，刚好听到来人的声音："怎么是你？"

等候多时的徐致远朝冬以柏笑了笑，走上前去，朝他与他的跟班伸出手来，似要握手言和，他说道："刚才听人说，冬少爷的父亲竟是田松中外联合银行的董事长，方才在食堂的言语多有得罪，还望少爷不要怪我。"

听此，冬以柏与同伴相视而笑，笑够了便嗤之以鼻地睨着徐致远，说道："知道俞尧那主子护不住你这条狗了？"

"哦，"徐致远笑容不变，道，"论当走狗，少爷和你父亲是比谁都熟练，知道些规矩也无可厚非。"

冬以柏的笑声戛然而止，怒道："你说什么？"

徐致远的衬衫袖子挽在胳膊肘，他信步走到冬青墙边，单手端来那盆污水，接着便面无表情地泼在了冬以柏的衣服上。冬以柏恼羞成怒地骂了一声，欲动手时，徐致远先行一步拎起他的衣领，重重将他摔到墙上。

那些"手无缚鸡之力"的同伴被吓蒙了，待在旁边不动。

徐致远的笑容荡然无存，脸上全是阴冷的冰碴子，直盯着人眼睛的时候叫人背后生寒。

"你老子管钱，我老子管枪。"徐致远冷声说道，"再去俞尧和他学生面前吠一声，就让你爹去报纸上找你的遗体吧。"

# 第4章 笔锋

"你老子？"冬以柏不甘示弱，他抓住徐致远的手腕，冷笑道，"不过就是个棋子，他的上头还不是对洋人忍气吞声，逆来顺受，你有个什么资格在我面前狗凭主贵？"

徐致远的力气异常之大，冬以柏能感受到衣领上的威压，他挣脱不开，似是没有经受过如此奇耻大辱，手背上的青筋横起，咬牙切齿道："你给我松开。"

"你大可以试试看，"徐致远笑着，食指一弯，敲了敲他脖子上最脆弱的喉结，"你看看我敢不敢呗。"

力量上矮了一头，这个姿势让冬以柏有怒火也不敢造次，他瞪了一眼那群缩头缩脑的同伴，竟没有一个敢出来说话的。

在一旁望风的傅书白觉得差不多了，及时圆场道："远儿，学生和老师都陆续回来午休了。"

徐致远这才松开冬以柏的衣领，捡起落到草坪上的盆来，说道："走吧。"

"徐致远，"同伴上来搀扶冬以柏，被他一挥手全部赶走，他朝着徐致远恶狠狠地吼道，"你给我等着。"

……

既明的冬天若是无风，别有惬意，正午的阳光在碎雪上睡着，不湿不燥，是巢穴里鸟羽庇护着的温度。

裴林晚的文章里用歪歪扭扭的字迹如此写道：冬天的晴日像是阿尧手心，捏着暖和的惊喜，相较于夏天更容易嗅到阳光。

裴林晚是裴禛的女儿，今年六岁。

徐致远衣服刚穿进了一只袖子，就在俞尧的办公室桌子上看到了这样一篇稚心未泯的短话文章。他停下动作来，受文章的"启发"，主动去嗅了嗅刚晒干的另一只袖口，闻到了一股淡淡的清气，好像是俞尧身上的味儿。

六岁的小文人不会想到自己的文章收获了第一位读者的赞赏的共鸣——徐致远一撇嘴，把衣服穿好，自言自语道："还真是。"

桌子上还有许多裴林晚的"信"，看来是趁他父亲工作之便偷偷塞给俞尧的。俞尧把这些纸珍藏起来，都夹作了书签。

除了学生作业、书、工作笔记、裴林晚的信，他的桌子上还有一张留给徐致远的纸条："致远：临时开会。衣服晾干就拿走，笔记在左数第一个抽屉里。俞尧留。"

徐致远把纸条折了两叠塞进上衣口袋，照着他的指示拉开抽屉，在里面拿走那本笔记。


方要合上抽屉，目光只是稍微留意了一下，徐致远就扫到了抽屉角里一个叠了许多折的纸块，像是被不小心遗落在那里。好奇心驱使徐致远将它取出来展平，上面是俞尧的字迹，只是扫了一眼，徐致远便察觉到了不对劲。

这是一封志愿书的草稿，信纸上涂画改词处颇多，可以看出笔者落墨时的斟词酌句。

徐致远装作若无其事地将纸折起来，心中却溜进去一丝忐忑不安，他将它重新放回原处，故意放下一本书来遮挡。这份志愿是要加入一个团体，名为同袍会。徐致远从傅书白口中稍了解过这个组织，他们具体是做什么的他也不了解，但是因主张抗击外敌，被联合政府——也就是徐镇平的上头，打成了反动激进分子。

总之，在淮市上面翻雨覆雨的统治者们对这个组织视如蚁蝇。

徐致远心中打起了鼓，不过更多的是不解，俞尧怎会如此粗心地将这张信纸丢在角落。

"是徐家少爷吗？"有老师端着搪瓷杯路过，问道，"又来找俞老师啊？"

徐致远立马将飘忽的心神收回，微笑应答，调侃几句之后，趁无人注意，还是将那张信纸从易于发现的抽屉角落取出来，塞进了自己的衣服口袋里。

他本来在俞尧的办公室里坐着，硬逼着自己翻了几本书，等小叔叔回来，可直到垂着脑袋将要睡着了，老师才与他说，这个时间俞老师应该下了会直接去上课了。

徐致远心中埋怨着这些烦冗的会议不给人休息空闲，但看着正午已过，自己和徐老爷约好的时间就要到了，若是再拖延时间回去，保不准徐镇平要生气了。于是和办公室的老师作了别，揣着心事和笔记出门去。

他在校园遇见有学生集会讲演，路过时就顺便听了一耳朵，其中不乏保家卫国的慷慨之词，断今日局势之文章，无论古今中外，各种语言，权威文献还是学生个人所作皆有。

徐致远正要离开的时候，听见有人说起了《熹华日报》，读到的正是上面刊登的一篇小说片段——"……倭寇自古以来屡犯我疆土，贼心百年久之，是蠢蠢欲动的狡猾豺狼，虎视眈眈的食腐秃鹫，而今人何故抛往史，不明不鉴，信其谗言伪貌，使宵小驻我国土？"

身后传来一阵叫好鼓掌，吵到他没有听见作者的名字。徐致远环望周围路人，好像有无数的目光盯着这里，不知为何，他在一瞬间感受到一种如履薄冰的不安，但是正如那念稿的学生的声音，一瞬之后在此起彼伏的欢呼中消逝了。

徐致远还是离开了这里，在与那声音渐远，忽地在一处转角听到有人阴阴地说了一声："有什么意义。"

徐致远皱眉，他朝声源处望去，看见一个弱不禁风的女孩提着一只与她极不相称的铁桶，里面满满地装着鲜红的颜料。不是别人，正是今早在工部局门口拉横幅的吴桐秋。

她能安全地站在这里，看来是傅书白今天早上把她从那危险之地劝回来了。

吴桐秋看到了徐致远，二人只是对视了一眼，她无视了徐致远的眼神，从脖子上摘下一条毛巾，拧成一条长团，往那桶颜料中一蘸。她抬起手时，一点鲜红顺着洁白的毛巾纹络和她的纤细的手腕，缓缓地淌下来，直到顺着她的胳膊肘流到了臂弯处，才落到草坪上，像是行刑刀下一滴不屈的人血。

徐致远忽然从身后抓住了她的手腕，阻止了她要写字的动作，手心也不小心染上了"血"。

吴桐秋阴沉地道："做什么？"

"同学，"徐致远礼貌地笑了一下，"别这样，很危险。"

吴桐秋奋力挣开他，但是毛巾被徐致远夺去了。他说："吴同学，有上次南墙一事的前车之鉴，希望你不要再这样冒失地犯第二次。"

她幽怨地看着徐致远，尖叫道："你是谁？我的事与你有什么关系？"

"你的事跟我没关系，"徐致远说，"但我是傅书白的朋友，你会把他牵扯进去。"

听到傅书白三个字时吴桐秋噎了一下，那神情就好像是一个迷路的疯子被人喊了名字，她似乎在用力地忍下要爆发的情绪。

铁桶也被徐致远抢了过去，她只能靠着墙蹲下来。徐致远庆幸赶在她即将开始涂字的时候阻止了她，把这些"鲜血淋漓"的染料和毛巾远远地摆到一边去，怕她再夺回去。

他拎了一下衣摆靠墙蹲着，跟吴桐秋并排。周围还能听到远处学生集会上激荡人心的讲演。徐致远沉默一会儿，先行开口劝道："……你如果真的有什么难处，可以去找警察。"

吴桐秋好像听到了什么笑话，把头埋在臂弯里干巴巴地笑了几声，直到声音笑到哽咽了之后，才停下来。

"……吴同学？"

"你知道为什么我说他们这么做根本没有意义吗？"吴桐秋说，"他们用笔写，用嘴骂，指桑骂槐，含沙射影，但是那群吃里爬外的腐鼠根本就不痛不痒，因为这样骂他们的人太多了，不差这些学生的。"

徐致远看向她，她指着墙上刚刚被抹上的红色斑点，咬牙切齿地说道："只有这样，你才能戳到他们的软处，他们终于知道要脸了，于是才过来捂你的嘴。"

见徐致远静了，吴桐秋起伏的情绪才落下去，死气沉沉地盯着地面，喃喃地说起自己的事情来，像是逢人就说起阿毛的祥林嫂。

徐致远估计着这时间回家也不可能按时履约了，于是索性蹲在这里听了。

她有一位多病的老母在家务农，一家人生计全靠年轻的兄长一人做几份工，加上她勤工俭学的费用维持。她的兄长名叫吴深院，与她感情深切。当初兄长说自己脑袋不好使，执意要退学供妹妹读书。不过他却是个聪明人，善于为人处世，虽只凭他一人之力在淮市打拼，也没让兄妹二人的生活过得太贫寒。

吴桐秋从前的生活还算平静，她性子沉默寡言，对这烂骨子的政府只是嗤之以鼻而已，还没到如此疯魔的地步。

直到噩梦降临到她头上——到现在，她的兄长已经失踪近一个月了。

起因是吴深院从前做工的饭店老板找到他，老板觉得他善交际又在工部局人缘广，托他帮忙要个账。账是总办处的廖德办宴欠的，因当时宴上许多他国官商，廖德又满口地以国际友好为重，钱就这么赊了下来。

可老板不久后经营出了问题，缺钱，就想把廖德赊了的那笔不小的数目要回来，但屡次上门都被以各种理由推辞了。吴深院讲义气，得知此事后欣然帮了这个忙，可是去了几次之后，他就再也没有回来过。

吴桐秋不是没有去工部局找过，但所有人像是统一了口径，皆说没有见过这个人。她惴惴不安地去贴了寻人告示，可全部石沉大海。这事她还没有告诉母亲，一来二去她的生活费用也捉襟见肘了，直到她实在没有法子，去了当铺赊钱，在那里偶然发现了自己兄长从小戴到大的玉菩萨。

她问店长这是哪里来的，见她那魂不守舍又执着的样子，店长便心软地与她说了。

"来当钱的是个洋人，看样子像个仆从，没提起自己的主人是谁。店长也不知道。"吴桐秋茫然且虚弱地道，"我用尽一切法子，去说了，去告了！学校找警察局，警察局就去找工部局，工部局咬死了说没见过。"

她又把头埋在臂弯里，身上背着的全是无助。

徐致远蹙着眉，听到身后又有人在朗诵方才那篇文章。他沉默着消化她的经历，心中不知做何感想，他问道："傅书白知道吗？"

"他知道，"吴桐秋哑着嗓子说，"他只说……让我不能太过激进，他会想办法，但我真的不知道现在，除了这样我还能做什么。"

"你确实不能太激进，你越是这样，他们便捂得越严实。"徐致远摘了一根草坪上的草，在手里揉捏着，实话实说道，"我做不了太多事情，但……既然傅书白想帮你，我可以助一份力。"

吴桐秋抬起头来看着他，徐致远说："你把你的事写下来，我可以帮你投给《熹华日报》。"

吴桐秋的希望又灭了，嗤笑道："……他们不可能接稿的。"

"会的，你只管用笔写，交给我就是了。"徐致远站起来，正巧讲演结束，身后有一阵掌声和欢呼，声音很远，徐致远搓了搓手上的红颜料，有一些东西在脑子中一闪而现，于是他脱口而出："你要记着一句话，'把尖刀磨成笔，蘸鲜血当墨水，写在敌人皮肤上当纸'。"

"你方才想的有一点不对——他们做的事不会没有意义。"徐致远指着后面的那群学生说，"笔永远是学生的武器，别丢了。"

直至今日，爷爷仍对那个冬日的正午记忆犹新。

他已经忘了自己当时引用的那句话，只记得那是在俞爷爷抽屉里的笔记中看到的。他曾扫过一眼而已，那些字就好像自动附在了他的脑海里，正等候一个时机告诉那个该告诉的人。

这个句子从他脑海中走出去就没再回来，若是要让他一字一字地完整复述出来，爷爷只能摇摇头。

于是我自己在心里琢磨了一会儿，想到了从前在书中看到的一句话，于是给爷爷，也是给这个故事，补充上了一句："我觉得这句正合适——'把尖刀磨成笔，蘸鲜血当墨水，写在敌人皮肤上当纸'。"

爷爷只说："挺好，有劲儿。"

我兢兢业业地当了一个小时的听众，中途自诩十分"合格"地问了不少问题，听到这里又问："这事俞爷爷知道吗？"

老头盯了我很久，盯得我背后发毛，让我不禁往后望了几眼，发怵道："你看我做什么？"

"什么俞爷爷，"老头沉着嗓子，里面沉淀着的大概是不满，"你不会说话了吗俞长盛？"

我说："……那俞老师。"

爷爷的脾气好了一点。我这才知道他原来是嫌我叫的称谓太老，老头说俞尧在他这儿是永远年轻的。

我不解道："你都管俞老师叫'叔'呢。按照辈分来，我喊俞老师'爷爷'算是年轻的。"

顶嘴的后果便是后脑勺被粗糙长茧的大手赏了一巴掌。反正在这些小事上不能跟这老头讲道理，要不然是我后脑勺遭殃，要不然就是我爹挨骂。

闹完，爷爷把那只打我的手掌心在面前展开，我不解地盯着上面的茧子看，问："怎么了？"

爷爷又叫了一声叫我的名字。

我说在。

他又说起当年。

他说当时的徐致远，手心上还留存着从铁桶上蘸来的颜料，那颜色鲜红得像是人血，他走时，心里想着吴桐秋的事情，某种微妙的情感让他从口袋里拿出了那份叠成纸块的志愿书，漆蹭了一些在上面。

岁月转逝，爷爷总感觉，手心的那点鲜红怎么洗也洗不掉。


回到家，徐镇平竟然没有骂他，只是告诉他明日岳老会继续来给他上课，让他不要再犯浑。接着徐致远就被父威逼着在客厅坐了足足有两个时辰。

他本以为徐老爷有什么大事要说，长久的沉默只是暴风雨前的平静。于是这期间脑子里杜撰的理由都可以编成一本书，结果是都没派上用场。

徐致远也不知道徐老爷是怎么坐得住的，整整四个小时，他面对着儿子无动于衷，要么看书要么写东西，而面对爹的徐致远好像是被温水煮着的青蛙，连自己去厕所的次数都能数清楚。

徐致远也只好拿笔记和书来看，心中一边琢磨着如何与母亲商讨给吴桐秋投稿的事，一边又想着如何应对眼前的父亲，这两种心思一直互相纠结到俞尧从学校回来。

俞尧一进门就见到有求救的目光投向他，看到可怜巴巴的徐致远，又看到眼前这僵持的场面，一挑眉，摘下围巾来，说道："你们在做什么？"

"阿尧回来了，"徐镇平慢慢地摘下眼镜来，说，"坐。"

俞尧于是到徐致远对面坐下，好奇地笑道："怎么？"

徐镇平把书放到一边去，郑重其事地开门见山道："徐致远说他心里有了喜欢的人，"徐老爷仍旧"一鸣惊人"，他说，"阿尧你怎么看？"

俞尧："……"

徐致远："……"

原来徐老爷那长久的静默不是为了别的，正是要等俞尧回来。

徐致远与岳剪柳的媒是徐镇平破天荒地亲自上阵说的，所以他最近对儿子的情感问题上心得很，又因为听了俞尧的话，遇到事终于肯主动跟儿子"商量商量"，可又放不下身段来，思来想去还是让他小叔叔来治这小浑蛋——徐太太教他的，保准灵。

"这……"俞尧神情郑重地向后微微一仰，十指交叉地放在膝前，目光在父子俩身上来回看。他考虑到徐致远这令他头疼的性子，神情变得有些复杂，加之他也没有做过什么"恋爱指导"，于是只能是先小心地问道："致远……方便和我们详细说一下吗？"

徐致远瞥他一眼，说道："我们在既明大学认识的，是我一见钟情。"

"……"徐镇平喝水的时候呛了一下，装作清嗓子掩饰过去了，他不屑地评价："你才多大年纪，就敢妄谈钟情。"

徐致远顶嘴："你跟我妈认识的时候也不还是个毛头小子。"

"徐致……"

俞尧出手拦住了徐镇平，用微笑和眼神安抚了一下他，说情道："学生也好，好歹是知识分子。既明也有许多德才兼备、通情达理的……学生，是吧，致远。"

徐致远漫不经心地看着自己的手指，道："既明一天进进出出多少人，你怎么知道一定是学生。"

"……"俞尧喝水的时候呛了一下，也装作清嗓子掩饰过去，由此总结出经验来，此番谈话不能喝水。

徐镇平幽幽地盯他半天。徐致远是否真的有自己喜欢的人暂且不提，单说他这打哑谜的态度就有故意挑自己的火气之嫌。但徐镇平没有发火，他看得出来，徐致远在用插科打诨来掩饰自己对父母为他安排亲事的抗拒。

正好徐致远又信誓旦旦地添了一句："你拦不住我的，除非那人亲口说不行，不然我不会放弃。"

徐镇平忽然站了起来，俞尧赶紧去挡着。但徐镇平只是盯了儿子几秒，像是在强忍着什么，最后还是转身走了出去，说道："……你们聊，我出去一趟。"

俞尧目送他离开，然后盯紧了徐致远，认真说道："你若不愿公开，可以告诉我不想说，但不许故意胡闹来气你父亲。"

徐致远理着袖子，偷偷地仔细打量他的神色，说："我没有胡闹。"

俞尧安静地看了他许久，才信他说的话，试探地问道："对方是什么人？"

徐致远漫不经心地玩着指甲："我不想说了。"

"可你……"

"你刚刚不是说了吗，我若不愿公开，可以告诉你我不想说。"

俞尧无言以对，只好道："行吧。"

他跟徐致远待了一会儿，打算起身上楼，但是走到楼梯口总觉得落了什么话没有说，于是又绕回来，双手撑在桌子上，一本正经地说道："不过……你得好好考虑一下，追求一个人要考虑的事情有很多，不能只因为心向往之就把问题完全忽略，这太过理想了。"

"你知道我的性子的，"徐致远黑眼睛清明无害，"若是真要闹到不可开交、离经叛道的地步，我只会去私奔，去干一切挣脱束缚的事。没有谁可以叫我回头或者放弃，徐镇平不行，李安荣也不行。"徐致远许久之后才说道。


"说实话，"俞尧道，"如果我劝你放弃会听吗？"

徐致远乖顺地抿起嘴唇来，犹豫了一下，说道："……会听。"

俞尧说："好。"

先给徐致远一段不加干涉的时间自己去试错，等他碰壁了，想不开了再劝回来，大概还会更听话一点——这样也不失为对徐镇平的一种交代了。

俞尧终于稍微放宽了心，但徐致远好像有什么话对他说，正巧此时徐太太回来了，还顺手牵回了在外面无头苍蝇似的乱逛的徐镇平，她有些莫名其妙道："大冷天的，你在外面做什么？"

徐镇平被领回来的时候有些尴尬，狠狠地瞪了徐致远一眼，一步一瞅地上楼了。

徐太太卸下厚重的外袍，问他们晚饭想吃什么，托管家收拾刚买回来的鱼和菜。徐致远一如平常地跟母亲亲近，像是刚才什么也没有发生似的，喊着要去厨房帮忙。

走之前凑到俞尧的身边说道："小叔叔，今晚我再去找你。"


今天缺了午休，俞尧又是容易疲乏的人。徐致远就猜想小叔叔会犯困，于是晚上去敲门的时候，声音放得很轻，俞尧迟迟没来开门。他打开一条门缝，果真看到俞尧在桌前睡着了。

书和笔记在面前敞着，桌上点了一盏昏黄的灯，大概是为了等徐致远留的。

看着俞尧歪头小憩的模样，徐致远想起了小时裹在被子里听雨声，雨脚细密地织着一种安心的舒适感。而这场"雨"下得把人心挠软了。

徐致远故意没有去叫醒他，蹑手蹑脚地走到他的身后，用手指点了一下他的后颈。

"尧儿。"

俞尧没醒，鼻底仍旧飘着静静的呼吸。徐致远看到他脖后的红绳，好奇心冒头，于是凑上前去，试图将底下牵着的银佛给拎出来。

"嘶……"俞尧这下清醒过来，睡眼惺忪地伸手，正好把"犯罪人"将要撤走的脑袋抓个正着。俞尧眯了好一会儿才看清是徐致远，被捉住时这厮还在专注地打量着他的银佛。

"致远……啧，"俞尧把绳从他手中掖出来，将被扯出来的银饰重新塞回衣领里，皱眉道，"你在做什么。"

"你睡着了，我叫你起来。"徐致远若无其事地直起腰来，依着桌子说道。

俞尧感到皮肤处清凉，把银佛再次拎出来，才发觉银佛被徐致远偷咬过，无奈地道："你咬它做什么。"

徐致远也不知道真品标准是什么，只知道鉴别材质时要咬的，理不直气也壮道："好奇是不是真的。"

"……你是狗崽子吗？"

"我属兔，"徐致远的道理比学问多，淡然地道，"我是兔崽子。"

"行吧……兔崽子。"俞尧活动了一下筋骨，他的声音没有多少力气，用手背蹭了下眼睛，徐致远在里面看见了丁点血丝，又想起他晚饭吃得不多，忽然担心起来。

俞尧拍拍徐致远靠在桌沿上的腿，让他把挡着的温水和药拿来，徐致远于是离开桌子，给他把东西推过去，问道："小叔叔，当老师是不是很累？"

"还好。"

"你要不然辞职吧，"徐致远真情实意地说，"在家里歇着，什么时候精力足身体好了，再去工作。"

"工作哪那么容易就不干，你已经十八岁了，怎么还把这些事当成儿戏。"俞尧叹气，吞完药片拧上瓶盖，说道，"改改你这少爷性子。"

徐致远不乐意了："我这不是想让你多点时间休息嘛。你总是这样，我关心关心你，你就说我。"

徐致远说着就闹了脾气，双臂盘着，做出要走的架势，说，"我妈还知道骂完儿子给块糖吃呢，你这每次错怪别人好心也不知道哄，一股子徐镇平的作风。"

"……行吧，"俞尧哭笑不得地把他拎回来，道，"谢谢小少爷关心我……这算哄了吗。"

"……"徐致远不回话，直到自己倔强的脑袋被俞尧摸了一下，这才肯低下头来看他一眼。

也不知是不是错觉，总觉得小叔叔对他温柔迁就了好多。虽然俞尧的为人处世本来就透着性子里的温良，可徐致远总觉得，自己感受到的温柔跟俞尧对待平常人的那种不一样。

俞尧问他过来找他有什么事，徐致远这才做出说正事的姿态来，去把门关好。神色凝重地从口袋里拿出一方纸块，问道："这是你的吗？"

俞尧不明其意将纸片取来，可随着展开脸上的温和渐渐消失，他仔细地扫了一眼上面的内容，又面无表情地缓缓叠好。徐致远看着他起身走到炉子前，用铁钩将盖拎开。

纸片被丢了进去，火舌将其吞没之后，从炉口伸出了一截跳动的火花，是火焰贪婪嗜夺的手。

俞尧沉静道："你从哪弄来的？"

"在你抽屉里，拿笔记的时候捡到的。"徐致远实话实说，看见火光染上俞尧的侧脸，忍不住问道，"小叔叔，你加入了同袍会吗？"

俞尧将炉盖合上，火焰与灰烬被关在炉子里。徐致远知道他的顾虑，认真地道："我不会和任何人说的。"

俞尧默然地回到原位坐着，手指在桌沿上敲了一会儿，听起来像钟表走过的声音。面对着徐致远的注视，良久之后他还是说道："是。"

徐致远并没有什么多余的反应，道："你这样也太不小心，那张信纸怎么可以乱扔，若是让有心之人捡去了该多危险。"

"我没有放在那儿。"俞尧摩挲着指肚，声音低沉，说道，"当初这份草稿没有来得及销毁，就莫名地丢了。"

徐致远忽然心紧了一下，皱眉道："什么？"

"之前我将它夹在书中暂存，隐藏在了书架深处，可后来却无影无踪了。"俞尧一字一顿道，"学校里有人翻过我的东西。"

徐致远只觉得隐隐地心惊胆战，此人不仅拿走了足以置俞尧于危险之地的证据，还悄无声息地"送"了回来。

"自从它不见开始，我便一直在留意身边的人。"

"那你有怀疑的人选吗？我可以帮你去查。"徐致远顿了一下，道，"……你这样看着我做什么，又不是我干的。"

"不是怀疑你。"俞尧忧心忡忡地揉了揉眉心，说道，"致远……对于这件事你只需要守口如瓶，不要过多地牵扯进来。"

徐致远方才已然把自己定位成和俞尧穿在一根绳上的蚂蚱了，他道："可我都知道了，你若是不想让我蹚浑水，还告诉我做什么。"

"你看到信纸上的内容了。"

"看到了啊。"

"那如果我刚才搪塞你个假理由，你会信吗？"

"不会。"徐致远深知这份志愿书的重要性，说道，"我早就想好了，除非你承认，不然你说什么我都不信。"

"这便是了，"俞尧说，"我和你道清原委，并不意味着我想告诉你这件事，而是因为敷衍过去行不通——这样还不如说出来让你留个心眼。"

徐致远觉得有道理，但心中还是不安，又凑上前去，说道："小叔叔，你又不是不知道我爹的所属，你在他眼皮底下这么做，若是被发现了该怎么办？"

俞尧并没有回答。隔着一具没有喜怒的皮囊，徐致远也猜不透那底下的心思。但他的心中的忧愁只增不减——自己父亲与俞尧的立场不同，他怕哪一天就乍然起了火光，烧破隐藏二人之间的膜，那时可就不是光动嘴可以解决的了。

房间里静得能听清二人一深一浅的呼吸，俞尧起身时碰动了椅子，它吱呀地叫了一声，好似杞人的呻吟。

"致远，不早了，回去睡吧。"俞尧叹了口气，道，"其余的我自有打算，不要再想这件事了，好吗？"

徐致远的心思和愁绪搅成了一摊糨糊，堵塞在胸膛中缓缓蠕涌，时不时地冒个泡。

"可以倒是可以，只是……"他到俞尧刚刚离开的凳子上坐下来，双臂趴在椅背上，说道，"小叔叔，我想搬到你这来。"

俞尧："？"

这突兀的转变让俞尧皱着眉头盯了他三秒，而后坚定道："不可以。"他说道，"你又在打什么主意？"

徐致远喁喁细语道："我怕我一个人睡不着。"

"你还能意识到自己多少了岁吗？"俞尧一直觉得徐致远的年龄至

少虚长了十几年，其实只是个三岁小屁孩套着个身材颀长的外壳罢了。他责道："要是半夜做噩梦了是不是还要哭着叫人哄？"

徐致远长腿撑着地面，前后摇了一下椅子，抱着椅背撑着腮"嘶"了一声，竟是在认真思考。

看见徐致远这一副"好像真的会"的样子俞尧就头疼，伸手打住了他开口，再次说道："行了，快点回去睡觉。"

"说实话，尧儿，"徐致远捂着自己的心脏，装腔作势道，"我怕我一个人睡不着，是因为心里想着这件事，惶惶不可静眠，要醒来时就见到你安好无恙，才肯闭上眼睛。"

俞尧："……"

他指了一下，说："通常人的心脏在左边。"

徐致远若无其事地把一时放错位置的手挪到左胸膛。

"别胡闹……"俞尧无奈地笑了一声，又说，"事不过三，最后一次，快去睡觉。"

徐致远能听到炉子里轻轻的火光跳动声，与他右手掌心下的心脏悄然和鸣，这大概是一种冥冥的缘分，或者说自然的许多旋律是本相通的。

"小叔叔……你要多笑，"徐致远莫名畅然了不少，他屈于逐渐漫上来的困意，只好离开了椅子，走之前无心道了一句，"……这样我才会觉得，世上没有大不了的事。"

俞尧的手指微不可查地蜷缩了一下，随后便将这个哈欠连篇又油嘴滑舌的客给请出去了。


翌日，徐致远心血来潮地换了一身深蓝色的长衫，把头发梳成背头，架着副黑色圆镜框，右手执圣贤书，左手负在身后，颇有衣冠楚楚的学者之姿，浑身散发着一股速成的诗书气，大摇大摆地出门去。

他这副样子惹得徐镇平十分惊恐，以为儿子谈了个"自由恋爱"反倒把脑子给谈傻了，开始怀疑起俞尧和他的交代来。于是儿子后脚门关上，他便盯着窗外问夫人："徐致远今天犯了哪门子病？"

徐太太没屑得给徐致远一眼，翻了一页报纸，说道："他一大早就和我说，今天要去和剪柳见面。"

徐镇平不可思议道："他回心转意了？"

"你瞧他打扮那样，像是回心转意吗？"徐太太一副累了撒手不想管的模样，知子莫若母也，其一针见血地分析道，"抛却外界因素，徐致远他能吸引人姑娘的自身优势就剩了这副模样了——连最利的'武器'都包上块破布，你说，这士兵的心思还是打仗吗？"

"这又怎么了，"徐镇平遥遥地一指上了管家汽车的徐致远，不服气道，"他这副样子不是比之前那轻浮的扮相好多了？"

"……"徐太太放弃看报，看他，满眉忧愁地问道："徐镇平……你说你儿子这脾气到底是谁给他的？"

徐镇平冷声说道："他自己长的。"

"再犟，就是跟你学的。"徐太太边喝茶漱口，边说自己丈夫，"我看他要是找不着对象，你得占一半责任。"

"照你这么说，他十五六岁的时候还招学堂和邻里的小姑娘喜欢呢。"徐镇平要强的劲儿突然上来，身边没有后辈在，不苟言笑的外表下，那跟徐致远如出一辙的幼稚就开始初见端倪了，他一本严肃地反驳："也是跟我学的？"

"我刚才都说了，他招姑娘喜欢是因为脸。"徐太太把晨报和茶放下，穿好衣服打算上班，说着，"你说他这皮囊谁给的？哎，我给的。"

徐镇平："……"

他一无话可说又憋着一股气的时候就喜欢去门口乱逛，徐太太哭笑不得地喊住他："大冷天的，你别老是出去，冻着我可不管。"

……

徐致远暂不知道因为自己的着装引发了父母的一场争论，甚至还产生了"分歧"。他蹭了蹭发痒的鼻子，忍住没有打出喷嚏来。

管家问道："少爷，你今天怎么打扮成这副模样？"

"怎么了，不好看吗？"

"底子好看，穿什么也都是好看的。"管家说道，"只是这与少爷之前的风格不一样。"

徐致远笑问："哦，现在是什么风格？"

"像个正经先生。"

徐致远扯着他的歪道理，说："古人云相由心生，先把外表做出样子来，至少可以骗旁人高估你的内在，说不定骗着骗着，把自己也就这么认为了。"

管家也笑，问道："小少爷怎么忽然想不开要变成个正经人？"

徐致远的手势刚比画开，打算与他侃侃自己的精神内涵，又忽然觉得他这话问得不对劲，正要反驳之时，到了。从车窗望出去，见岳剪柳正在等他。于是先徐致远把话头打住，只给管家留下一句"你这么想可不对"，便匆匆关上车门了。

岳剪柳见他的装束，也问他今天怎么跟往常不一样，于是徐致远把没说完的话又从头说了一通，惹得岳剪柳跟他走一路都在憋着笑。

她早在徐致远拜访府上那天就约好了他一起来参加一场交流会。交流会由既明大学和淮市诊华医学院会联合举办，会邀请外籍教授和一些知名学者进行讲演，参加者主要是两校留洋预备学生。

地点在一座欧式大礼堂，听岳剪柳说，这座建筑是归田松中外联合银行所有，这次的活动便是其董事长冬建树发起的。因为其中一位资方的亲室远到淮市，这位洋人老板的女儿对华中的本土文化"颇有兴趣"，才促成了此次交流会。

徐致远听着这熟悉的银行名字，眉头挑起，心里感叹着冤家路窄。

"那位提议举办交流会的洋人小姐是学医的。"岳剪柳细数着名单，"这次被邀请到场的还有裴禛先生，他的母校是诊华医学院。"

徐致远心中怅然，这回不仅是路窄，冤家还各挡两头。

他说："既然是医学交流，我便不要来凑热闹了吧。"

"只是杂谈。主题主要仍是关于文化、哲学之类……医学院的同学们又不是只会动手术刀。"岳剪柳好心说道，"致远，你平常不是爱好文学吗？我猜想你会对这样的主题感兴趣。"

"是……多谢你了。"为了去补自己之前留下来的谎，徐致远只好干巴巴地答应。

他把岳剪柳心心念念许多天的笔记递过去，趁人还没来齐，她拉着徐致远找了个好位置坐下，迫不及待地去翻看。

阳光穿过彩色玻璃染到纸张上，还没阅到一半时，她就开始赞不绝口："我竟惭愧起来了，致远，总觉得你的评论比我原文写得还要精彩。"

夸他就相当于是夸他的小叔叔了，徐致远莞尔听着，静静地等她阅读。岳剪柳一边认真地画出自己认为漂亮的句子，一边和徐致远聊起来："'世界对着它的爱人，把浩瀚的面具揭下了'，我记得有些模糊……致远，这是不是也是《飞鸟集》中的话？"

被她问，搭话都需要谨慎十分，徐致远身心放空，觉得小叔叔和她的世界与自己并不相通，他只觉得吵闹，于是敷衍道："……嗯。"

"没想到你还是这样浪漫而从一的人。"岳剪柳读完之后合上笔记，感叹地笑道，"与你平时不像。"

徐致远大言不惭地笑道："我是表里如一，哪里不像。"

"唯一的遗憾是……"岳剪柳把笔记朝他展开，说道，"致远，你得练练字了。"

徐致远自然不"傻"，昨晚将俞尧写的那些亲手抄录了一遍，这上面虽是俞尧的内容，但确实是徐致远"狗啃式"的字迹。

学生陆续到场，徐致远忽然听到了熟悉的声音，循着望去，果不其然看到了一身西装的冬以柏满身怨气地走了进来，身后围簇着几个学生，他在徐致远旁边找了位置重重地坐下了。

看样子他还并未发现自己的仇家就在近在咫尺的身边，徐致远忽然想起来提醒岳剪柳噤声，但事已晚矣，毫不知情的岳剪柳说道："我写完大概需要两天，到时候我去你家给你。"

冬以柏随意地向身边一瞥，看见徐致远的时候皱着眉头，确认了五秒，随后脸色骤变，站起来喊道："警察，警察过来！"

他这一嗓子把周围目光都聚集过来了。徐致远一动不动地在原位置坐着，听他对赶来的警卫道："把这个人给我轰出去。"

周围窃窃私语，岳剪柳也随之皱眉。

徐致远故作疑惑，把声音压着变低了个调："这位……同学为何要如此大动干戈？"

"给我起来，穿这一身穷酸衣裳当自己是大儒雅士了？"冬以柏冷笑道，"你骂我什么转眼就忘了？还坐在我家的地方了！"

徐致远仍旧保持着儒雅的笑容，双手搭在膝前，说道："我不记得……我说过什么了？"

冬以柏咬牙切齿道："徐致远，你再给我装。"

徐致远恍然大悟道："哦，原来你说的是致远，那这位同学应该是冬小少爷了吧。"

岳剪柳和冬以柏同时一头雾水，只见徐致远彬彬有礼地站起来，朝周围被吵到的同学微笑着道歉，做足了礼貌，说道："冬小少爷您好，我是徐致远的兄长徐明志。"

岳剪柳："？"

冬以柏："……"

"前几日小弟与我倾诉，说有人在既明大学泼脏了他的衣服却不赔钱，小弟实在是钟爱那件衣裳，就忍不住对那人口出狂言，我听说对方是冬小少爷，便劝他算了……我相信建树先生是明事理之人，改日定会将索赔数额送到府上的。"

"……"

徐镇平向来将家庭和私人信息捂得十分严实，徐家人也不是上风韵小报的常客，不过也有耳朵灵的，疑惑地朝同伴窃窃私语一句："我怎么没听说徐镇平……他还有个儿子啊？"

本就觉得这个"徐致远"有点不对劲，没想到真的是认错了人，加上这个自称徐致远兄长的人如此淡然地提及他父亲的名字，让天真的冬以柏一时慌了一下，他说："你……胡说八道！"

"哪里胡说八道，"徐致远疑惑地道，"泼脏衣服，是小少爷干的吧？钱……的确也没有赔吧？"

冬以柏恶狠狠地瞪了他身旁的同伴一眼。

其实徐致远认得出来，他瞪的那个跟班才是当时撞他的当事人，只是他畏畏缩缩地垂着脑袋，看起来也不像能赔得起三百大洋的模样。

不出徐致远所料，冬以柏生生咽下了愤怒——他是当时的出头鸟，徐致远以牙还牙全然因为他，所以他替同伴顶了这个锅，说："……是！"他说，"你别扯这些东西我刚才只是说你……"

"私事还是留在私下解决吧，"徐致远"大度"地拍了拍他的肩膀，说，"今天建树先生做东，小少爷就不要让他难堪了。"徐致远正好找了个开溜的理由，笑道："我今天就退步一下……小少爷既然不想看见我，那我就出去。"

这可让全场的学生哗然了，错怪人还公然喧哗，最后又要别人让步，在大众眼里着实有些过分了。但没人敢声援"徐明志"，只敢暗暗腹诽——这毕竟是赞助活动的冬家的小少爷。

被众目盯着的冬以柏恼羞成怒道："你出去就别回来！"

徐致远走之前把岳剪柳轻轻摁下，让她继续参加这会，自己撩了下"风骨傲然"的衣摆离开人头攒动的大礼堂，不早不晚，刚好和进场的那位日本小姐与冬建树擦肩而过。

而冬以柏的一声吼也正好让父亲撞个正着，看见礼堂这安静的场景便知道这逆子又惹祸了，冬父训斥道："冬以柏，你又在干什么！"

……

走远了，徐致远才敢哼出声来。

他拿准了冬以柏这要强却畏父又"讲义气"的性子，才敢放心这么干。这种自信的把握来自一种微妙的共鸣——冬以柏的性格跟徐致远从前着实有些相似。

脱离苦海的徐致远心中舒畅，一挥长衫大褂，推了推他的眼镜框，喊了辆黄包车朝既明大学去了。约莫着去看他小叔一趟回来，交流会正好能结束，再将岳剪柳送回家。

结果到了地方，办公室的老师告诉他，今天俞老师不在，被裴医生邀请去参加交流会了。

徐致远心中咯噔一下，直呼不好，问道："他们什么时候去的？"

老师说："裴医生参加任何聚会向来都有提前到场的习惯，他们早就到那了吧。"

徐致远："……"

既明大学九号教室前的银杏树是张纸，四季交替着将枯荣往事书写于此。

落笔时是十月，凉风渡秋，黄昏镀叶，宜邂逅，徐致远于是依着天意在这树下遇见了他的小叔叔。

顿笔在来年二月，雪兆丰年，雪覆虬枝，本应是宜沉淀与厚积。徐致远的"黄历"却算错了天时，多愁善感的时节却比春天先来了几个月。

徐致远围着俞尧的围巾，蹲在教室外挨冻。俞尧又把围巾忘在了办公室的椅背上，徐致远便拿来围了，与围巾一同被顺出来的还有俞尧的小提琴盒。

徐致远拉了一首哀声怨气的悲歌,其中惆怅浓郁得飘满了教室前的整条路,经过的青年男女看到了,留意一眼,心中大概在感叹,这又是一个失意的大学生。

世风日下,这个时代好像一直在妥协。公理为强权让步,人向迷惘低头。

——坐在教室台阶前拉提琴的自由青年郁郁不得欢。

徐致远打了个喷嚏,冻得清醒过来。

事实上路人的评价只对了一半,徐致远是失了东西,但不是别的,是"脸"。

如果他的小叔叔今日在礼堂看到了那位"徐明志先生",自己大可以当场在此挖个坑,学鸵鸟把头埋进去了。

空气湿冷,手不能打弯了,他只好暂停了演奏时的胡思乱想,先去屋中取暖。

"远儿。"

听见有人叫他,徐致远回头,见是傅书白,他问道:"你在这做什么,不上课吗?"

傅书白脸色不好,比起徐致远更像是在外面挨了一个小时冻的人,他把徐致远拽进教室,看四周没人,怒气冲冲地将一份信纸拍到他怀里。

徐致远皱眉:"怎么了你,吃枪药呛到嗓子眼了吗?"

他正在展开这些信纸时,傅书白说道:"你教她这么做的?"

徐致远翻阅了手中的纸,发觉上面尽是吴桐秋的经历,这才知道吴桐秋不仅信了他的话,还连夜呕心沥血地作出这样一篇文章来。

徐致远坦然道:"是。"

"你怎么也跟着她闹!"傅书白怒道,"现在那些人盯她盯得已经够紧了!你知道如果《熹华日报》刊登了这篇文章,会把她……置于何种危险的境地吗？”

"傅书白，你以为我和她提议的时候，没有考虑到这些后果吗？"徐致远不服气道，"你现在是教训我吗？"

"我只是想不通……"傅书白叉着腰，不停地环顾，没有去直视徐致远的眼睛，他说，"你不平常不爱多管闲事，你掺和进来做什么？"

"我把你的事当成正事，你说我多管闲事？"

"……"

"……我的事？你……是因为我？"傅书白一噎，许久之后，语气才平下去许多，解释道，"不是的……远儿，你想错了，这和我并无关系。你别再插手了，这样对你和她都没有好处……"

"我也想不通，"徐致远全然没有听他的劝，而是打断他，说道，"你既然想帮吴桐秋，为什么要缩头缩脑地制止她去反抗？你以为这是在帮她吗？"

"反抗……"傅书白自嘲地笑了一声，他垂着头坐在教室椅子上，椅子发出不堪重负的咯吱声，在空荡的教室里尤为刺耳。阳光铺了一条交界线，不知是有意还是无意，刚好横在两人之间，傅书白便在那阴凉里坐着，说："我们只是学生而已，没有钱也没有枪，在联合政府面前就是栅栏里的羊。他们允许学生去蹦跳去骂街，做什么都可以，可一旦羊想去咬毁栅栏了，或者顶撞牧羊人了，就随时可能磨刀霍霍。"他指着窗外的一派祥和，说，"在淮市谈这些就是刀尖舔血，远儿，我不想惹麻烦，我就想好好地毕业，找个养活自己的生计，其余的……我一丝也不想掺和。"

徐致远看着他，沉默很久，说道："倘若你真的只想安稳，一开始就不应该插手吴桐秋的事，你这是自相矛盾。"

傅书白手肘撑在双膝上，颓靡地坐着，一只手抓着头发，另一只手垂着，不说话。

"我就知道……"徐致远叉着腰，搭配上这身衣服，浑身散发着一种恨铁不成钢的封建老父亲气息，他道，"我就知道你栽进去了。"

傅书白换双手把头发抓住了，他说："我……只是想把她劝回来，如果没有这件麻烦事，我们都可以风平浪静地度过剩下的学年。"

徐致远也不知道这两人是什么时候认识的，大概是自己跟小叔叔斗智斗勇而忽略他的几个月。

眼前这位曾经还"浪荡不羁"地演着一个风流客，现在却变成了个被恋爱打败的自由青年了。

徐致远嫌弃他不争气，全然不会想到几分钟前自己在教室前拉小提琴的时候，也被路人这么嫌弃过。

"如果栅栏里本来风平浪静，却有只羊忽然生了叛逆的心思，你去劝她回头，她不会去怪你，因为畏惧风险和死亡是人之常情，无可厚非。"徐致远到他旁边坐下，说，"可现在是，屠夫不讲道理地把她亲人拎走了，生死未卜。于是她去拼命冲撞栅栏引起其他所有动物的注意，你却还劝她不要去做。傅书白，这样只会让人寒心。"

徐致远又添了一句："如果是我，我不仅不会听你的，还会给你两巴掌，老娘才不要这样的臭男人。"

傅书白："……"

他神色愣着，不知在想些什么，良久之后说道："那你说该怎么办，她做的那些事，写大字，拉横幅，哪一样起效了？又有哪一样让其他动物注意到她了？"

"之前那些事的确欠妥当，且微效，"徐致远举起手里的文章，说，"不过，这个可以。"

傅书白抬头看向他。徐致远自信地保证："你就算不信我，也要信我爹妈。"

傅书白终于向他妥协了，苦笑一声，将提心吊胆的气松下来些许。

他又看了徐致远很久，缓缓道："徐致远儿……你……"

徐致远："？"

傅书白伸手，瘫软地掀了掀他的长衫衣摆，说道："……我刚才就想问了，你今天这是什么打扮，像个地主家里脑子没长两斤肉的大傻子。"

"嘶……"见他又活蹦乱跳地嘴欠了，徐致远赏他后背一巴掌，把衣角拽回来，舌头也恢复到往常的毒性，说道："你爹的打扮！"

教室无人，也没有点着炉火，待久了还是会冷的，幸得他们的位置靠窗，有透过窗子的晨阳，可以暂时取暖。

时间拖够了，徐致远去礼堂接岳剪柳回家，鬼鬼祟祟地在散场的人海里找了一通，没有见俞尧的身影，于是问岳剪柳没有见过他。

听完讲演之后，岳剪柳好像心情十分不佳，只是匆匆说自己没太注意俞老师是否到场。

徐致远问她发生了什么事。

"我特意来听了那位东洋小姐的演讲。"笔记的封皮近乎要被岳剪柳掐出五个洞来。她说道，"我还以为会有什么真知灼见，没想到只是披着学术和文雅皮囊的傲慢而已。"

徐致远环绕这一圈有说有笑的出场学生，少见到有人如她这般愤慨的，问道："可他们……"

"这些都是预备留学生，导师尽是外籍，见惯了洋人的目中无人！"徐致远少见岳剪柳这般模样，与她平时温和的脾性似乎大相径庭，她说，"可我看不惯。"

"哎！剪柳！"

岳剪柳好像正在气头上，什么事也没顾得上，徐致远没叫住她，见她的身影走远，让刚叫的黄包车夫去护送她，自己只好揣着那篇五页纸的文章回家了。

虽然写在纸上的墨水是黑色的，徐致远却更觉得它像是人血写就。所以怀揣着它的时候战战兢兢，仿佛周围都是眼睛似的。

到家的时候呼了口热气，看到有人正在客厅和徐太太交谈。

那是个陌生男人，双眼底下有垂下的褶子，头戴带沿的黑圆帽，脸上仿佛是永久镌刻上去的笑容，如造假的老酒，醇香包着刺鼻的劣质底子。

徐致远眉头一皱，他进来时谈话刚好完毕，黑帽男人起身，遇见徐致远的时候套近乎地寒暄几句，便出门了。

徐太太笑着送他离开，但车声远去，她的笑容骤然消失，这转变把徐致远吓了一跳。

"徐致远。"

"啊。"

"以后若是这个人或者跟他一般装束的人去找你，问你关于我的什么事，你不必回避，知道什么说什么就好。"

徐致远心中咯噔一下，问道："这人做什么的？"

"没事，我编辑部里的人。"徐太太拍了拍他的肩，恢复常态，问道，"你不是和剪柳约会去了吗，怎么这么早回来。"

"没有约会，只是见面。"徐致远皱着眉头道，"我难道就不能有几个女性朋友了吗？"

徐太太怀疑地看着他。

"别说这个，妈……我有件事……"徐致远嗫嚅道。

徐致远手中是存有余温的信纸，他的母亲就在自己面前，可事到临头好像忽然出现了一种阻力，让之前的豪言壮语全部哑声，也把他即将拿出信件的手摁了下去。

也不知道这股阻力从哪里来的，徐致远有意无意地朝窗外看了一眼。或许是刚才那个陌生男人给他冥冥中带来的不安。

"怎么了？"李安荣问。

"那个……"

楼上忽然传来女孩子软糯的声音，徐致远的目光被吸引过去，看到了正在合上房门的俞尧，以及被他稳稳当当抱着的小女孩，徐致远认出来，那是裴禛的女儿。

那一瞬间的事——徐致远也不知道是什么玄学，他胸膛中刚浮起的不安一扫而空。

这好像就是他说的"见到小叔叔笑的时候，身心都会安稳，世上并没有什么大不了的事"。

徐致远抬手蹭了蹭鼻尖。

徐太太问他到底有什么事，徐致远把信纸塞起来，随便提了件往事敷衍了过去。

他还是打算先跟俞尧商量商量，再议下步。

"小叔叔，你回来了。"徐致远走上楼梯去，"我去学校找你，可你不在。"

"去交流会了，不过没听一半便早早回来了。学校并无事务，于是和安荣在家一起等你回来吃饭。"俞尧把裴林晚放下，让她和徐致远问好。

裴林晚乖乖地叫了声哥哥好，大概是饿了，又回头小心地问："阿尧阿尧，你方才是说吃饭吗？"

徐致远本来想问裴林晚为什么会在这里，只是还没出口，先听到俞尧笑了一声，接着他温声对小女孩说道："走吧，明志哥哥也一定饿了。"

徐致远生无可恋地闭上眼睛。


徐致远到房间把衣服换了，头发抓下来，乱糟糟的样子正好印证了他的心情。

管家把菜呈上来，徐太太去洗手。蹑手蹑脚溜到饭桌后的徐致远被俞尧发现了。

俞尧把独占一个座位的小女孩抱起来放到腿上，说道："过来吃，座位留给明志哥哥。"

裴林晚点点头："好。"

"你……你能不能别叫了……"徐致远的声音从嗓子里挤出来，在他旁边坐下。

俞尧挑眉道："是不叫明志，还是不叫哥哥？"

"我……"前者让他尴尬得恨不得找地缝钻，后者又在他心中莫名其妙地挠痒，二者打架，让徐致远十分难受，他道，"……你还是别说话。"

"今天在礼堂那般气定神闲，回来怎么就泄气了，"俞尧笑道，"没想到你除了涂鸦，还会表演，在不务正业上颇有天赋……"

"你什么时候会开我玩笑了，"徐致远赶紧给他塞了块糕点以堵上嘴，埋怨道，"小叔叔，你变坏了。"

俞尧笑容不减，扑了扑掉落身上的渣屑，拿下嘴中被徐致远塞来的糕点慢慢嚼着。裴林晚听了，转过头来，眨着眼睛看徐致远，说道："明志哥哥，其实阿尧不坏。"

"嘶……"徐致远一字一顿地咬道，"乖，叫致远哥哥。"

那称呼大概是俞尧故意教她的，小女孩拿不定主意，懵懂地仰头朝俞尧投去请求的目光。

俞尧朝她点了点头，于是裴林晚才改口叫他道："致远哥哥。"

徐致远不服气："她怎么这么听你的话？"

俞尧慢吞地嚼着，缓缓咽下去，说道："小孩都听我的话。"

徐致远瞪着他。

"可不是吗，"徐太太洗完手入座，正好听到这一句，意有所指地感叹，"管他狗崽子兔崽子，只要是崽子阿尧就能驯服得来。"

徐致远觉得这两人在影射他，但又找不到合理的证据。

午饭又做了海味，看到最后呈上来的那盆鱼时，徐致远回忆起了上次的前车之鉴，"无功不受禄"，迟迟不去动筷。

徐太太让他安心吃，说今天的鱼目的单纯，没有陷阱笼子等着他钻。吃到一半，她在饭桌上提起不在的徐镇平来，他近日要启程回吴州了。

徐致远刚提起的筷子又一顿。放在之前，这"一顿"之举是因为藏不住喜悦，但是现在相同的反应，心情却像被淋了场太阳雨。

他问道："这马上要过年了……他怎么这时候回去。"

"他被调任成吴州区军长，又兼了……什么乱七八糟的副局长，往后在吴州主事。"

"那淮市……"

"他问过我，我说我安土重迁，不喜欢搬家，何况这里还有工作，就不随他过去了，你若是想去可以跟着。"

徐致远生着闷气，本想说他又没有问过我。但偷偷瞥了俞尧一眼，忍了下去，说道："……我才不去。"

"他在这里也有职位保留，不用担心他不回来，"徐太太劝告儿子，"所以就算徐镇平不看着你，你也少鬼混。"

徐致远说道："就不能等过完年再走？他不是都要打算撒手不干了么，这么着急去上任做什么……"

"你不懂，少管这些事，"徐太太神情复杂，说道，"先好好吃饭。"

徐致远看来这盆鱼的目的也不单纯，像是一顿不容商量的补偿。他全然无了胃口，正撒气地将筷子放下时，俞尧往他的碗里递了一只剥好的虾。

他看了看小叔叔，又看了看虾肉，心中骨气十足地告诫自己这是"贿赂"或者徐太太早就准备好的"阴谋"，却还是重新捡起筷子，不争气地伸过去了。他咽完又说："还要。"

俞尧便又给他递了一只。

俞尧要照顾两个小孩吃饭，从入座起一直在剥壳，才能堪堪地跟上

"供应"的速度。徐致远见他一直忙活着，于心不忍，又看见裴林晚在自己动手，提议道："小叔叔，你看她在学着在自己剥虾，你先不要管她，吃饭吧。"

俞尧瞥了他空空的两手一眼，说道："那你呢？"

徐致远理直气壮道："我吃你剥的啊。"

徐太太听着，替这跟小孩明争暗斗的儿子丢人，教训道："徐致远，别折腾你小叔了，你自己没手吗？"

徐致远哼了一声，贯彻了"没手"的作风，探过头去把俞尧才剥好的吃食给叼了过来，在他的耳边说道："小叔叔，我今晚去找你。"

说罢，从桌上顺了两块海棠糕咬在嘴里，双手插兜地上楼去了。

……

徐致远掐好了时间去敲俞尧的门，却看见裴林晚还在俞尧的房间里，正一张一张地翻看那些白鸟的照片，俞尧在认真地跟她讲着这些定格背后的故事。

见徐致远来，俞尧轻轻说道："小晚，时间不早了，去李阿姨的房间睡觉了。"

裴林晚点头，乖顺地将照片冲齐摆好，一边不舍地说着"阿尧晚安"和"致远哥哥晚安"，一边给他慢慢带上房门。

待她走了，徐致远才问道："裴祺不来接她吗？"

"裴医生回老家处理一些事情，托我照顾一下她。"

徐致远说道："为什么要让你照顾啊？"

"他回老家的原因特殊，不方便带着林晚。我便亲自提议要帮他照顾了，比起保姆照顾，这样更让他放心。"

俞尧皱眉看向徐致远，只见徐致远拉着嘴角问道："那你这些天是不是都要带着她了？"

"嗯。"

"你每天这样劳累，我之前关心你的身体，你呢，训我改改少爷脾

144

气。而裴禛烦你抽出精力来给他照顾小孩，你倒却甘之如饴。"徐致远哼道，"某个人不仅变坏了，这心里头偏出去的地方都可以建一条十里长街了。"

"……这是什么歪结论歪比喻。"俞尧发现徐致远在某些方面真的算得上是伶牙俐齿，自己在他面前只能甘拜下风，说道，"致远……好好说话，到底来有什么事？"

徐致远清了清嗓子，说："是正事。"

俞尧叹了口气，坐在了椅子上，徐致远也郑重其事地坐好，从怀里掏出那份信纸，递给俞尧。

俞尧接过来的空隙，徐致远说道："小叔叔，你知道那次被警察局带去问话的吴桐秋吗？"

俞尧手指停滞了一下，慢慢地阅读着内容，说道："我知道。"

"她哥哥失踪了，大概率是工部局那些人搞的鬼。她走投无路了才去做的那些事，但是周围的人都误解了她。"徐致远说，"于是我让他写了这篇文章，如果能让我妈的报纸上发表的话……"

俞尧不答，安静地逐行读着，读罢，俞尧将纸张放在桌子上，说道："安荣不能给你发表出去。"

徐致远被泼了桶凉水，说道："为什么？"

"致远，这牵扯到的事情很多，你也知道熹华报社属于淮市租界管辖的。安荣是主编，若此篇文章在她的手下发表，会给安荣带来麻烦。"

徐致远不明白："可报纸不就是用来说真相的吗？"

"这里的报纸仅是强权者的附庸，安荣也深知这件事。"俞尧摇头，说道，"我知道你的本心是想利用舆论。但是在这座城市，舆论并不是我们能利用得起的。"

"徐镇平他可是军长啊，他手下有兵有枪，我们有什么不敢说的！"

"镇平他要听谁的？"俞尧平静地引导着他，"他上头又要听谁的？"

徐致远沉默，绕来走去，那群趾高气扬的洋人才是最顶端的"肉食者"。

"我就不明白……"徐致远大概有些明白那群学生为什么会那么义愤填膺，他也有点生气，道，"既然他们有兵，为什么要一直装死屈就，让这群洋狗在自己的家门口撒野，不憋屈吗？"

"因为……"俞尧望着信纸上的字发呆，那是一个"跪"字。吴桐秋的字体俊逸，写出来的这个字，却更像是一个昂着不屈的头颅，仰面望天的人。俞尧没有说下去，而是道，"其实早前，她曾来听过我的课，夏恩也认识她。南墙一事之后，是我几经周旋将她从警察局带出来。但当时我以为事态不算严重，也没有去仔细地了解她的事情……如果可以，你让她抽空来见我，我可给她想一些对策。"

徐致远看着他，还能在他眼里看到一些光亮，呼了口气，说道："好。"

"不过……致远，你很聪明，"俞尧又举起那封信纸来，说道，"你让她做的这件事很对。"

徐致远一蒙，不解道："啊……不是不能发表吗？"

"有用的，当这份内容可以真正地向民众公布时，它会牵动很多人的心——那些不愿意屈从和让步的人们。它就像一颗舆论炸弹，你明白吗？至少可以让睡着的人们清醒一瞬。"不知是不是缘，俞尧与徐致远无意中说了相似的话，"笔永远都是一种武器，绝对不可以丢。"

徐致远被夸得不知所措，他蹭了蹭鼻子，"伶牙俐齿"的劲儿登时不知去向，只慢吞吞地"哦"了一声。

俞尧把这份内容夹在书中，塞到抽屉深处，上锁。同时把桌子上的书与照片整理了一下，说道："致远，不早了，先去睡觉吧。"

"先等等，"徐致远用手指敲了敲桌子，说，"我还想跟你商量件事……"

　　俞尧以为徐致远是轻重分明且有分寸的，加之他这几日来找自己谈的也都是比较重要的事情，于是下意识地正色，说道："怎么了？"

　　徐致远眼眸底含着一种狡黠的笑意，但又巧妙地不露声色。

　　他轻轻说道："你再叫一声哥哥呗。"

## 第5章 温冬

俞尧："……"

他去打开门，朝着他房里的这尊神说："回去睡觉。"

徐致远赖在凳子上不走，说道："我都喊你小叔叔了，你叫我声哥哥又不亏。"

"兔崽子，"俞尧"嘶"了一声，说道，"哪有你这么算账的？"

"叫声呗，"徐致远把脑袋搁在椅背上，笑道，"不然今天晚上我就在这儿不走了。"

俞尧说："那你便睡在地上吧。"

徐致远打赌道："你舍不得。"

俞尧不理，宽衣解扣，过了好一会儿都没有说话。整理完毕坐在床边打算睡觉了，用下巴一指床上余出来的被子，说道："地上凉，可以铺上那床被子。"

徐致远看他没有挽回的意思，觉得自己赌输了，捂着他的心脏，难过道："……你真是好狠的心。"

俞尧道："这次捂对了，有进步。"

徐致远总是有一身用在奇怪地方的骨气，他将那床被子抱过来，要将誓言进行到底，打算在地上将就着睡了。

正当他盘腿坐下丈量地方大小时，俞尧忽然说："……如果你答应做到一件事，我可以喊。"

"哦，什么事？"徐致远饶有兴趣地一挑眉，好奇让他小叔叔如此屈尊降"辈"的事究竟是什么。

"明天镇平走的时候，你去好好跟他告个别。"俞尧指着他，语气像是在教导个牙牙学语的小东西不准徒手抓饭吃，说道，"他说什么你都不许顶嘴，也不许惹你父亲生气……这样行不行？"

这对徐致远来说并不难，但他故意做出纠结的神色来，将盘起的两条长腿往搬着往前一挪，说道："难。"

"有什么难的，镇平并不是不讲道理的人，"俞尧劝道，"他是关心你的。"

"不是说我，我努力克服一下还是可以办成的，"徐致远挤出忧愁的表情，说，"难的是小叔叔你。"

俞尧："？"

"我要你喊的哥哥，得是从早到晚的。"徐致远觍着脸，黑眼睛晶亮，端着的是天真无邪一副模样，"你看你能行吗？"

俞尧道："我……"

"你看你，说要做交易的是你，又不肯等价交换的也是你。傻子都能看出来这有失公正，我是不是看我长得好骗故意欺负我？"徐致远深叹了一口气，大义凛然地摇摇头。

"什么等价交换……"俞尧差点让他给气笑了，也不知道从哪里开始反驳，只好把他从地上拎起来，说道，"你若是用来胡闹的头脑和精力投入正事，也不至于成天挨镇平的训。"

"我哪里胡闹？"徐致远清凌凌地看着他，"你把我当成个七岁小孩就好了。"

俞尧冷眼看着这个比他高的"七岁小孩",倒是没想到他还在拿裴林晚的事闹别扭,于是终于动了真格的,不由分说地将徐致远和被子一齐赶出去。

翌日的家门口被裹上了一层耀眼的银白,天气冷得像在发疯,冰凉的湿气直往骨头里钻,衣服里塞的棉花还是羽绒都拦不住它。

徐致远遥望着车站方向,心想这火车蒸汽大概也得被冻成冰凌子。

岳老重新上任的第一天,正好赶上徐镇平走,他清瘦的身体上裹着长衫厚袄,说是要去送他。但徐镇平把他们每个人都拦在了家门口,只让管家将行李提上车。说道:"天气不好,在门口见临别一面就得了,不用去车站送。"

徐致远趴在二楼的栏杆上,看岳老握着徐镇平的手在喋喋不休着什么,老头差点当场吟作出一首雪中送别诗来,可惜徐镇平不懂风情和浪漫,这里也没有山回路转的景色来当意境,还是不了了之。

李安荣给他围上一条新织的围巾,眼看徐镇平就要上车走了,在楼下在看晨报的俞尧轻咳一声。徐致看向他,将双手插进口袋里,不紧不慢地下了楼,走出了门口。

"爹。"徐致远喊了一声。

转身的徐镇平动作一滞,帽檐上沾着小雪,回头看他。

徐致远只穿了一件薄薄的衬衫,衣容还没来得及整理,随便得很,他叫了一声之后也不知该说些什么,轻轻地挠了一下耳后。

"干什么?"徐镇平从上往下扫了他一眼,说道,"你试不出冷热来吗?回去穿衣服。"

"哦,一会儿就去,"徐致远不敢直视他,就一直斜眼盯着车轮看,说道,"那个……你早点回来。"

徐镇平沉默半天,见徐致远不继续说话了,淡淡地"哦"了一声。可待他转身时又听见徐致远喊了声爹,然后令他猝不及防地,徐致远抱住了他。

徐镇平无处安放的双手虚浮在半空中，不知所措，还没反应过来去搂住，徐致远就匆匆抱完了。

李安荣蒙了一瞬，在这父子俩之间来回看，赶紧抬头找天上从西边出来的太阳，找了一通才想起来今天下雪，没太阳。

徐致远的薄衣上沾了父亲身上的雪，还是没有去直视徐镇平的眼睛，他蹭了一下鼻子，竟是哑口无言了，良久，他缓解尴尬地说道："你……你别误会，小叔让我这么做的。"

徐镇平神色复杂，远远望了俞尧一眼，声音被尊严过滤了一遍又一遍，才不掺杂任何情绪，千言万语还是落到了一个"哦"字上面。

徐致远回屋了，听见车子启动又远走的声音，从桌子上捞了一杯茶喝。徐致远为了让尴尬不至于把身体冻僵，起身去热了一壶水，发现徐太太看他的眼神都不一样了。

回来时，听见俞尧翻了一页报纸，拆台道："我可没教你抱镇平。"

"不管怎样，"徐致远咳了一声，道，"我做到了，你欠我的早晚两声哥哥可别赖账。"

俞尧一笑，温声说道："我若是赖了，你又怎样？"

徐致远："？"

正好裴林晚吃完了早餐乖乖地跑过来到俞尧身边看书，俞尧便开始若无其事地教她认字，此境登时变得其乐融融。

受骗者徐致远磨着牙齿："小叔叔，你变坏了。"

行骗者俞尧充耳不闻，继续给裴林晚讲着成语释义。

忽然，徐致远凑过来，轻声道："你要赖我就来硬的，你可得想好了。"

徐致远的小动作让俞尧下意识地往旁边歪了一下身子，他莫名其妙地看着这不怀好意的兔崽子。

"你躲什么，"徐致远一挑眉，弹了个响舌，道，"真怕哥哥动手啊？"

俞尧仿佛又看到了那个在九号教室前挑衅他的小浑蛋。


徐太太喊他上楼去上课，不能让岳老等着他。

徐致远于是离开了沙发，朝向他探来好奇目光的裴林晚一笑，应答了声"来了"。

"不叫哥哥也可以，你也得答应我件事，"徐致远走之前说道，"小叔叔，我们年前去看场电影吧。"

俞尧瞥了他一眼，道："兔崽子。"

没有否认，徐致远便当他同意了。于是他露齿一笑，吹着口哨上课去了。


冬天适合读书，岳老说。

他警告徐致远，如果他觉得不清醒了，就把头伸到窗外去，让寒风鞭打一通。他必须保证面对书本时，精神比任何时候都要饱满。

徐致远对他的理论不以为意，咬着毛笔杆的头，偷偷瞄了一眼岳老，发现他正在红泥火炉上烤花生。

他把胳膊盘在胸前，用牙齿咬着笔在纸上歪斜地糊弄了几道。

岳老叫道："徐致远。"

他以为自己偷懒被发现了，把笔从嘴里取下来，临时补救，说道："咳……学生在。"

岳老却忽然声音低沉，据徐致远的经验来看，这一般是说大事的前奏，果不其然，岳老道："你因何而读书？"

徐致远实话实说道："为了让我爹妈高兴。"

岳老叹了重重的气，仿佛要把沉积在肺里许多岁月的灰烬给叹出来，他说道："我曾经辗转多地，也去过许多大学，教过许多学生……"

徐致远猜他下一句是"曾未见过你这种胸无大志之人",但是这次岳老并没有如他所愿,而是在长久沉默之后,说道:"你父亲年轻时曾经听过我的课。我印象深刻,因为那是我来到南方的第一年,独在异乡为异客,水土难服,却在第一堂课上,从一个旁听生的说话声中听到了我熟悉的北方口音。"

徐致远听故事时比背书写字可要专注多了,小心问道:"是我爹吗?"

"是。"岳老说,"徐镇平给人初印象便是严谨、沉着,思考逻辑清晰,我以为他是个可塑之才。正巧,那堂课上我问了每个学生这样的问题,你们因何读书?"

"他们挨个站起来,说得慷慨激昂,天马行空。救国图强的,光宗耀祖的都有。但到徐镇平时,他说我不知道。只这四个字,就坐下了。"

徐致远心想着,不愧是我老子。

"我很不解,我说你怎么会'不知道'?如果连坐在这里的目的都没有,那你方才听的两个小时就全属浪费时间了。"

"他不说话……他平常也是不爱说话。"

花生烤好了,岳老抓了一把放到了徐致远惨不忍睹的功课纸上,不带一点犹豫地,仿佛在告诉他:你写的这些垃圾只有当垫板的用处了。

徐致远有自知之明得很,毫不生气,顺便又抽出来一张练习纸来当花生皮的垫纸,竟围着火炉跟岳老吃起零嘴来了。

"后来也是因为地域缘分,我们走近了,相处久了之后我问他为什么在第一节课上要那么说。徐镇平告诉我了很多东西。

"他说小时候爹妈叫他读书,是为了长大做官,这样就不必再受乡绅地主的欺负。后来,父母死了,他自己劫枪造反报了仇,手下便告诉他当文盲土匪没有出路,趁着年轻去读书,路走得更平坦。那时正巧,他因个人事迹被北城区的高官赏识，被送去高等军校念书，认识了游学那里的李安荣，后来……"

"后来他读书就是为了我妈，辗转一番之后随着李安荣同志南下求学，为了能'门当户对'。"徐致远一边嗑着花生，一边搭腔道。

岳老冷眼斜视他，好一会儿才继续说："我没想到他年纪轻轻，居然有这么多和同龄人相比算得上是传奇的经历。"

"他说他到现在并不知道自己读书是为了什么，因为没有人再'告诉他'了。"

"我说，你得自己告诉自己了。"

徐致远一直咔嚓咔嚓着，就没停下嘴过，知道他是在借徐镇平来告诫自己，既然自己不吃亏，还能听故事，也就欣然受着了。

"我问他今后有什么打算，他说，和安荣在淮市安家，做一个好丈夫……好父亲。"

徐致远那边清脆的剥壳声停了一下。

"那假如你个人的生活幸福圆满了，在某天安定的茶余饭后，看见子孙绕膝时，心里不会再想些什么了吗？他沉静许久，不出我所料，他说，会。"

徐致远忍不住出口发问："是什么？"

岳老将了将胡子。

……徐镇平迷惘着兜兜转转，经人三言两语的指引，还是挑着灯回头，走回到了朦胧深处最初的童年，那个他每天望着青天白日期待着的美好又单纯的愿望，里面影影绰绰地印着他爹娘的影子。

"我想让家乡的人们不要吃苦。"徐镇平对岳磊说，"村口卖鸡鸭的瘸子，田里种春小麦的老妇，都可以是挺胸抬头的人，再也不会被坐轿子的欺负。"


徐致远去摸炉子上的花生，但是已经没了，结果被烫到了手指，这才一下清醒过来。

岳老没有再说下去，嘲他笨手笨脚，双手一扑灰，一捋胡子说道："行了，吃饱就去写字。"

徐致远意犹未尽地抬起头来啊了一声，说道："……我刚才写完了。"

"在哪儿？"

徐致远看着炉子里被岳老同花生壳一起顺手扔进火里的垫纸，张了半天嘴，说道："……现在没了。"

"哼，只会嘴上将军，"岳老说，"我这次看着你，重新念，重新写。"

徐致远只好叹声气，继续回到桌子上叼笔了。


不知道为何，他后来再也没顶撞过岳老，因为看见他的毛笔胡时脑子里就回荡起沉郁的一句"你因何而读书"。

他哑口无言，答不上来，总觉得它的难度可与那哲学与艺术媲美，是个消耗年岁的问题，于是他只好闭上嘴巴，自惭形秽了。

此后许多天徐致远都跟着岳老念圣贤书，有时候裴林晚会来凑热闹，而岳老"有教无类"，大崽小崽都能一起啰唆着。

有一天，偷懒溜出来的徐致远见到了夏恩和吴桐秋，他们到徐家里来拜访俞老师。徐致远只跟吴桐秋遥遥对上一眼，本想过去听他们之间谈了什么东西，但被岳老抓个正着，拎回去抄《菜根谭》了。

不过他总算在吴桐秋走之前又看了一眼，只见她抱着俞尧的脖子哽咽了一通。徐致远稍稍松了一口气，不管怎样，看样子应该是被小叔叔说服了。

冬天的白天短，加之被学习充实着，时间便过得飞快了。


既明大学要放假，人们也要过年。

岳老也在年前饶了徐致远一段时间，但也告诉他春节不要放松得过头，因为来年开春给他安排了一场既明大学的入学考，这关乎着他以后要不要继续在家里蹲。

徐致远打着算盘，心想着与俞尧看电影的事情，再不提上日程那些娱乐场所就要关门了。

既明放假的前一天，徐致远去办公室找俞尧，正好撞上一个摔门而出的学生。

不是别人，正是与他冤家路窄的冬以柏。他这一摔气势汹汹，陈年的玻璃咯吱咯吱地响，是年轻人用来彰显怒气的通用方式。

他从俞尧的办公室出来，徐致远不用想也知道他在跟谁发脾气，眉头紧缩了起来。上前拦住他的去路。

冬以柏冷眼看着他，说道："滚开。"

徐致远睨着他，用下巴指了一下被他摔得一张一合的门，轻声咬字道："你跟谁摆架子呢？"

"我今天心情不好，"冬以柏指着他，"你少来碍我眼。"

他向左绕开，结果被徐致远拎着衣领顺势摁到墙上，他自知力量比不上徐致远，忍着盛怒去掰他的手，吼道："你是不是有毛病？"

他这一声引得零散路过的学生小心地看过来。徐致远抚了抚他领前的褶皱，友善地道："你爸没教你随手闭门吗？把门关好去。"

"你……"

徐致远笑着，声音里带着不容置喙的威严："去把门关好。"

冬以柏挣脱不开，又不愿继续在这里丢人现眼，待徐致远松手之后，他暗暗地咒骂几声，转回去"哐"的一声把门关严实，朝着反方向边骂边走了。

见他远去，徐致远"喊"了一声，正要上前叩门，门便被前来查看的俞尧打开了。

"致远？"俞尧往周围看了一圈，目光正好触及冬以柏消失在拐角的背影，说道，"刚才是你跟他起冲突了吗？"

"是，"徐致远说道，"他叫我滚，你听见了吗？"

"嗯……"

徐致远撇嘴道："你的学生好凶。"

俞尧用质疑的眼神审视着他，说道："你刚刚跟他说什么了？"

徐致远摇头表示自己清白无辜。环望了一圈空荡荡的办公室，问道："学校的人都走光了，他是不是专挑这时候来找你的麻烦？"

"不是，是我叫他来的，"俞尧叹气，又走回桌子前收拾东西，说，"他缺席考试，又不肯说原因。"

"哼，这种人，一身流氓脾性没地方使，就专挑你这种心软温善的柿子捏。是不见棺材不落泪的，你打他一次他就长记性了，"徐致远"好为人师"道，"你瞧瞧他，无理取闹还敢摆谱，就是你的纵容给他惯的。"

俞尧停下手中的动作，盯着他，双臂又慢吞吞地盘在胸前，说道："曾子每日三省其身，有则改之，无则加勉，我以为你可适当地学习一番。"

"小叔叔，你用我听得懂的话说。"

"你不觉得，你方才说的那种小浑蛋就是你自己吗？"

徐致远坐在他的办公桌上，歪头看着天花板，仔细回味一番，心想好像没有什么不对。

"不一样，"他又理直气壮地说道，"你是我小叔，我跟你撒脾气天经地义。他是个什么身份，有什么资格跟你摆谱。"

"嘶……天经地义，"又被他的歪逻辑搅得无言以对的俞尧一边嘀咕着，一边拿起两本书来，说道，"我不能打学生，但打侄子是天经地义的。"

"哎！"徐致远慌道，"这道理不能反证……尧儿！"

徐致远不痛不痒地挨了几下，幸好及时认错，才没给屁股招来殃祸。他看见俞尧眉间的疲倦好像被笑意舒缓下去一些，也跟着笑起来。

"我不闹了，说正经的，"徐致远在俞尧背后找了个位置坐下，说道，"你这几个月是不是都可以休息了？"

俞尧继续收拾着一些常用书籍，犹豫了一下，说道："嗯。"

"小叔叔，"徐致远鼓起勇气说，"年三十之前我想和你一起看电影，顺便下馆子。我们两个都没有出去玩过。"

俞尧动作微不可查地一滞，接着将最后一本书塞进布包，说道："致远。"

"哎。"

"过年……我得回北方家乡。"

徐致远明媚的心情刚露出尖尖角来，就被摁回去了，他皱起眉头来。

"我大哥来信，"俞尧说道，"他说叫我最好能在除夕前到家，正月初他安排了几场年宴，到时候会来重要的客人，诸多社会名流，顺便……他为我介绍了媒事。"

"……"

"致远？"许久没有回应，"你在听着吗？"

徐致远静默半天，俞尧说："去的时间不会太长，初六左右我会回来，你要是……"

"为什么你跟徐镇平都一个样，"徐致远像是费了大大的劲儿，才把语气压得无波无澜，沉静了好一会儿，说，"算了……没事。"

徐致远坐下，随意地翻了几页书，说道："你什么时候走？"

"过几天，乘火车。"

"哦，到时候我去送你呗，"徐致远的脸上没有喜怒，一反之前的一点就燃的小孩脾气，反倒让俞尧不得劲起来了。

徐致远的小心绪细密地生长，去拿着他的手指轻轻叩桌子，他说："小叔叔，那你回来的时候会带嫂子吗？哦不对……我该叫什么，小婶？"

俞尧没有回应，而徐致远一肚子的话就好像遇见老师发怒的顽劣学生，全都尴尬地愣着。浑身解数都哑了火。

徐致远给他合上书，又塞回去，问道："小叔叔，你还有事没啊？"

"没……"嗓子里堵了些痰，俞尧轻轻咳开，说道，"没了，正打算回去。"

"我帮你把这些运回去，我喊辆拉车把你载回去早歇着。"说罢徐致远便抱起他收拾好的那摞书，朝外走去了。

俞尧一声"致远"又唤得他回了头，他说道："如果这两天电影还有场次的话……"

"无所谓，讲的尽是些无聊的鸡零狗碎，我猜你也兴趣不大，"徐致远继续走着，一手独揽着书本，一手去开门，说道，"你先忙你的吧。"

轻轻一声，门关上了。

既明放假，人都走得差不多了，每件空屋里独留着空荡，和唯一愿意探望空荡的黄昏。


有鸟鸣声。

大雪落时的悦目，成了融化时的愁。九号教室前的小路泥泞，路面叫路人的鞋底蹂躏成了湿丑的一片，若是走快了踩过去，要给裤脚溅上串泥渣子。

彼时残阳微醺，解决完事务的俞尧正小心地走路回家，就在这时候听见了鸟叫声。

冬天的鸟儿不多见，俞尧猜是麻雀，循着声音蹚过泥路，见到了一个学生正捧着一只灰不溜啾的鸟，模样看上去有些头疼。

"麻雀的脾气很凶的，养不活。"俞尧边说着走过去。

学生见是俞尧，连忙鞠躬问好。

俞尧也应了声你好，他走到那学生身边，正好待在手掌心的小生灵拿灰眼睛瞅他。

"我也不知道它为何在这冬青墙里，叫了半天了。大概是野猫咬着了，大难不死，却受了伤。"学生连忙答道。

"你将它放在隐秘又不受风吹的地方，拿些枯草碎屑掩掩，"俞尧看这小东西转起脑袋来生龙活虎，伤势也不重，便提议了一下，"这些野鸟天生受不了束缚，若是抓着不放，它能不吃不喝把自己饿死。"

"哦，哦……好。"

学生去照办了，他好像有些怕俞尧似的，目光躲闪着，说话时只敢盯着手中的鸟看。

"周楠，"俞尧忽然唤他，"你今天不回家吗？"

周楠把鸟安顿好，被叫到名字时像是上课被点了名，结巴道："我……过几天搭别人的货船走。"

"哦，早点回家，不然父母惦记。"

"是……"

周楠鞠了一躬，跟俞老师道别，僵直地远走几步，待要走出俞尧视线范围了，才跑了起来。

而俞尧走到那麻雀的安顿处，伸出手指来，口中啧啧地逗了几下。果真这小东西脾气大，后挪身子，叽叽喳喳地要啄他指尖。

俞尧不再动了，想起挎包里还有徐致远吃剩的糕点，拧下一小块来捏成粉末，撒到它旁边便转身离开了。

同时，在那个仓皇跑走的周楠身上暗暗地留下一个眼神。

回家顺路买了海棠糕，俞尧又问老板要了些糖块——他哄徐致远就干巴巴地只会这么一招。

其余时候全靠徐致远的"乐天"自我调节。

俞尧不是很能搞明白徐致远的思维——有些看似很大的事，却只要晾半天，他就跟生命力旺盛的小麂似的，自己把磕碰出来的伤口给舔好，又蹦跳着去造孽了。

可在一些鸡毛蒜皮的事上，他又能沉闷生气许多天。

像是这回俞尧就觉得不一样，若是没哄好就坐上火车一走了之，回来的时候这头小麂就该跟自己生分了。

俞尧给老板递上银圆，道了谢，将热乎的糕点包裹拎在手里。正好旁边有孩童吵要母亲买零嘴，哭闹和骂声擦着他的肩而过，极其"振聋发聩"。

俞尧提着糕点，抬头望着前方的夕阳，惆怅地发了个以后绝不要养小孩的誓。

一路走到家门口的时候，他听见徐致远在跟徐太太聊天。

徐致远一边削苹果，一边道："管家去年和前年不都是在我们家过的年，怎么今年忽然要回家了？"

"前几年他儿子刚找到营生，忙得很，他家里又没别人，"徐太太道，"不过现在人家儿子打拼出来了名堂，娶了媳妇又让爹抱上了孙子，他自然也就有个像模像样的家可以回了。"

"你又在借人家的事说我，"徐致远一耳便听出来她话语中的暗讽，嫌道，"小心你跟徐镇平把我催急了，我到大街上随便找个人过。"

"你敢这么干，徐镇平就敢打断你的腿，到时候我就在旁边加油助威，拦都不拦。"徐太太随口说着。

徐致远的动作停了一下，皮在即将削整时功亏一篑。看到儿子削的那条又厚又长的苹果皮，眉头紧缩了一下，徐太太说道："这削法，你是让你小叔吃肉还是吃皮？"

他把断掉的拎进果盘里，沉默一会儿，嘀咕道："……你说结婚、成亲就那么重要吗？我要是一辈子都单着，我看你们还能不认我这儿子了。"

徐太太皱眉道："徐致远，你不服我和你爸可以，但不要把自己的人生拿来赌气。"

徐致远一噎，抬头看着她："你怎么还聊着聊着急眼了，现在我跟你开个玩笑都要忌嘴了？"

徐致远装得一副漫不经心，手上却没止住力道，刀刃割到了手指，他嘶了一声。

徐太太看见了，赶紧去拿手帕给他捂住，说道："这么大一人了，还笨手笨脚的……疼不疼？"

"没……"徐致远龇牙咧嘴地一瞥眼，正好看见回家的俞尧。

"割到手了？"俞尧将糕点放到桌子上，想去查看，但徐致远将手躲到一边去，说："没事，就碰了一下。"

俞尧只好将手收回来，问道："家里有棉布吗？"

徐致远削苹果割到手本来就觉得丢人，还被两个人像照顾千金大小姐似的围拥着，更觉脸面无存，说道："不用！就破个皮，你们怎么比我还矫情！"

徐太太赏他脑袋一巴掌："兔崽子会不会说话。"

兔崽子捂了下脑袋，冷脸捏着那方手帕，起身上楼去了。

俞尧下意识地出口叫了声"致远"，徐致远又转回头来，却没看他，把桌上沾到血迹的苹果扔进了垃圾里。

他再次上楼的时候，正好裴林晚从房里出来，裴林晚叫了声"致远哥哥"，没有听见回应，歪着头看徐致远一声不吭地关上房门。

"今天陈副官送来了些水果，"徐太太撇嘴道，"徐致远猜你会爱吃，就洗了几个……阿尧，你待会儿端进房里吧，跟小晚一起吃。"

俞尧看了眼那在垃圾堆里躺着的，被削得歪歪扭扭的苹果，静了一会儿才问道："陈副官？"

"哦，你还不认识吧？他跟着徐镇平很多年了，现在也在淮市安了家。这次徐镇平调任，也没跟过去。"

"哦……"

裴林晚快步下楼走到俞尧的身边，仰头问道："阿尧！阿姨刚说，我爹两天后就回来过年了！"

"差不多，"俞尧将她抱起来，问道，"想他了吗？"

裴林晚抱着他的脖子点点头。

徐太太顺势问道："那你打算什么时候出发回北城？"

"不会太早，得延几天，"俞尧垂下眼睫来，有意无意地瞥了徐致远的房间一眼，"冬建树给既明来过电话，说要请我给冬公子做个私教。我说明了自己的情况，他表示没有关系，即使只上任三四天也可以。"

徐太太哼了一声。冬建树的目的明显不是为了儿子的功课，三四天的私教能提升了才怪了。

她道："这鸡还没过年呢，黄鼠狼就等不及来敲门了。"

徐太太眉有忧愁："你要去吗？"

"不必担心我，我自会拿捏分寸。"俞尧说，"更何况冬以柏是我的学生，他的功课……的确是个大问题。"

"阿尧，你这个老师当得跟当爹似的。人家父亲都不管的事情，你也得上心考虑着。"徐太太失声笑道，"早知如此，当初徐致远刚念书的时候就应该请你来看着他，他就不至于像现在似的长成个油盐不进的刺头。"

这"当初"俞尧听着就头疼，他揉揉眉心，道："安荣，你是嫌我年少过得太安逸吗？"

徐太太哈哈笑着，自言自语了一句："别介意，是我老觉得愧疚，又心有不甘——这把年纪都没学会如何为人父母，自家孩子的事竟还要麻烦你。"

李安荣是个爽直性子的人，但心底也有片沉默不语的静水，一些陈年的话就藏在底下，时不时地随着不经意的笑声冒头呼吸一下。

俞尧给这呼吸留了丝空隙，并未急着去接话，等眼前的茶杯倒满，李安荣不言语了，他才慢慢说："最近报社怎么样了？"

"经理两次提醒我，投资老板警告他——报面上不能再出现任何'激进言论'。不然他就要撤换我。"李安荣说，"我现在只能变着法子往内容里夹带些温和点的'私货'……哼，我倒是想找个可以明着开骂的地方，但是放眼整个淮市，这些文字除了能在背后有洋靠山的熹华社露个脸，哪里还有其他的立足之处呢。"

李安荣捡起桌子上的一支钢笔，用废纸条将笔尖缠了好几圈，直到厚厚的裹纸上再也洇不出墨来，她将被封住笔尖的钢笔递给俞尧，嗤笑道："联合政府想干的就是这个。"

俞尧接过钢笔，眉有忧愁地盯着它看了好一会儿，问道："吴桐秋的那封信……"

"我托人寄去了吴州、抚临和北城，我在这些地方也有做新闻传播的朋友，他们说到时候可以帮着刊登。"

俞尧挑眉："你朋友倒是遍布天下。"

李安荣也挑眉："我少时被家里送去外国混了两年，什么也没学着。倒是回来之后'纵横'南北，到处游学，收获了不少……连徐镇平都是我从北方捡回来的。"

听李安荣调侃徐镇平，一直是俞尧在这家里的一份小乐子，聊罢两人相视而笑。

管家不在，李安荣也只好自己动手做家常菜，让才回家的俞尧歇息着，去忙活了。

俞尧将刚跑下来迎接他的裴林晚放下，轻轻说道："小晚，帮个忙。"

裴林晚眨眼看着他。

俞尧抬着下巴指了指徐致远的房间，把桌子上的海棠糕递给她，说："你假装去致远哥哥的房间找他玩，然后把这个给他，好吗？"

裴林晚可比楼上的那位乖顺得多，点头道："好。"

窗外无风无雪。近黄昏，但天还亮着，能看清路。

看着裴林晚一步步地上楼，俞尧望了楼上一眼，裹上围巾，又出门去了。

徐致远没有下来吃完饭，李安荣往那房间里喊叫，也只是把裴林晚唤了出来。

俞尧回来时天色已暗，小女孩有些抱歉地将凉了的糕点放在俞尧手心，说道："阿尧，致远哥哥说他不吃。"

俞尧看着包裹上浸出来的一丝油点，脱下厚实的围巾来，呼了口热气，摸摸她的头，说道："没关系，谢谢小晚。"

晚饭用完，俞尧去添了柴火，留了一份皮蛋粥放在锅里热着。拿起那份凉透的糕点，看了看钟表，去敲徐致远的房门。

徐致远的头发糟乱地散着，手上斑斑点点的黑色墨迹，打开门时看到是俞尧，顿了一会儿，问道："怎么了？"

俞尧问道："饿不饿？"

徐致远的肚子和脑子打了一架，结果是各自抗议各的，肚子大声地咕了一会儿，脑子却说："还好，不是很饿。"

"不按时吃饭，不饿才怪。"俞尧毫不犹豫相信了他的肚子，说道，"在楼下给你留了粥，还有这个……"俞尧将糕点给他递上去，"放在屋子里，懒得动弹就拿它充充饥，多少吃点东西。"

"我不饿，"徐致远给他推回去，皱眉道，"小叔叔，你还有其他事吗？"

俞尧甫一陷入沉默，徐致远就说道："那我关门了？"

看见他手上沾的墨水，俞尧忽然问道："你在写什么？"

"啊……要和岳姑娘交换的随笔和书评，"徐致远下意识地拨了一下头发，说，"我想来想去还是我自己动笔比较好，虽然可能和第一次差距太大，但不能老是拿小叔叔你作弊。"

"哦，挺好的。"俞尧手指摩挲了一下包装纸，看见徐致远一直用左手扶着门后，像在藏着什么似的，于是问道，"手指怎么样了？"

"就碰了一下，没什么事。"徐致远道，"没事你就回去睡吧，不早了。"

"致远，"俞尧终于说道，"我……今天下午去大戏院问了问，过两天是年前最后一次放电影，上午下午都有场，到时候我们下午去，结束可以在旁边的饭店吃晚饭。好吗？"

徐致远静静地看着他，周遭安静得能听见房里的钟表声，很久之后他才说道："我没什么空，开春我还得考试呢。这两天我都打算去仰止书店了，老板是本地人，过年不歇业。"

"仰止……"俞尧在纸包上轻缓地画着手指，想了想，道，"那地方静，挺适合学习的。"

徐致远应和道："我也觉得。"

俞尧又说："那你吃晚饭总有时间吧。"

"小叔叔，我真没时间，其实我之前是随口约的没过脑子，你不用放在心上……"

"兔崽子，"俞尧语气平淡，开门见山地说了，"你是不是在生我的气？"

徐致远的声音戛然而止。

"回北城不是我自作主张，但确实有些突然，没来得及提早和你说。"俞尧道，"我会早点回来，你要是有什么想要的东西，我帮你带。"

徐致远干笑道："小叔叔，我哪有资格因为这个生气，我又不是不懂事，你们大人的决定自有道理，我不掺和。"

俞尧："不许口是心非。"

"我心里就是这么想的，"徐致远道，"你要北上我便等你回来，这有什么大不了的。"

看着他平静无澜的表情，俞尧半信半疑道："那你怎么突然蔫了似的？"

"什么蔫了，我是因为……"徐致远扭过头去，说到一半忽然卡了壳。

俞尧皱眉："啊？"

像是觉得丢人似的，许久之后，徐致远才声音渐小地说："就忽然想……认真地考虑一下自己的私人问题……比如恋爱什么的。"

恋爱、婚姻——这些天徐致远经历的人和事似乎都在不断地向他暗示着这个难懂的人生主题，竟然给他这个乐天派烦得心绪不宁了。

"这些天我老是缠着你，都忘记自己的事了，"徐致远道，"正好你回去的时候，我也有空去追自己的东西。只是想到你走的这些天无人可以倾诉，心里怪难受的。"

"……"

见俞尧疑虑的模样，徐致远解释道："我真没闹脾气，难道你回来我还不认你了？"

俞尧手中的纸包不小心掉到了地上，发出沉闷的一声响，他一边慢慢地弯腰捡起来，一边像是在进行一次长长的呼吸，说道："哦，这样。"

"尧儿？"

俞尧看了一眼徐致远，沉默一会儿，轻叹着说："行吧，那你早点睡。"

"好。"

徐致远关上门，门缝却漏了道细长的光，直到俞尧的背影回了房间，那撒在黑暗走廊里的一条光线才渐渐消失。

夜里响起了两处关门声。

翌日清早，天只蒙蒙亮时，徐致远便起来了。

李安荣老远见他那副背头长衫的模样，便心知他又"旧病复发"了。推来一杯热豆浆，问他去哪儿，徐致远有模有样地将笔记本往腋下一夹，恭敬地接来豆浆，说道："去学习。"

这可是一件比太阳自西边出来还要新奇的事，李安荣自然是不信的，但正是因为她坚信小浑蛋定是披着学习的皮去干一些其他闲事，所以也并未表现得惊讶，随口嘱咐道："早点回来……对了，顺便去帮阿尧买些药，昨天听他说快要吃完了。"

"小叔叔的药都是庸医亲自打理的，我不知道他吃什么。"

裴林晚从李安荣身边探出脑袋来，说道："爹让我帮阿尧送过好几次。"

徐致远见她在，清了清嗓子，想将那声"庸医"掩饰过去。于是问她是什么药，裴林晚摇了摇头说："我记不得它们的名字……但是我昨天见到阿尧桌子上有空瓶子，哥哥，你可以拿那个和医生说，医生肯定就知道啦。"

李安荣垂眸看着她，小声笑道："徐致远你还没人家小孩懂事。"

徐致远给李安荣同志翻了个白眼，喝完了，将残留着些豆渣的杯子往桌子上一放，说道："……我去找。"

他上楼，蹑手蹑脚地推开俞尧的房门。

兴许是昨天有些累了，俞尧还没醒。

窗帘没有拉严，放了一条缝隙宽窄的初阳进来。徐致远照着裴林晚的说法在桌子上找到了空药瓶，塞进了口袋里。

他本想就此离开，心里却给自己演起了一场活话剧，角色几番争斗之后，他终于决定装成不经意地去瞥床上的俞尧一眼——那眼神可谓将"僵硬的随意"演得惟妙惟肖，然而在目光触碰到俞尧的时候，花了几秒钟凑出来的"演技"全部付诸东流。

徐致远的注意力被俞尧脖颈上的红绳吸引过去，它正随着俞尧的呼吸轻轻颤动，绳尾的银佛就与他的头发埋在一起。

徐致远鬼使神差地再次捏起那银饰，比之前更加仔细地打量了一番——他似乎看到了一些新痕迹，怀疑那是自己之前留下的牙印。之后，徐致远把银佛轻轻放回去，而手指不小心蹭到了他的头发。

俞尧微微转了一下头，幸亏徐致远及时将手收回。


床头上有几张照片，大概是昨晚睡前俞尧在翻看的。徐致远取来看了一眼，再一次见到了抱着丹顶鹤的小少年。

他望着俞尧熟睡的脸，心中不知在翻涌什么。

小叔叔会想他的白鸟吗？

徐致远也偷偷读过俞尧写在笔记上的诗，他是一个骨子里溢着浪漫的人，徐致远心想。

他的思念会给星子、风雨、鸟雀留着位置，像是不肯多浪费在凡俗人间上。有时候徐致远会静静地想，小叔叔与人亲而不亵，触碰他的羽毛大概是一件很难的事情。

徐致远将照片放下，深深看了他一眼，给他披了一下被子，拖着复杂的心情出门去了。


接近年关，还在经营的书店并不多，像是仰止这般清净雅致"栖息处"更是难得。平时托学生们之间互相推荐，仰止书店算是小有人气。正值学校放假，在年忙中偷闲的知识分子们许多都聚集在此。

之前一来二去，仰止书店的老板和徐致远熟知了不少，老板提早给他留了位子，是他与岳剪柳来到这里常坐的位置。

徐致远坐下之后就开始托腮望窗，从这里望出窗外有一片小花园，有山有水还有两只白色的肥兔子，都是老板自家的，专给疲累的知识分子们歇眼的。

他在一片翻书声中胡思乱想。说什么来学习根本就是胡扯的，书上的字就是一群歪歪扭扭的蚂蚁，往哪里都跑，挂在他的睫毛上沉甸甸地拉眼皮，就是爬不进徐致远的脑子。

他象征性地将书全部翻了一遍，从发呆中回神时，已不知过了多少时间。原本坐在自己旁边的年轻人们成群结伴地说要去谁家吃饭，唯剩蹉跎了一上午的徐致远把脑袋瘫在书上懊悔着时间流逝。

中午时，人零零散散地走得差不多，徐致远也打算把纸笔卷起来走人，耳畔却传来了熟悉的声音，使他的脚步一滞。

"好了没？拿本书而已，怎么这么慢啊。"

"少爷，老板说您要的那本有新旧两版，这我也……不知道您需要哪个。"

"有新的还要旧的做什么。"冬以柏走进来，看见桌子上摆的两本棕色皮面的厚重书本，抄起顶上那本拿在手里。

徐致远心中感叹着他和冬以柏造孽的缘分，又偷听见冬以柏跟老板念了一串书单，加上之前下人已经取好的，摞起来足足有他半个身子高。

下人连忙一趟趟地把书搬进车里，书店有其他人的遮掩，冬以柏这次也没有看见"徐明志"，他信步走出去，对那下人说道："行了，待会儿你先别急着回去……"他把声音压低一些，说道，"照相馆旁边的东渔里，从北数大概是第三条巷子，你去那儿捞人去。"

那下人和徐致远同时警觉了一下，尤其徐致远——因为他对那地方是再熟悉不过了。

下人小心翼翼地问道："少爷，我没听懂……什么捞人，您不是约了您的私教俞先生在那里见面吗？"

"笑话，什么私教。他那好侄子一边骂着我家，他又一边来赚我家的钱。我可没见过这样无耻之人。"冬以柏哼了一声，也不避讳，双手插进口袋，淡然道，"我雇了我哥厂子里两个劳工去教训他了。"

下人慌道："这……"

"不用担心，我教过他们，保证守口如瓶，下手有分寸。到时候你只把姓俞的送医院就行，其他的不用多说，前因后果都替你编好了。"

身旁有书本掉落在地的声音，冬以柏没在意，说罢就起脚上车去了，那下人唯唯诺诺地看着他家少爷的侧脸，也只好依言。

徐致远阴着脸从人群中挤出时来，车子已经启动开走了，压不住的怒火使他骂了一声，扶住书架的时候，不小心又摁塌下来一摞书。

"……远儿？"

傅书白抱着一叠书，看样子是来归还的，走到门口赶巧撞上这一幕，他疑惑地唤徐致远的名字。

老板听闻动静，绕过前台过来查看，问道："怎么了？"

徐致远匆匆地把书划拉起来摆好，给老板留了声对不住，二话不说拉起傅书白，快步地奔跑起来。

人在被极端情绪控制时，心脏和大脑会像个疯子，但徐致远却静默得吓人，他面无表情，不必刻意分辨方向，脚步下意识地自行寻路。

直到不断唤他的傅书白用力将他拉住，大叫一声："徐致远到底怎么回事，你别光拽我不说话！"

徐致远皮肤很凉，指头像要抠进傅书白的手腕里面去，他咬牙切齿地说："我要杀了冬以柏这个孙子。"

"你……先冷静，他又怎么了？"

徐致远说了那个地点，道："他找人把俞尧截了。"

傅书白扯了扯嘴角："什么？"

徐致远边走边沉声道："你去把乌鸦他们全喊上，今天尧儿要是有一点事，这群狗东西一个都别想从东渔里走出来！"

"这是聚众闹事，是要被拘留的，少爷！"傅书白拼了命地用胳膊把他拴住，"你不要以暴制暴，凡事你要先想报警……"

"你以为他爹是吃素的？警察管得着他们吗！"

"那徐老爷现在也不在这儿，你也绝对不能硬上！"两人快要到目的地的那片石库门附近了，傅书白动用全身拉住他，不让他再往前一步。

徐致远后悔情急之下将他带来了，正忍着怒气问他撒不撒手，忽然之间，看到了个熟悉的身影拐进了他们的视线。

"……"

俞尧正若无其事地理着袖子，抬眼时正好看见徐致远和傅书白拉扯的静止场景，三人相顾沉默半晌，俞尧最先开口说道："致远？你们在这里做什么？"

徐致远立即答道："我们来照相。"

傅书白盯着他，立马放手，应和着胡扯道："……嗯，照片寄情，很有纪念意义。"

"拍完就早点回去，"俞尧说，他在徐致远身上停留一眼，走过去时忽然想到了什么事情，又退回来，道，"对了，今天安荣是不是让你去替我买药了？你买了吗？"

徐致远的火刚撒走，现在就像一只煮开了没人倒的茶壶，整只壶空落落地冒着水汽，尴尬地自行冷却。他蹭了蹭鼻子，说："啊，还没去。"

"我早和她说了不用，她总是多操心。"俞尧无奈叹气，温声道，"裴禛走之前开给我的已经足够吃到他回来了……就不用致远你去了。"

徐致远又干巴巴地"哦"了声。俞尧看着他，又看了看手足不自然的傅书白，欲言又止，拎起提包回去了。

见俞尧走远，望着他安然无恙的背影，傅书白才开口说话："你唬我？"

"鬼唬你。"徐致远皱起眉头来，觉得有些疑惑，拍了拍他的肩膀，示意他跟上。

两人弯弯绕绕进了巷子里面，终于找到了曾经徐致远"见义勇为"

的失败地，看到了狼狈的两个人正龇牙咧嘴地互相搀扶着站起来，见到又有人影出现时，吓得背后撞上了石墙，蹭下块沾着雪的土灰来。

两人默契十分地装作路人走过去了，远了，听见背后传来不同嗓音的粗糙骂声。

在这愤怒的背景声中，傅书白撇嘴道："少爷啊。"

徐致远冷漠地道："有事就快说。"

傅书白重拾阴阳怪气的老本行："用不用我替你'前情回顾'一下，在九号教室前的银杏叶空地，把你一拳撂倒的那个人是谁？"

"……"他怎么可能忘记。

徐致远道："……说完就闭嘴。"

## 第6章 和鸣

　　傅书白在这短短几分钟之内连进局子的"呈堂证供"都想好怎么编了，结果搞了半天虚惊一场。他"喊"了一声，全然忘了刚才要拉住徐致远报警的那个人是谁，嘲他这么大一人了大惊小怪，一抚衣摆说要回去还书了。

　　徐致远大概能想象到一会儿过来"捞人"的那下人的表情，他往俞尧走远的方向愣愣地望了一会儿，抓住傅书白的胳膊，把他拽了回来，说道："哪儿也别去，跟我喝酒。"

　　被逮回来的傅书白："？"

　　……

　　还是老地方。

　　弹钢琴的女人换了一个，天花板和墙饰也换新了——徐致远见到了管家口中的那祝寿的"红头大白鸟"……也不知道老板的审美忽然发了什么疯，一家西餐厅要混搭上中式风格的瓷砖。

　　傅书白随身还带着一摞书，下馆子碍手碍脚，但出于兄弟的情谊，他还是把书袋往腋下一夹，舍身陪少爷了。反正又不是他结账。

徐致远不说自己的事，先是问起他关于吴桐秋的近况来。傅书白叹了口气，说她今年除夕根本没法回去，她母亲还不知道儿子失踪的事，倘若问起来，吴桐秋那状态还有神色根本就瞒不过去的。

"她母亲是那种坚忍的性子。桐秋借口说忙于学业，她妈就赶着不让她和她大哥回来了，说自己在家有亲戚邻里照应，也能过个好年……但其实她心底是很想这对儿女的吧。"傅书白倒上红酒，一边望着那浓稠的颜色发呆，一边说着，"反正我也不回去，我说服她说除夕一起过，两个人不冷清。"

"挺好。"徐致远无心享用盘子里焦红的肉，只拿着刀叉将它们整齐地切成小块当作消遣。

"怎么？你爸妈还有俞老师不在家过节吗？"

徐致远跟他解释了一番，托着腮道："到时候家里只有我妈。"

他忽然想到了什么，将刀叉一放，说："要不然除夕你们来我家吧，咱们一块儿，热闹。"

"包吃包住吗？"

"瞧你那出息，"徐致远扯了个笑容，说，"包。"

"那行啊，等我回去问问桐秋。"

徐致远将胳膊搭在座子上，倾身向前，问道："你们……在一块儿了？"

傅书白支吾一会儿，说道："没。"

"你还没把你那点小心思说出来啊？"

傅书白一个字比一个字拖沓："……没。"

徐致远后仰，陷进被软物填充的椅背里，说道："孬种。"

"嘶……"傅书白皱眉，盯着他说道，"某位哲人说过，你在说别人的时候，其实就是在说自己。"

徐致远："谁说的。"

"我说的，"傅书白把倒好的红酒放到他的面前，"少爷，你搁这理直气壮地批判我，我还以为你是心思多坦诚的人呢。"

这次的徐致远没有反驳他，伸手取来白色碟子上的一块用来装饰的洋葱轮，一片一片地慢慢剥着玩。傅书白一边吃着肉，一边目不转睛地看着对面的徐致远。许久之后，背后的钢琴的节奏变了，大概是换曲子了。

"傅书白，"徐致远说，"其实我认真想过，如果……我真的有了喜欢的人，身边人的反应会怎么样。"

"啊，"傅书白说道，"比如？"

"咳……"徐致远直起身子来，有模有样地清嗓，忽然学起了俞尧那冷淡又认真的语气，说道："徐致远，这是一件很严肃的事情，我不希望你拿这个来恶作剧。"

傅书白笑了一声，于是配合他，即刻装成"徐致远"，说道："我要是说我没有恶作剧呢？"

"致远，你喜欢并享受别人对你的关切和赞赏，并且很渴望他们的溺爱和纵容，是吗？"

"……"这傅书白愣了一下，可能是徐致远模仿得太像，他此时此地，以"徐致远"的身份，在被对面的"俞尧"盯着时，油然而生一种被看穿的无助感，只能说，"是。"

"所以，在和人相处时的亲近程度暂时超过一个度之后，这种虚荣和渴求会吞没你正常的辨识能力，并让你搞混情感关系。"

傅书白张了张嘴，不知该说些什么，看着徐致远在慢慢地借"俞尧"之口分析自己——

"你现在的状态没法说清楚到底怎样的情感才算喜欢。如果只是凭着的一腔热血就盲目地踏进婚姻的围城，等到你真正清醒的时候，就会发现自己把年岁都蹉跎在了一场儿戏上。"

"停……等一下。"傅书白伸手让他停住，发现若是身临其境，自己好像连最初的那一句"我要是说我没开玩笑呢"都说不出来，他揉了揉眉心，把肉塞进嘴里压了一下惊，很久之后，说道，"你学得可真像俞老师。刚才有那么一瞬间，我感觉是自己编的谎被他抓包了。"

恢复常态的徐致远拿过那杯红酒来灌了一口，暗红里映着他的脸，弹琴的女人，还有灯光华丽的西餐厅，摇动时混杂在一起，像朵扭曲的玫瑰。

"按照尧儿的性子，"徐致远自嘲地道，"他一定会这样训我……我甚至觉得可能连字也不差。"

傅书白语塞，他偷偷地瞄了一眼徐致远。

其实俞老师评价得不假，徐致远确实是"有自知之明的"——与其说他刚才是在模仿俞尧的训诫，倒不如说他是把自己从里到外审视了一遍。

"真到那时……我该怎么回答？"徐致远看着钢琴键上跃动的手指，说，"我可能连自己都被他说服了，只能像个鸵鸟似的，开个玩笑敷衍过去，就比如——我在跟傅书白打赌，小叔叔你别那么认真嘛。"

傅书白盘着手指，说道："那抛开俞老师的态度不谈，只说你，你到底是怎么想的？"

徐致远往后一躺："我不知道。"

"……"

傅书白原句还回去："孬种。"

徐致远不语。

"以后那就听我小叔叔的话，不胡思乱想了呗……"徐致远终于说，"俞尧和李安荣、徐镇平一样……我最重要又最亲的家人。"

傅书白沉默，看见徐致远的酒杯空了，也没去给他倒。他发愁道："俞老师的本意是让你慎重，又不是叫你做和尚。难道因为他的一句告诫，你就永远不恋爱结婚了？"

"不知道。"徐致远有些迷茫地盯着酒杯，道，"说不定。"

傅书白皱眉："你喝醉了是不是？"

"清醒得很。"徐致远坐正了，开始慢慢地嚼之前切好的肉块，"我其实对浪漫、爱情什么的没有多大兴趣，先前只是好奇而已。及时行乐才是正道……哎，咱是不是很久没去百乐门玩了，该回归本行了。"

"要去你去，"傅书白半信半疑地瞥他一眼，"我还得去还书呢。"

徐致远哼着咬了口肉，"喊"了他一声。

徐致远回家的时候见到了风尘仆仆的裴禛，他提早回来了，这趟来徐府是接裴林晚回家的。

听说俞尧将回北方，裴禛说要请他吃送行宴，顺便报答他这些天对女儿的照顾。而俞尧怪他小题大做，怎么劝也不肯答应去。

可有裴林晚在一旁跟着劝，俞尧渐渐地摇摆不定。

见到徐致远回来，裴禛直接把这事拍了板，说到等到后天晚饭时间小少爷也跟着一起来。

人情世故是只来回滚的球，俞尧以为徐致远会帮他踢回去，毕竟他和裴禛不合又不是一天两天了。谁知道徐致远发着呆没顾上，被提到名字的时候跟刚睡醒似的"啊"了一声，随后说了声"行"，然后瘫进沙发里了。

"好，那就这么说定了。"裴禛笑了笑，扶了下眼镜，把正在为成功欢呼的女儿抱起来，说道，"明天晚上我和夫人在家等你和小少爷。"

裴林晚高兴地挥挥手："阿尧再见！"

裴禛走了之后，端着茶半天没说话的徐致远才疑惑道："庸医他……夫人？"

"嗯，他老家的姑母为他说了门亲，他之前回去就是为了这个。"俞尧忧愁道，"我倒是没想到他会答应。"

徐致远方才没在意裴祯的手上有没有戴着那枚戒指，嘀咕道："他怎么就忽然想通了？那夫人是位大美人，还是富千金？"

"……不知道。"

徐致远若有所思，说："怪不得说不适合带着裴林晚回去——我要是她，就在亲戚席上哭个昏天黑地，看他们还敢不敢给我找后妈。"

俞尧无奈道："林晚可比你乖多了。"

"心口不一，"徐致远道，"你明明之前还说我很乖。"

俞尧损他道："我这人经常看走眼。"

徐致远哼道，"不跟你说了。"

他偷偷瞥了俞尧一眼，回想起他今天被截一事来，问道："你今天去给姓冬的补习……还顺利吗？"

俞尧平常报喜不报忧，但是从他听到这问题皱起的眉头来看，应该是不怎么顺利的。徐致远看着俞尧坐下，语气冰冷地问道："他是不是犯浑了？"

俞尧没有回答，从果盘里挑来一只苹果，一边削了起来，一边慢条斯理地说着："有时候我觉得他跟你很像。"

"不是……他和我？哪里像了！"徐致远好像受了莫大的侮辱，气道，"你确实看人挺走眼的。"

俞尧嘴唇有似笑非笑的角度，道："就这副翘尾巴毛的模样尤其像。"

徐致远："？"

"其次我也没想到他也会去雇人拦我，就连地方都和你选的一样。"俞尧说道，"看起来思路也出奇地像。"

"小叔叔，你是不是还记着我的仇？"徐致远皱眉道，"我跟他的性质能一样吗，他这是蓄意伤人未遂，我那是……"

见徐致远顿了半天，俞尧挑眉问："那是什么？"

徐致远打死也不可能说出"见义勇为未遂"的，不然他可以当场用脸丈量地缝的宽度。

"没什么。"徐致远摆了下手，晦气道，"你就当我跟他一样吧。"

俞尧削好了苹果，给他递过去，说道："还是有区别的。"

徐致远心安理得地拿过来啃了，问道："什么？"

"我更喜欢你一点，"俞尧打趣道，"至少兔崽子咬人了我可以拎耳朵，他若是闹了，我可管不了。"

"……"

只是这思虑发生在瞬间，俞尧并未察觉徐致远的神色变化，他说完就像平时一样顺势去摸他的头，但是徐致远却躲过去了。

"……小叔叔，男大摸不得头，"徐致远沉闷道，"我又不是小孩了。"

俞尧举在半空的手停了一下，手指稍稍蜷缩，又收了回来。他道："哦……好。"

徐致远很快就把果肉啃完，抱着自己的书和笔记上楼了，留下一句："我在外面和别人吃饭了，晚饭不用等我。"

没等俞尧回应，徐致远就关上门了。


这期间的学生活动在淮市政府眼里像是聒噪的蛙叫，吵得他们夏秋两季不得安生，假期时间，学生活动按说应与鸣蛙一起冬眠，但临近年关，一场朗诵会又办起来了。

岳剪柳一直对那场交流会耿耿于怀，也不知动用了什么途径，把之前活动的场所大礼堂给借来了，不过借用时间只有一个时辰。

同一时间开始，同一个地点——岳剪柳像是要与那洋人小姐的偏见公开叫板似的。朗诵会的名字叫作"我魂"，选取的古诗词以及学生原创诗文，字里行间写的皆是他们同胞的民族魂魄。

徐致远送笔记时被邀去参加，坐在台下听了一上午的慷慨激昂和掌声雷动。他的反应并不大，在最靠边的座位里坐着，与这氛围有些格格不入，身上唯一能和这场面相衬的就只有长衫和圆框眼镜了——也不知道为什么，徐致远老是觉得穿这一身来听些古文的句读和韵脚才算有仪式感。

但徐致远还是认真听完了。

他也看到了些熟悉的面孔，夏恩和吴桐秋，夏恩是个热情又积极的观众，但吴桐秋如平常一样，脸上没有波澜起伏，冷静得像春意刚融开的水。

等散场的时候，口干舌燥的岳剪柳还没顾得上喝水，就和同行的几位同学开始辩论。

徐致远和几个拿着纸笔的记者在旁听了一会儿。争论的好像是开幕词的某些用典存在异议，她说同窗用意不精，同窗说她吹毛求疵。

好一会儿岳剪柳才想起来徐致远还在场，连忙和他道歉。徐致远不在意地摇了摇头，笑道："剪柳你真的是……对文字的痴迷算是到了一种境界。"

"可不是嘛，"那被她驳斥的同窗看起来像是平时就一起吵吵闹闹的朋友，粗着脖子调侃道，"她以后是要嫁给四库全书的！"

四周有一阵笑声，岳剪柳嗔他转移话题。在笑语声中，半窍不通的徐致远知趣地先走了。

结果后脚刚迈出去，就撞见了自己的母亲。

徐致远打量了她一圈，皱眉问："妈，你怎么来了？"

"既明不是在这里办学生活动吗。有同事过来做记录和采访，我也顺道来看看。"李安荣道。

徐致远觉得能让他妈拨冗来这里的原因肯定不止这个，果然，她紧接着又笑道："顺便也看看你和剪柳。"

"操心太多容易长皱纹，"徐致远冷漠地说道，"你就想吧。"

徐太太皱眉道："你这兔崽子……"

正说着，徐致远的余光忽然捕捉到了一个熟悉的身影，朝那方向望去，果真见到不远的拐弯处出现的冬以柏，正冷幽幽地盯着他们看。

徐致远心中预感不祥，刚伸手去赶着李安荣快走，就听见冬以柏拉着长腔叫了一声："喂，那个……徐明志。"

听到这字正腔圆的"徐明志"三个字，李安荣四周望了一下。

冬以柏好像下了极大的决心似的，双手插兜，慢悠悠地踢着石子走过来，朝李安荣敷衍地叫了声阿姨好，然后别扭道："徐明志，你过来……我找你有点事。"

徐致远闭上眼睛。


徐致远走过去的时候，强忍住就在嘴边的脏话，在李安荣的注视之下，随着冬以柏弯弯绕绕地走去了一个角落。

他以为这小子是来报复自己的，也不急着跑，而是一直留意着四周的人群，同时不紧不慢地卷了一下袖子，打算把存的余火一朝在此发完。

直到他停下来，徐致远才沉着声音问："怎么了？"

冬以柏也不废话，从口袋里掏出一份叠了两叠的信纸，边角皱皱巴巴的，看样子是捂了很久。

"你把这个给姓俞的。"

徐致远低头看着那信纸，掀了他一眼，眼神凛冽地说："给谁？"

"给俞尧。"

徐致远没有去接，而是道："重新说一遍。"

"……"

是冬以柏先有求于人，只好拧着脾气地说了声："你把这个给……俞老师。"

徐致远这才接过那信纸来，正奇怪着是什么事让这少爷屈尊纡贵地找自己来了，皱着眉想要展开纸张，但被冬以柏抓住了手腕，他说道：

"这是给俞尧的，你不能看。"

徐致远盯着他，露出个友善的微笑来，把这东西放起来，道："好吧，我尊重冬少爷。"

冬以柏另一只揣在口袋里的手捏着银圆，听到这句时，手指暗暗地蜷缩起来。大概是没想到这么顺利地就让徐明志答应帮他，准备的"贿赂"全无用途了。

他左右望了一下，松开徐致远的手，别扭地感谢道："……你弟是个浑球，但你比他强多了。"

徐致远舔了舔后槽的牙齿，理智在他脑袋里敲木鱼，告诫自己"人能百忍自无忧"。

于是他伸出手来往他头上狠狠地摸了一把，一字一顿地说道："冬少爷要学着与人为善，不要总是盯着别人的不是。"

冬以柏被他这一巴掌抹蒙了，呆愣好一会儿才火冒三丈道："你……我爹都不敢摸我头！"

徐致远举起他的信纸，笑道："就当是报酬，我可不喜欢白帮别人。"

冬以柏硬生生地憋回去了一口气，说道："你果然跟你弟一样浑球。"

徐致远哈哈笑了几声，转身走开时，冬以柏在他身后吆喝着提醒："你别忘了给，不准看记住了吗？"

徐致远前脚点头答应，后脚走出他的视线，躲到店家门口竖的招牌后，把伪装的笑容收起来，脸不红心不跳地就把信纸展开了。

徐致远开面一声"嚯"，下意识地说了一句："这字真漂亮。"

漂亮程度与他本人的字迹不相上下。

他研读了好一会儿才明白这是一封道歉信，主要内容是上次雇人拦俞尧一事被他哥给抓包了，并捅到了他父亲那里，冬建树勃然大怒，让这逆子道歉，于是这封信便诞生了。

其态度"恳切真挚"，以徐致远的水平都能在每两行里挑出一个错别字来。

尤其最后一句，为整篇书信的点睛之笔："今天晚上我父亲会打电话给你，你一定要记得跟他说我已经和你道歉了，为人师表，赖账可耻。冬以柏敬上。"

"这孙子……"徐致远看着气不打一处来。也不知道他的小叔叔怎么想的，当老师也不预备着打手板的戒尺。他哪怕是平时稍微凶一点，也不至于学生像现在这样都不怕他。

不过他还是把这信团了团，拿回家去了。

家里空着没人，徐致远想起自己的母亲还在大礼堂看岳剪柳没有回来。而今天又是跟庸医约定好一起吃饭的日子，小叔叔大概是早早地去了。

徐致远心中的思绪乱着，在桌子上发现了张纸条。徐致远捡起来，默读道："致远，受陈副官之邀，我先去了华懋饭店。你在家中稍作等候，结束时我回来接你。俞尧留。"

徐致远静静地盯着纸条看了一会儿，哼着支韵律欢快的曲子，换了身衣服下楼去了。


俞尧说是让徐致远在家里等着，但他是闲不住的。

到了俞尧说的饭店，徐致远报了陈叔叔的名字，被放行进去了。

里面是一场盛会，有流动的手风琴和轻盈抒情的歌声，徐致远老远就嗅到了钱和酒味。

高鼻梁的女人画着新月眉，珠光宝气的手搭在先生的肩膀上，手上戴满戒指，像埃及墓里敬着的神明。

他们说的话徐致远都听不懂，就权当是误入了花鸟市场。在一片叽叽喳喳的鸟语之中踮脚四望，与一个扛着照相机的洋人相遇，差点被烧镁的白烟给呛到。

他皱起眉头，看着那专注的摄影师与他擦肩而过，那人留意到他，匆匆留了句洋文——徐致远一直记着大概的发音，他猜测是道歉的话，还是后来被俞尧教了些英语才知道，那是声"请让开"。

徐致远循着他的方向找到了俞尧。

他西装革履，头发梳了上去，露着额头。正轻靠着一架钢琴发呆，只有在别人和他打招呼的时候，才会像"开门营业"似的摆出温和的笑容来，就好像一个盼着下课的学生应付作业。

徐致远觉得有趣，从人群中朝他走过去。

正好那位钢琴师暂时离开，背景舞曲缺了点节奏。俞尧望着钢琴师奔去厕所的匆匆身影，双眉一挑，蹑手蹑脚地坐到了座位上，扫了琴键一眼。

他摁了两三下，钢琴发出零零散散的轻灵声响。

人群庸忙之中，这一处不显眼。

目睹这一切的徐致远忍不住笑了声，正好自己身边也有一位小提琴手。徐致远整了下衣襟，装成个气质不凡的客人，语言不通的他竟用"手语"加微笑把人家的乐器给借来了。

乐师恭敬地双手垂在身前，微笑着看他走过去。

徐致远喊了声"小叔叔"，俞尧回头，眨了眨眼睛。正看见徐致远将琴架在锁骨上，然后自信满满地朝他弹了个响舌。

俞尧的眼睛里可以看到像碎光一样的惊喜。他轻轻笑了一声，回头，将那零散的声音连成一串，接连试了几下之后，悠扬的韵律渐渐鲜活起来了。

徐致远对这《月光》的曲调再熟悉不过，在一旁安静地等待一个时机，磕磕碰碰地起势，渐入佳境，与他和鸣起来。

回忆的时候，徐致远总把这天记成是一个夜晚。像是北方才有的极夜，一整天都是黑色。

或者说，从俞尧弹起第一个音开始，夜晚才刚开始，但徐致远把之前的种种烦琐全都遗忘了。

他闭着眼睛，时而睁开一下，但没有闲工夫顾及得上周围怎样，看客的表情和私语如何。

他是在飞起的鹤群中奏乐，脚下是一泊湖水，水里关着月光。能听见鸟儿翅膀扇来的风，白色羽毛落在他的肩膀上。

不远处几道白光瞬闪。

如果是那位傲慢的摄影师因此驻足的话，那么被显影后的黑白相片上，应该是一个拉小提琴的青年在望着他的钢琴师。


"……刚才那位乐师还过来找我'算账'，还以为我出尔反尔地中途弃约，雇别人了。"陈延松出来送俞尧，透过窗子望了一眼大厅里的繁华，转头，笑着说，"……你们两个也是，人家就解个手的工夫，怎么还抢饭碗呢。"

徐致远本吹着口哨手插兜，听罢，指了旁边的俞尧道："是小叔叔先动手的，我顶多算从犯。"

"？"俞尧倒没想到兔崽子倒戈这么快，逮来他的后颈捏了一下。

陈延松哈哈一笑，道："早就听徐镇平说，致远跟他小叔关系比跟他好，还真是。"

陈副官嘱咐了几句之后，与他们两人告了别，俞尧和徐致远一前一后地离开饭店，靠着路上未歇的灯光照明，沿街走着。

这里的晚上比白天热闹，戏场外能见到奇装异服的人揽客，听到耍猴的老头子吆喝，印着人像和大字的传单让融化的雪水沾湿，黏在大地上，被行路人的鞋底踩踏一通后，与泥土无异。

徐致远看了一眼在饭店和戏院门口蹲候的车夫，问道："我们要不要叫两辆车？"

"不用，"俞尧说，"裴禛家离这里不太远，走走就到了。"

"哦，"徐致远看着起他垂在身后的围巾尾巴，上面沾着块很小的羽绒，他心血来潮地牵起来轻轻抖了抖，也没掉下去。

俞尧感受到他小动作，也没回头斥责，而是微不可察地叹气，仿佛习惯了徐致远的多动，只是垂眸勾勾下嘴角。

俞尧摇了摇头，轻轻说道："还像个孩子。"

徐致远发着他的呆，没有听到这一句评价，他踩着路边的雪，忽然唤道："小叔叔。"

"嗯？"

徐致远张了张嘴，终于问出："你知道庸……咳，裴禛他前妻的事吗？"

俞尧犹豫一会儿，道，"我知道……怎么了？"

"就是想问问，"徐致远踢碎了一块雪，声音渐小，"我听说裴禛说她去世了……因为癌症。"

"嗯，四年前的事了。"

"裴禛怎么会治不好她呢？"

"他虽然是个医生，但并不是无所不能的。何况他又……知道得太晚。"

"太晚？"

"那些年他忙于事业与学业，疏忽了对家庭的照顾。加上林女士的工作……有一定的保密性。她一直向裴医生隐瞒自己真实的身体状况。最后……"

俞尧没有继续说下去。徐致远也知道结局。

怪不得裴禛会说那句掩去了无数情绪的："没来得及。"

徐致远想不明白，突然问了一句："裴禛不喜欢她吗？"

虽然不知道徐致远这么想的原因，俞尧还是慢慢地说："……怎么可能？"

他刚与裴禛相识的时候，初印象里的裴禛与现在的有很大不同。那时候的裴禛是深情而浪漫的，他把母校废弃的花圃种满了花，为的只是当恋人路过清晨的教学楼时，给她的衣襟上别一朵沾着露珠的玫瑰。

他会把恋人的一切都记得清清楚楚。俞尧无意中触碰到他的目光时，会发现他的眼睛里总是会倒映着一个女孩的身影，那柔软的身形就像是他天生的瞳孔。

"可既然这样……"徐致远却疑惑更深了，"那为什么，为什么会疏忽到发现不了她的身体状况？"

俞尧哑声了一会儿。

"没有持之以恒的热烈，所有的情感都会沉淀下去的，变成更沉默、不露声色的东西。它并不是消散了……"俞尧也不知道自己在说些什么，只好草草地结束这个话题，"老人偶尔说的没错，很多事情一定需要经历过才会懂得。致远，你还年轻。"

说完，俞尧隐隐地感觉徐致远了一点小脾气，是对于他模棱两可的回答的不满，具体呈现在徐致远冷冷淡淡的语气里："小叔叔，你修饰这么多，说白了不就是人们总会倦怠吗？"他似乎话里有话地暗指着什么，"……自以为是地觉得一纸婚约就能把重要的人牢牢地圈在身边。而对于'永远不可能失去的东西'，当然就不可能保持着最初的热情了。"

俞尧揉了揉眉心，大概已经从徐致远浅浅的城府中看到了郁结所在，说道："致远，我知道你最近对婚姻的抵触心理很深，但凡事你都需要辩证地去……"

"但你错了，尧儿。"徐致远忽然打断他的话，他站在雪地里，像孩童在宣一个天真的誓，明明入耳的声音幼稚得很，却似乎藏了一种可以穿透往后几十余年的韧性，他说，"会有人热烈一辈子的。"

就像是某种一生只有一个配偶的候鸟，它们对爱人形影不离的热烈，只会结束于入土之时。徐致远心想，但他只淡淡地重复了一句："……会有人的。"

俞尧驻步，回头望了他半晌。借助路灯的掩护，他很容易能够藏去复杂的目光。他仅仅一耸肩，无奈叹气，还是那句老评价："还像个孩子。"

徐致远皱了眉，不服道："你不信我。"

"没有。"

徐致远怔了一下。

他看着俞尧继续向前的背影，忽然觉得方才的对话有些尴尬了，于是蹭了蹭鼻尖。他想说："小叔叔我刚才跟你开了个玩笑。"但是话没出口，俞尧说："到了。"


这里便是裴禛的宅子了。

裴禛将他们迎接了进去，屋里热气扑面，还有裴林晚的欢迎声。

女孩抱过俞尧的围巾，拉着他的手去客厅坐了。

裴禛稍一歪头，唤道："小少爷？"

徐致远："啊？"

"怎么看起来心不在焉的……"裴禛看着他和俞尧，似乎若有察觉，但还是道，"……跟我吃个饭而已，你的表情像是要英勇就义一样。"

徐致远顺着台阶下了，"哼"了一声，说道："怕你下毒害我。"

裴禛眯眼一笑："一会儿饭局时你跟着你小叔后面下筷不就好了，我总不能连带着也害他。"

徐致远："你这人……"

裴林晚兴奋地叫道："六姨！阿尧来了。"

俞尧正疑惑着六姨是谁，便见到一个盘着头发的女人，系着灰蒙蒙的围裙从厨房里走了出来。她弓着腰，像是想鞠躬，但还在走着路，显得有点滑稽。她有些无措地往围裙上抹了抹手，脸上是略显直憨的笑容，说话带着些方言没捋直的的弯，道："原来是俞先生来了，老是听裴禛和小晚说起俞先生，俞先生好，俞先生好……"

俞尧说了声你好，伸过手去，女人却迟迟地望着，把手擦了半天才敢去握住。

裴禛介绍道："这是我的夫人，吴苑。"他笑道，"论年龄她要比阿尧你大十岁，可以叫姐了。"

俞尧礼貌地露出笑容，道："苑姐。"

吴苑本来就紧张得很，像是怕在裴禛朋友面前给他丢人似的，听见俞尧这么叫他，说话都慌了起来，拘束道："别别别，俞先生喊我吴六就好，我在家里排老六，人都这么叫我，小晚也叫我六姨。"

徐致远在旁边看着，也跟着俞尧叫了一声。吴苑笑着，又茫然地偷偷瞥向裴禛。裴禛介绍道："这是徐家的少爷，徐明志。"

徐致远："？"

吴苑连忙叫了几声徐少爷好，说完了才放心去厨房准备饭菜。

见她又跑去厨房，裴禛老远喊着："苑你别做了，我们吃不了多少。"可吴苑不听劝，裴禛笑了声，指向那边，说道："她知道你们要来，从昨天就开始忙活。"

"苑姐是你故乡本土人吗？"俞尧问道。

"嗯。她父母都去世了，哥哥姐姐都已嫁娶成家，她在老房子住着也越来越不方便。"裴禛温和地说道，"吴苑之前没有出过那个小县城，第一次远离那里，来大城市定居，还有点怕生。"

"你们先进去坐着，"裴禛撸起袖子，要去帮忙了，说，"一会儿就开饭。"

这次徐致远看见了，那枚旧色的银戒指还在裴禛手上。他望着那细瘦女人身上裹着的臃肿的素布冬衣，心中塞着杂七杂八的心绪。

他以为裴禛这种人，是会在楼底下摆上玫瑰，轰轰烈烈地去追钦慕已久的大家千金的诗人。倒是没想到他寻找的裴夫人竟是这样一位朴实无华的农村妇女。

他总感觉占据裴禛和吴苑彼此眼神的，是亲情而不是爱情。可能比起恋爱关系，这两人更像是把对方当成了原生家人。裴禛并不需要什么红玫瑰，只是想在疲惫时能有个安心之处。而吴苑更不会去奢望什么恋爱，她需要的是一个顶天立地的靠山，好把半生托付给对方，全力去护着这个家庭——他们的重组家庭并不是爱情的结晶，也难说得上是什么热烈之后的沉淀，而是一种责任的延续。

徐致远从小在繁华里长大，还不会想到这土地上大多数的受父母之命、媒妁之言而结合的男女都像是这样。

黄土地上的荷尔蒙不像大洋西岸那样肆意浪漫，养出的人性也缺乏张扬和个性。他们是一颗颗沉默又内敛的种子，风雨里吐出淳朴的芽，遇见了便盘旋在一起组成家庭，而后继续扎根繁衍。

他们被社会囚着自由和欲望，长出的叶子可能一辈子也跟爱情擦不到边，亲情和责任的根却坚实牢固。

如果徐致远活过中年之后有幸想起那日，他也无法去评判在那个年代，这是利还是弊。


徐致远老远就听到一声："你别拿这杀过鸡的刀，医生拿刀是救命的，你动它多不吉利！"

看着被从厨房连推带拖赶出来的裴禛，俞尧却在旁边弯眼一笑，评价道："真好。"

裴林晚在她怀里点头同意，说："六姨特别好，她做饭又好吃，晚上还会给我讲故事！我在教六姨认字，爹爹说要是我能教会六姨一百个字，就带我们出去玩。于是六姨可用功了，我昨天晚上起夜，看到她偷偷地坐在小马扎上念字呢……"裴林晚一顿，忽然小声道，"阿尧你不要跟爹爹说。"

俞尧摸了一下她的头。

徐致远听完了插了一句："那你说是六姨好还是阿尧好。"

童言无忌，裴林晚歪头想了想，有点抱歉地看着俞尧，道："阿尧很好很好……但是六姨要更好一点。"

徐致远得逗地笑了一声，就像个专门挑拨关系的闲亲戚一样，挨了俞尧一捏。徐致远小声说道："怎么办小叔叔，现在你只能在我心里排第一了。"

俞尧轻垂了下眼睫，当这是闹着玩的挑衅，他只好无奈地道："胡闹。"


吴苑把菜上好了之后，把在俞尧怀里的裴林晚一薅，说道："你们吃，我带小晚先去玩。"

徐致远有些不解地看着将要匆匆跑开的她，见裴禛抓住她的手臂，说道："让小晚自己一个坐就行，苑你也来坐。"

"不不不……"

"就当是家庭饭局，不需要分桌。"裴禛说道，"以后也是，家里来客人你都可以过来。"

"这怎么行，徐少爷和俞先生都是大客人。"吴苑执拗地摇头，说道，"我跟小晚不能在这儿吃。"

"为什么呀？"裴林晚仰着头看她的六姨，"我以前都是跟爸爸和阿尧吃饭的。"

"小晚乖一点，六姨在厨房给你留了糖瓜。"吴苑赔笑了一声，抱起裴林晚躲去厨房了。

"哎！"裴禛跟着过去了。

眉间尽是疑惑的徐致远小声地问俞尧："她分桌是怕跟陌生人吃饭吗？"

俞尧说："一些农村有这样的规矩。家中为宾客摆席时，女士和孩子不可以上桌吃饭。"

徐致远"哦"了一声，想了想自己的母亲好像在此没什么规避的，以至于他也不是很了解。想了一会儿，若有所思道："那我妈……是算男的还是女的。"

俞尧道："小心安荣教训你。"

两人的低语刚结束，裴祺就抱着裴林晚回来了。吴苑动作僵硬地跟在后面，脸上是歉意和尴尬，嘴里不休地念叨："这怎么能行呢，这不让人落话柄吗……我在哪儿吃饭不一样，你快去吧，啊，别让俞先生和徐少爷等急了。"

"不许再走了，"裴祺无奈地笑着，将一手搭在她的肩膀上，轻轻摁在了椅子上，说道，"开饭吧。"

吴苑也不敢说话了，双手放在膝上，小心地盯着几人的神情，俞尧朝她一笑，问道："苑姐，来这里还适应吗？"

"啊，适应，适应。"吴苑眨了眨眼睛，立马回以笑容，说，"裴医生这房子又大又舒坦，周围人也好……比以前的老房子可是强太多了。"她自己说着话，却两三句就拐到了裴祺身上，笑道，"裴医生在我们那可是了名的，连村头捏泥巴的小屁孩都知道，他们不好好读书挨揍的时候，就老是听见爹娘把裴家儿子拿出来当样板……"

"嚯，"徐致远觉得好玩，便损道，"你这是被当成门神镇小孩了。"

裴祺无奈笑道："猴年马月的事了。"

俞尧夹来一筷子青菜，给兔崽子碗里铺好，阻止他说话，道："别瞎说，吃饭。"

徐致远把绿油油一片给他倒回去，嫌弃道："我不吃素，不爱吃菜。"

吴苑见他皱眉头了，抿着嘴唇，站起起身来把大鱼大肉往徐致远那边挪，说道："是我准备不周到……不爱吃菜还有肉，看这些喜欢吃吗？要不然小少爷喜欢吃什么？我这就去做。"

嫌弃蔬菜是徐致远每顿饭要进行的一大仪式，平时从来都被爹妈掐灭在一声"臭小子你敢不吃试试"里。她这一通热情的关切和迁就把

193

徐致远整得有些蒙，他端着饭碗，看着吴苑眨了眨眼，迷茫地"啊"了一声。

"不用劳烦您了，他开玩笑而已，"俞尧哭笑不得，安抚道，"这孩子属兔的，从小就爱吃菜。"

徐致远转头看着他："？"

吴苑看见俞尧的笑容才松了口气，放心地坐下，道："哦哦，这样啊……"

徐致远："我其实……"

俞尧将菜夹到徐致远嘴边，慈祥地道："吃。"

"……"

被迫"从小爱吃菜"的兔崽子忍辱负重，一口吞了，委屈巴巴地满嘴嚼着。

俞尧问："好吃吗？"

徐致远："……好吃。"

"您看，苑姐。"俞尧说，"他喜欢吃。"

吴苑被逗笑了两声，她对于旁人的善意也十分敏感，能察觉出俞尧和小少爷是在有意地去缓和她的紧张，心中也生出一些感激和亲近来。

她终于肯小心翼翼地拿起筷子，夹了些菜，放到了裴禛和裴林晚的跟前，暗暗地咧开一个笑容，仔细地听着他们说话。

"阿尧，你什么时候出发北上？"聊到尽兴时，裴禛忽然问。

"两天之后。"

"到时候我请半天假，去车站送你。"

俞尧并没有拒绝，就像这次送行宴一样，拒绝了大概也不管什么用。

"对了……等一会儿，"裴禛说着忽然想起了什么，起身走向里屋。吴苑见了，放下正在给裴林晚剥的虾，拿没摘的围裙擦了擦手，站起来朝他喊："欸，你要拿什么啊，我去就行了。"

"你不知道在哪儿……"过了一会儿，裴禛的声音渐近，他将一坛珍藏许久的酒放在桌子上，指弯敲了敲瓷身，笑道，"阿尧，要不要来一坛？"

"不要，"徐致远皱着眉道，"尧儿他胃不好。"

"偶尔少量饮酒，不打紧，还对身体有益。"裴禛道，"送行宴若是无酒做伴，就没有味道了。"

裴禛"一本正经"的语气早在徐致远心目中留下了坏印象——所以他老是觉得庸医这样说话时，总带着一股不怀好意。

"我不会喝，"俞尧一笑，叹气道，"一坛就不了，一盏就好。"

裴禛去给倒上，顺口问道："小少爷呢，喝过酒吗？"

徐致远瞥着俞尧面前渐渐满杯的清醴，莫名不开心，说道："你们要喝就喝，别扯上我。"


年关一近，各种味道也接踵而至。糖味酒味硝石味，谁家做馒头蒸出来的面香气，和肉里的盐渍咸——如此这般的烟火气在平常日子就隔三岔五地有，尤在年末浓郁地混杂在一起，被唤作了年味。在每户的大门口前，嗅到这股味儿的小孩大人们揣着衣兜，心里就知道又去了一岁。

徐致远就坐在宅子门口，看着戏场散来的人们回家，吴苑走过来问道："小少爷，进屋来，坐这儿不冷吗？"

徐致远道："六姨，您忙您的吧，我不冷。"

"来，拿块尝尝。"吴苑端上来盘海棠糕，说道，"这饭菜还没吃完，你怎么就出来了？"

徐致远取了一块咬在嘴里，谢了她的好意，模糊不清地说道："没什么……就是他们大人谈话，我坐在那儿无聊。"

"小少爷这眼睛亮，模样又俏，猜就是机灵活泼的性子。"吴苑弯眼笑道，"我见过你这般年纪这般脾气的小孩，那都是不屑得听长辈们啰唆那些老生常谈的……怪可爱的。"

徐致远失笑道："我小叔也不老，就比我大七岁。"

"俞先生稳重，又懂人情，所以叫人觉得老成可靠，"吴苑真诚地说道，"照老辈的说法，这样性子的年轻人是成大事的。"

徐致远蹲坐着，两只手臂搭在膝盖上，望着自己的手指想事情。他听见裴禛开门走进院子的声音："小少爷还在外面坐着呢？"

徐致远像一切讨厌跟父母走亲串门的小孩，吆喝道："你们什么时候聊完，我要回家睡觉。"

"等急了？"裴禛一手扶着门，身体斜靠着，用带着笑意的慵懒腔调，说道，"阿尧有点醉了，待会回去的时候你看他点……要不然我送你们？"

"……"

"俞先生醉了？"吴苑发愁道，"你这是给他灌了多少酒。"

裴禛食指和拇指比出了一小段距离，说道："真没灌，就开始那一小杯。我们两个人造作的加起来，那一坛酒也就只下去了这么一点。"

徐致远倒是相信他这话，他小叔的酒量的确是非常差。只是裴禛眯眼的笑容让他觉得这副皮下仿佛藏了只狐狸。

徐致远看着他，说道："不用你送。"

"好吧，"裴禛爽快地就答应了，"那你们路上小心。"

吴苑道："这么晚了怎么能放着俞先生他们走回去，还是去送送吧。"

"夫人放心，"裴禛拍了拍她的肩，道，"小少爷在，能有什么问题。"

徐致远："……"

有些人就像魔术师的黑帽子，你知道里面一定有东西，但却猜不到是什么，也不知道这东西何时出现，怎么出现的。徐致远眼里的裴禛就是这样一个人。

他们离开裴禛的宅子，这次换了徐致远在前面引路。俞尧面如常态，走的时候还跟裴林晚挥手作别来着，徐致远不信他已经醉了，但一路上他又安静得反常，于是徐致远停下来。

俞尧不小心撞到他的后背，问道："怎么了？"

徐致远垂下眼睛来看他，隐约能看到耳朵和眼角有些晕红。这时候他才发现俞尧脖子上的围巾不见踪影，问道："你围巾是不是落在他家了？"

俞尧愣了一下，转身回去，道："等会儿我去……"

"都快到家了，明天再说吧。"徐致远抓住他的手臂。

"哦。"

"小叔叔，"徐致远鼓起勇气问道，"你刚才跟裴禛都聊些什么了？"

俞尧直勾勾地看着他，盯得徐致远都不自在了，好一会儿，俞尧才认真道："他说过两天后去车站送我。"

"这都什么时候说的了，"徐致远还以为他这么长时间酝酿了什么大事。说道，"我问刚才我不在的时候你们聊的话。"

俞尧又想了好一会儿，说道："他说送行宴没有酒，就没有味道了。"

"你不要搪塞我，"徐致远道，"我又不是问裴禛说了什么东西，我是问你们……"

徐致远顿了一下，恍然明白了什么，上下打量着俞尧。

"我忘记他说什么了，"俞尧还在继续说着，他揉了揉眉心，像是在努力回想算法口诀的学生，声音越来越小道，"他说了好多话……我记不住那么多。"

"……小叔叔？"

"……啊？"

徐致远又试探地问了一个问题："你两天后要出发回哪儿？"

俞尧说："我们现在不是正回家吗？"

徐致远又问："我们现在正回哪儿？"

俞尧："回北城啊。"

徐致远："你是不是醉了？"

俞尧："不好喝。"

徐致远咬着拇指，看着俞尧。这几句回答单挑出来是没有语句和逻辑上的毛病的——毛病在于回答不对题目。

说白了就是答非所问。

原来他小叔醉酒后的症状是这个，如此超凡脱俗的醉相徐致远还是头一回见。

徐致远觉得有趣，又问："我是谁？"

俞尧："兔崽子。"

"？"徐致远道，"为什么这个你答得这么清楚？"

"因为你是徐致远……欸。"

俞尧正被个石头绊着，跟跄了一步。

徐致远赶紧把他扶着。他越来越觉得俞尧的醉是"慢热型"的，就跟酿酒似的，时间越拖症状越明显。

"那徐致远是谁？"

"是小兔崽子。"

"换个叫法行不行？"

俞尧深思熟虑，道："是小浑蛋。"

徐致远本以为能趁着俞尧喝醉从他嘴里捞几句好评，可是没得逞，冷哼道："那小浑蛋要把你扔了。"

俞尧的神情竟真的严肃起来，稳稳立住身子。

徐致远拉不动他了，回头，疑惑道："走啊。"

俞尧皱眉道："扔哪儿去？"

徐致远看着这块一本正经的木头，费了好大劲才忍住笑意，道：

"扔回家！"

俞尧松了口气："哦。"


家里灯火通明，徐太太在等他们回来，俞尧前脚进屋就喊道："安荣，我们回来了！"

"啊？"这大动干戈的招呼让李安荣一头雾水地走下楼。平时俞尧回家都是安安静静的，这带着点兴奋的语气让李安荣不禁笑了起来，问道，"发生什么好事了吗？"

"妈你别管他，"徐致远拉着俞尧说道，"小叔他喝醉了。"

李安荣皱起了眉头，赶紧也迎上去搀扶，大概是见惯了徐镇平的酒相，她上下打量着俞尧的模样，说道："这不看上去好好的？"

"你不用担心，致远在瞎说。"俞尧说着，想把围巾卸下来，伸手抓了个空，站在原地想了一会儿围巾的去向，自言自语地"哦"了一声，才把外衣脱下来挂在衣架上。

俞尧拿指弯摁了太阳穴，仿佛颅中有蚊蝇在吵他，他轻蹙着眉，说："你们先聊着，我上楼睡了。"

徐致远看向他，又看向母亲，指着俞尧说道："我没瞎说！他这一会儿清醒一会儿迷糊。"

"行，阿尧你先休息一会儿。"李安荣目送他上楼，把打算跟着一起溜上去的徐致远拽着后衣领拎回来，说道，"哎，你别急去睡。"

"怎么了……"徐致远担忧地看了上楼的俞尧一眼，对凑上来在他身上闻味的母亲道，"我没喝酒，一丁点都没沾。"

"不错，有点自觉心。"

徐致远看她抓住自己后领的手，小心地问道："那我先去睡了？"

"睡什么，"李安荣说道，"我问你，徐明志是谁？"

徐致远已经无所畏惧了，淡然地解释道："是我的亲哥，刚留学回来，年轻单身，一表人才。下回别人问起你记得这么说，不要穿帮。"

"……"李安荣到处找称手的东西，颇有要把鞋脱下来的架势，说道，"兔崽子，你给徐镇平造了个儿子？"

"你不要激动，你听我讲……"

突然"砰"的一声，母子两人看向声源处，只见俞尧正抓着扶梯站起来，他若无其事拍了拍尘土，在台阶上站了半天，迈开步子向上走的时候又一个踉跄。

"……"

徐致远指着他对母亲道："你看，我没瞎说。"

李安荣给了他后背结结实实的两巴掌，咬牙切齿地道："你还在看戏，快把你小叔扶上去！"

徐致远被饶了顿打，赶紧几步跨上楼梯，把俞尧半提起来，不费力气地走进房间。直到关上门，才松了口气："小叔叔，我妈打我这几下得算在你头上。"

他轻轻地把俞尧放躺在床上，起身时听见了熟悉的呼吸声，他伸手戳了戳俞尧，没什么反应，这才发现这短短的上楼的工夫，他小叔竟然睡着了。

"小叔叔。"徐致远望着天花板，忽然喊了一声。

回答他的只有呼吸声，像是炉火旁的细碎干柴，一点点地维持着燃烧。徐致远不敢去吵醒。

他用了平生最轻的力度，去摸床头的柜子，果然触到了一张照片。

他望着上面的丹顶鹤发呆，喃喃说道："我前几天做梦，梦里和你一起去北方，我们一块儿坐在火车上，外面的景色特别的……长，跟看不到尽头似的。夜深人静的时候，你就给我讲这些照片的事。结果你睡了，我还醒着……"

俞尧并没有醒，徐致远继续自言自语，说完了一个光怪陆离的梦。

但没有人回应他。

徐致远只好给俞尧掖好了被子，合上门，将那张"偷"出来照片放进了口袋里。

他还摸到了一方纸块，想起来是冬以柏上午给他的信纸。他朝楼下望了一眼，李安荣小声问道："阿尧睡了啊？"

徐致远点头，走下楼梯时桌子上的电话响了。徐致远离着近，只一声，便顺手接了起来。

"您好，请问是俞先生吗？这么晚了打搅先生真是不好意思。"徐致远听出对面是冬建树，他语气中透着带着目的的笑意，说，"两天前犬子出言不逊，顶撞先生，还做出大逆不道之事，冬以柏已经受到了应有的惩戒。作为父亲啊，是我教子无方，实属惭愧，夙夜难眠，所以今日特地来给先生道个歉……"

徐致远一声不吭，仿佛听筒另一边是一团团正在挤搡的碎布，他什么也听不真切。

李安荣大概看出徐致远的异常，在身后小声提醒道："致远？"

"是俞先生吗？"冬建树见久久无人回应，又问道，"喂？"

徐致远挂了电话。

李安荣上前，问道："怎么了，是谁的电话？"

"没事，"徐致远笑了声，"我朋友而已，约我出去呢。"

"唉……"李安荣皱着眉头看着没穿外套就开门外出的儿子，说道，"徐致远，这么晚了你去哪儿啊！"

徐致远也忘了那时候自己去哪儿了，可能是百乐门，可能是关了门的戏院，也可能是傅书白的家门口。


七十五岁的他跟我说起这一天时，什么也想不起来了，也大概是因为深夜让他有些犯困。老人总是在精神蔫蔫的时候记忆力不好。

"太晚了，"我蹭了一下眼睛，说，"要不……先睡吧。"

爷爷抽了口烟斗，白色的雾轻轻地在空气中飘散着。

爷爷这一天讲的故事结束了。

结束在一句——"十八岁的徐致远在腊月的一个冬夜出走，直到两天后俞尧离开淮市，也没回来。"


我做梦了。

梦见乌尤尼盐湖，我站在湖岸，看见白鸟成群，有一个人站在湖中央拉小提琴。

天空之镜映照着云的呼吸，把那拉琴人也包容了进去。大概是错觉——梦里的东西都应该是错觉——那位穿着黑西服的琴师在望着他湖中的倒影，仿佛他是他的乐谱，倒影朝他微笑，他和倒影是两个人。

我一步踏入湖中，涟漪托着我在镜面上走，朝那处伸出手时，无数的鸟儿从我眼前飞过，羽毛遮蔽了视线，我什么都见不到了。

我醒来的时候，爷爷已经不在屋子里了，桌子上摆了一碗温热的粥，我猜是给我留的早饭，于是捧起来喝了，老样子，连牙缝里都没留下一粒米。

这里的早风有清爽的冷意，我披着衣服去了房子前的花岗岩，爷爷果然坐在上面。

"起来晚了，"爷爷吐了烟，摸了一把我的头，说，"早一点可以看日出。"

有时候在碰到老人的手指时，会嗅到一些老去的气息，像黄土地上的草香或者麦子发酵的酒味，藏在随着年份渐深的沟壑里，直到入土。我爷爷抽了半辈子的烟，我想他以后沉睡的那片泥土一定会长满烟草。

我跟爷爷无话不谈，于是把我的想法跟爷爷说了，老头拿烟斗敲我的头顶，砰的一声响得很，让人想起了集市摊上熟透的西瓜。

爷爷对我说："俞长盛，你认识老人吗？"

我说："有啊，你不就是吗。"

他说："除了我。"

我抬头想了想，还真没有。

学校里尽是些年轻面孔，最老的也不过是五十多岁年纪的校长，我每日路过摆着杂货摊的街，骑着自行车上下学，见过眼球浑浊的老者坐在马扎上与这热闹格格不入，从没想着上前去问个好。

男女老少都一样，我们都是陌生人，我好像没有必须要认识陌生人的义务。

我问爷爷怎么了。

他说认识老人和孩子是很重要的社会实践，这样能让我畏惧生命，比任何书面教育都管用——因为他们就是鲜活的生与死。

不要和行将就木的老人提起死后的虚无，也不要用生的苦恶去恐吓初入人世的孩童。他让我记住了。

我这才明白他为什么要说这个，我刚才和他说的话里好像提到了他的死亡，这是一件并不礼貌的事情。于是我抿了抿嘴唇，说道："对不起。"

爷爷也笑了笑，又说："除了我。"

我抬头看着他，听他说："因为你爷爷不怕死。"

没有人不怕死，我心想，除非有一个念想坚定到能盖过这种恐惧，就比如那些为国捐躯的烈士。

我想我还是不要说话了，挨着花岗岩坐下。

我又看到了那行字，这次看它的时候比以往都要认真，一遍又一遍地看，扫过十月，扫过鸟儿。

我终于发现了一些端倪，时间的刻字要比文字浅很多层。下面的时期只刻了一次，而那以十月开头的文字，仿佛被人描摹了一遍又一遍，像是岁月的孤岛上坐着一个人，用石头上的划痕来记录日月，四季轮回数年，划痕被打磨成了雕刻。

我看着那工整的字迹，不知多少次问道："这是你刻的吗？"

爷爷居高临下地看着我，说："你觉得呢？"

我点头。

他敷衍道："那就是吧。"

有一只丹顶鹤展开翅膀，扑打着风，我的目光被吸引过去，想起了梦中的场景，想起了俞爷……俞老师的事。

我昨晚做梦前，其实有很长的时间都在发呆，我在幻想那素未谋面的俞老师。要不是有那张合照作证，我甚至以为俞尧这个人是爷爷虚构出来骗我玩的。

我问爷爷为什么我爸从来都没有跟我提过俞老师这个人。

爷爷说："我跟他说，要等你成年之后才能说。"

我不是很明白，但再提出问题时已经被他打断了，爷爷站起来，说道："俞长盛，你什么时候走？"

"后天，怎么了？"

"去淮市吗？"

"嗯。"

老头很突然地说："我跟着你去。"

我："？"

写到这里插一句。

爷爷说我得有一个遥不可及却在意料之中的爱人，就像等待候鸟一样。

后来我单身三十多年，对他这番言论有一种又不屑又憧憬的矛盾情感，本已经要打算做一个坚定不移的无婚主义者的时候，遇到了我的那只候鸟。

在我拥有幸福的家庭以及和妻子一样漂亮可爱的女儿时，爷爷早就已经去世了。

女儿读初中的时候，重映了一部4K修复版的电影，叫作《海上钢琴师》，我平常不怎么看电影，也不甚了解，主要是妻子喜欢，她带着我去了电影院。

看到1900在舷梯上望向高楼参差而没有尽头的城市，最终朝船舱回头的时候，我愣了好一会儿，直到结束的时候也没有缓过来。

妻子问我怎么了。

我说没什么，只是想起了我爷爷。

……

我给父亲打了个电话，两天后真的和爷爷一起去了淮市。

爷爷在北边的寒地里生活了几十年，我爸终于把这尊佛爷给搬了出来，恨不得长了翅膀自己飞来接。

可是爷爷在机场，望着高屋穹顶，沉默地看着身边走过去形形色色的人们，涌向一方狭隘的出口。就像在看一场电影似的，很久都没有说话。

我叫他，他唤我的名字。

我说，在呢。

他抓住了我的胳膊，我好像感受到了些许颤抖，他说，我要回去。

"……"

我当时不理解为什么他会这样"无理取闹"，刚落地没多少时间，他甚至都没有走出机场，就说要回去。

大人总是会教育我，一些事要等到长大后才能明白，这多少是有点道理的。

就像我在电影院里看着1900的独白，想起了那时的爷爷。

那里对他而言，完全是一个崭新的城市，高楼大厦，车水马龙。百年名校既明大学，里面的教室前早就不种银杏树了，等多久都遇不见拉小提琴的漂亮男人。

爷爷那剩下的年岁掌握不了这样一个未知而复杂的庞然大物，对这片地方，可能只剩下恐惧了。

……结果就是我耽误了原本定下的出国的时间，又陪着爷爷回到了北方。

我爸是个喜欢提前规划的人，就算这次耽误了，下次订票也赶得上入学时间。他以为是我没劝好，把爷爷硬拉上飞机的，以至于老头赌气回航，于是在电话里我被他训了一顿。

我百口莫辩，挂了电话，气得在房子里转了一圈，对爷爷说道："你以后骂我爸，我都不替他说话了。"

爷爷咯咯地笑了。

其实我也知道我爸是故意骂我的，老头的心结大概也只有他知道。

行吧，至少我还可以再听三天的免费故事。

"因祸得福"的是，爷爷终于舍得给我晚饭的小米粥里多加点米了，我惊喜地一嚼，居然吃到了米粒！

爷爷说："还听吗？"

我跟怕他反悔把米收回去似的，先把粥灌进肚子里，擦了一下嘴，说："嗯。"

他指了指一只破旧的柜子，说："第三只抽屉，最下边有本棕色皮面的书。"

我走过去取出来，掉落了许多个信封。上面都写着"致远收"。

爷爷问："我讲到哪儿了？"

# 第7章 收敛

　　除夕已过，各家各户一年到头才能放肆一回的热闹开始慢慢收敛了。

　　三十的夜里徐府也不算冷清，傅书白和吴桐秋都过来帮忙准备年饭，徐镇平也卡着日子来了封信问候。

　　倒是徐致远跟搭错了什么筋似的。年前一声不吭地离家出走了两天，俞尧离开时也没去送。李安荣在仰止书店蹲了两天点，终于在除夕夜把三天不见面的逆子拎回了家。

　　当着傅书白和吴桐秋的面，李安荣也不好多训斥什么，她这个人善忍。待其乐融融地放完了爆竹守完了夜，孩子们都睡着的时候，李安荣才开始发火。

　　徐致远被拎到书橱前罚跪，就这离家出走的事，李安荣训了他一个时辰。

　　从这以后，兔崽子就开始反常了。

　　不怪李安荣不愿意让徐镇平体罚儿子，只是跪了一晚上，竟然给儿子跪傻了——过年不出门也不鬼混，安安静静地待在屋子里读书写字。

门也不上锁，丝毫不怕他妈会进去查看。

年忙那阵过去，徐致远还会亲自去岳家请教岳老先生问题，吓得岳老趁着让徐致远休息的空闲给徐府来电话，问徐小少爷这是怎么了。

陈延松是第一位来徐家拜年的。自从徐镇平被调任吴州之后，陈延松就没少照顾他们。来这天陈副官放下了新年贺礼，问道："小少爷呢？"

"不在家，"李安荣愁道，"这几天都不在家，要么在仰止书店，要么在岳府……要么就在他同学家。"

"怎么啦，"陈延松眯着眼睛笑道，"这是又闹别扭了？"

李安荣摇头，说不知道。仿佛那天离家出走的徐致远是去找神棍换了个魂，现在住在这小兔崽子躯壳里的不是她原先的儿子。

陈延松听了哈哈大笑，说："徐致远过了年也十九了，是大人了，你总不能让他还像之前那样吊儿郎当。现在能沉下心来做事，不是很好吗？"

李安荣惆怅地望了一会儿窗沿的雪，心想，徐致远这年龄也是长大的时候了。

陈副官不仅带了年礼，还带来了两样东西。

第一样是一份消息，接替徐镇平职位的是原在抚临区赫赫有名的军阀孟彻。听说这人性子阴晴不定，心狠手辣，但是诡异多谋，是个掌兵的奇才，参加过大大小小的混战。被任命为联合政府的军长后，对自己原在抚临区的军队仍有率领权。

李安荣皱起了眉头。

"孟彻曾参加过对同袍会的围剿，"陈延松皱着眉，把声音压低了，并没有说完，而是提醒道，"安荣，你要记得提醒俞先生，如果他还回来教书的话，小心为好。"

李安荣虽然心里担忧着，但面上还是把眉头松开了一点，安慰他道："徐镇平这还没死呢，他还能撕破脸皮不成？"

陈延松笑了声，说："你能这么乐观就好。"

第二样则是从北方寄来的信。陈延松从包里掏出来两封，说道："俞先生给我寄了几回信，顺便把给小少爷的也寄到我那儿了，正好拜年来走一趟，就当回信鸽了。"

"徐致远……给徐致远的？"李安荣接过来，半信半疑地望着信封，果然上有着漂亮的字迹——"致远收"。

她寻思着今天这房子是要容不下她儿子了。

不过事情没有如她所愿，徐致远和往些天一样，一直到晚上都没有回来。

李安荣无奈，锅里给徐致远留了饭，将信封放到了他房间的桌子上，留了张纸条。

第二天，徐致远仍旧不在，但饭已经消失了，说明这兔崽子晚上悄无声息地回来过。李安荣醒得很早，但徐致远竟起得比她更早。

于是她睡眼惺忪地去打开徐致远的门，发现信封还在原处，被动过，但是没有开封。

李安荣这回真把眉头蹙紧了。她拿起昨夜留的纸条，只见上面写着——

"这是你小叔给你寄的，有空回封。"

歪扭的字迹写道："没空。"

李安荣盯着那两个"没空"，十分确信徐致远不回来这几天是去庙里出家了。


俞尧本来打算初六回来，但事情杂乱，一直到三月份既明大学即将开学，他的大哥才有一点放他回去的预兆。他给徐致远和李安荣各写了一封信解释了晚回的原因和具体南归的时间——这已经是寄给徐致远的第二封了。

等到雪融时，俞尧收到了李安荣的回信。

信上嘱咐他注意安全和保暖，晚些回来没有关系，上面交代了孟彻调任一事以及冬建树的近况——徐镇平年前的调任令急而隐蔽，一直想砸钱养位军火靠山的冬建树尚不知晓此事，本想着从俞尧和徐致远下手，趁这个年把他们背后的徐镇平招揽过来，没想到俞尧软硬不吃，正当他发愁之时，才得知淮市的军队新换了一位主。

冬建树对孟彻的态度暂且不知，但经过这番折腾，可以肯定的是，俞尧这次回来少不了要受些冬建树用来报复的小手段。

俞尧认真地把信读完，终于在结尾看到了关于徐致远的事。

李安荣写道："你走后我在仰止书店找到了致远，他一切安好，只是性情大变。你不在的这些时日，他昼出夜归，刻苦读书，沉默少言了。我叫他有空给你回信，他却说'没空'，不知是犯了哪门子的毛病。但也有一件好事，他竟过了既明大学的入学考核，岳老也对他刮目相看。我想这一切还要归功于阿尧的悉心指点，才让这小子迷途知返，回归正道。等你回来，他便可以在公共教室里听你讲课，该喊你一声老师了。"

俞尧有些吃惊，但又觉得徐致远通过考试是意料之中，并不奇怪。看到那个"没空"，他无奈地笑了一声，笑声像是在温糖水里溺过。

徐致远哪是没空，大概还在跟自己闹着脾气，俞尧只是没想明白他临走前又哪里惹这小少爷不痛快了。他合上纸张，把信件夹进了书里。

近来他大哥常让他与那位牵线的姑娘见面，姑娘和俞尧的年岁差不多，长相清纯端庄，微笑时会露出虎牙。

姑娘问他在想什么，他说想起了自己一个干侄子。

俞尧想起，徐致远好像也有虎牙。

*南归前一天俞尧去了年后的第一场集市，看着大大小小的店铺张罗着开业。他偏爱在这些烟火气儿足的地方听人热闹的吆喝，没什么目的，就像有人偏爱在窗沿边上听雨声一样。

他买了些东西，给学生的、同事的、安荣的、致远的，大包小包分好，大哥雇人给他搬到车上去都费了好大工夫。

临走时大哥问起他相亲的事，俞尧打心底里觉得那姑娘人好，才识过人，温柔而不逆来顺受，善解人意又有自己的想法。他大哥也是不肯叫弟弟的婚姻得过且过的人，相亲对象是挑选了很久，才找到个门当户对又跟俞尧性子相近的。

听到相处顺利，他才松了口气，拍了拍俞尧的肩膀，本想说择个黄道吉日定下婚期，别让人姑娘等久了，俞尧却在条条陈列完她的一切优点之后，说道："但是我暂时还没有成婚的想法。"

大哥："？"

他道："你不是觉得那姑娘挺好的吗？"

俞尧："是我的问题，不是她。"

"你这……"俞尧公事繁忙，作为大哥也不是不知晓，他眉头里写着些愁意，说，"听她人家说，姑娘也看你挺对眼的，要是时间不长，我倒是可以劝她等等……那你什么时候有想法？你年龄也不小了。"

俞尧摇头，说："大哥操劳了。等到了淮市，我会亲自跟她写信解释。我……"

火车拉响汽笛，遮掩住了俞尧的声音，大哥拍了拍铁皮车身，侧着耳朵大声问道："你说你什么？"

"我说……您回去吧，我会解决好自己的事的。"俞尧把声音提了一个度，他在火车启动前，探出身子来和大哥告别，双手撑着窗沿，笑起来的时候，风把他的头发吹乱了，他好不容易才抓到一绺捋到耳后，说道，"您注意身体。"

"多大人了你，"大哥把他往回摁，哭笑不得地道，"你赶紧把头探回去。"

话罢，大哥退了一段距离，在送别的人群眺望呼喊中，看着俞尧拉好窗，车厢慢慢启动。

俞尧的脸小，往椅子后背上一仰，下半张脸就埋在了厚实的围巾里，模样温顺得很。

忽然，他看见俞尧拉下围巾来，身子向窗前倾了倾。他以为俞尧还有什么事没说完，于是下意识地向前走了一步。

只见俞尧往窗户上哈了口气，表情无波无澜地，用手指给他画了个笑脸，然后挥了挥手。

"……"大哥忽然想到了什么，蹭着下巴。

俞尧小时候刚被姨母和父亲领到自己家来的那阵日子，也是一副清冷稳重的小大人模样，聪明又漂亮，可讨老头子喜欢。

可是跟这他熟了才知道，这人心里住着个小孩，好奇心重又爱玩，就是被这一本正经的皮囊包给严实了。

或许俞尧说不愿意成婚，是觉得那姑娘的性子不合适呢？

比起温润敦厚的成熟女士，他大概更喜欢活泼有趣的，时不时就跟他胡闹撒娇的那种年轻姑娘？

大哥觉得有点道理，他这人不空想，立刻付诸实践，着手去寻找弟弟下一个相亲对象去了。

不知情的俞尧望着车外下的细密小雪，为他大哥的操心感动地打了两个喷嚏。


俞尧到站是既明开学的前一天，到站的时候是早晨，身子颠簸两天，本来就乏得要命。他把行李搬下车的时候，又费了好大的力气，几乎是瘫进了管家开来接他的车里。

李安荣嗔他乱买东西，一路啰唆着把他和行李运到家里。

一进门李安荣就扯着嗓子吆喝："徐致远——兔崽子！你小叔回来了！"

裴禛就像会算命似的，他到家时卡着点来电话，听见来接的人是俞尧，开门见山就是一句："回去胃疼过吗？"

俞尧道："稍微有过。因为空着肚子在年宴上喝了些红酒。"

裴禛威胁道："嘶，你这知道还理直气壮地犯，再不注意我可不给你开药了。"

俞尧揉揉眉心："应酬而已，平时不多有。"

裴禛训了这个不听话的病患几句，话题才扯到闲事上来，笑道："对了，相亲如何，快活否？"

俞尧有气无力道："你这幸灾乐祸的。"

裴禛哈哈笑着，他的身边跑来要和阿尧通电话的裴林晚，吴苑把小姑娘抱走，裴林晚还在不舍地哼唧。他说："这怎么能叫幸灾乐祸……说实话，怎么样？"

"没成。"

"……可惜。"

俞尧哭笑不得："你叹什么气。"

裴禛道："俞老师找着夫人，对我们来说可是一件十分重要的大事。"

"你可别折煞我了……"

"我是说真的，俞老师青年才俊，这四面八方的人都在竖着耳朵关心你单身与否。"裴禛轻笑了一声，玩笑话从话筒传出来，清脆地敲着他的耳朵，"这要是被人捷足先登了，指不定要多了几家喜，又多了几家愁……"

话还没说完，有一只青筋明晰的手从后边伸过来，取来俞尧举在耳边的听筒，越过他的身侧，毫不客气地把电话挂了。俞尧"哎"了一声，向后转身的时候刚好撞到人。

他在屋里只穿了件衬衫，鼻梁上架着一副金色细丝的眼镜——这回是真的镜片，不光是只有个镜框唬人了——冬天留着个尾巴，还没到回温的时候，但青年人体热，胸膛里的体温毫无保留地穿透薄薄衣料，身躯的温度和朝气和荷尔蒙一样，年轻气盛。

俞尧心想，个子长得真快，又高了。

徐致远知道他挂的电话的对面是谁，于是丝毫没有道歉的意思，淡然道："你回来了。"

他的声音忽然变得低沉而磁性。

俞尧皱眉道："你嗓子怎么了？"

徐致远说："感冒。"

"生病了还穿这么少。"俞尧将大衣脱下来递给他。但徐致远没有接，他用在沙子里滚过一遭似的声音说道："我待会儿出去一趟，会换衣服。"

"去哪儿？"

"岳先生家，"徐致远说，"我今天约了岳老讲解题目，还有半个时辰，再不走要迟到了。"

"半个时辰？"俞尧惊奇地看着他，无他，徐致远从前可是不到最后十分钟不出发的人，"行吧……哎，你先等等。"

"嗯？"

俞尧把行李堆里给徐致远带的东西挑出来，一起递给他，说道："这是给你的。"

徐致远提着行李站了一会儿，像是在等待着什么，沉默许久之后才咧开嘴一笑，说："……谢谢小叔叔。"

俞尧这回看见了，他果然有虎牙，但是自己从前竟都没有仔细注意过。俞尧朝他伸出手去，但是徐致远已经把笑容收了起来，他转身把东西搬上楼去，俞尧抓了个空。

或许是因颠簸而疲惫的心神作祟，徐致远收起笑容的瞬间竟让俞尧觉出了生疏来。

俞尧在车上备了课，并不担忧明天的开课，徐致远走了之后，他到屋子里转了一圈，闲着无聊，于是疲倦发作，拉着他的眼皮，让他在沙发上睡着了。

下午，他醒来在自己的房间里。

虽然近两个月不住人，房间也没有一股霉味，被子上是暖烘烘的阳光，炉子膛里啪啦地燃着，有人添过煤。俞尧坐着清醒了一会儿，下床开门，下意识地去了徐致远房间门口，轻敲了几下，说道："致远，该背书了。"

屋里好像没人，俞尧开门进去，里面收拾得清清爽爽，有一股纸香气。他瞥到了桌子上两只信封，上面写的"致远收"并没有被撕掉——信并没有开封。

俞尧拿起一封来，怔然地看了一会儿。身后传来管家的声音："俞先生，小少爷一般这个时候都在书店读书呢。他这几个月每天都忙，大清早准时去找岳老听课——都不用岳老往咱家里跑了。下午呢要么去书店，要么就是跟既明的学生参加活动。"

管家喜笑颜开道："夫人天天念叨着老天爷开眼，小少爷知道用功了。老爷回来得高兴坏了。"

俞尧心想原来安荣信中的描述并不夸张，也陪着管家笑了几声，问道："那他平时什么时候回来？"

"很晚，我都回家了也不见小少爷身影。"管家道，"偶尔午饭会回来吃，今天中午就回来一趟。"

俞尧哦了一声，又转身叫住管家："对了……等一下，我从家乡那给您买了些东西，您带着。"

"哎哟！"管家连忙摆手推辞，"俞先生您客气什么……"

按理说徐致远懂得心无旁骛地学习了，俞尧应该高兴，可是他心里却生出一股失落来，大概是那种看着长大的雏鸟飞出巢穴的那种心情。自己竟开始有些怀念徐致远曾经那副"不是小叔叔教的不学"的倔模样。

他目送管家下楼，扶着楼梯栏杆发呆，忽然直起身子来……想起自己还没有祝贺徐致远考入既明大学，也没有问徐致远进的是哪个学院。上午他跟自己见面时的片刻沉默，莫非是在等待这一句问候？

俞尧这样想着，戴上了围巾，出门去了仰止书店。

但是徐致远就像是长了跟俞尧相斥的磁极似的，俞尧去哪儿找不到他，每回问人都是一句"徐少爷前脚刚走"。

直到从傅书白家门口出来，俞尧终于确定了，这小浑蛋在躲自己。

他晚上在客厅守株待兔，结果一直到午夜兔崽子都没回来。钟表不疲地敲着，明天还要上课，俞尧只好先叹气作罢，去睡了。


翌日开学第一天，俞尧撞上的第一个本班学生就是冬以柏。

于是开学的第一份礼，就是被冬小少爷甩了个脸色——他在记俞尧没有跟他爸说道歉的仇。而实际上那封道歉信被徐明志半路截了和，以至于俞尧并不知情。

俞尧问他给他补习的功课巩固得怎么样，叫他读的书看了多少，冬以柏只甩了句"你管得着吗"，便进教室到角落里坐着了。

陆陆续续地，夏恩和周楠都来了，学生逐渐到齐，俞尧喊了声上课。

学生们的骨头被冬天的炕头和春节给养懒了，喊出来的"老师好"都是软绵绵的，倒是夏恩精神得很，盯着俞尧的眼睛闪着太阳光。

俞尧让他们站了十秒钟，提提精神，才说了声"坐下"。就在这时候，后门又进来一个学生，穿着白色的长衫校服，衬得身量如竹般颀长，端着纸笔和眼镜，在凳子的推拉声中，坐在了最后一排。

俞尧心中一跳，瞥了他一眼。

这学生正是徐致远。

他正坐在冬以柏的后面，冬小少爷见了又惊又不满，大声道："你怎么在这儿？"

学生纷纷向后面望去，只见徐致远一言不发——俞尧想他大概是感冒了喉咙不舒服——继续面无表情地低头盯着手中的笔记看，同时拽了一下校服胸口的校徽。

冬以柏凑过去看了一眼，皱眉道："骗谁呢，你这校服偷谁的？还是跟傅书白借……"

俞尧拿教杆敲了敲黑板，严肃地道："冬以柏，安静。"

"哼，"冬以柏转过头来，托着腮，拿着笔往本子上戳，拖着阴阳怪气的长腔道，"差点忘了，这不是俞老师的侄子吗，我可惹不起。"

冬以柏又不是一次两次在课上和俞尧作对，前排的夏恩是纪律委员，他攥着拳头，站起来说道："徐致远同学是拿了学生证的，冬同学你……"

"夏恩，你先坐，杂事我会下课解决。"俞尧道，"我们先上课。"

他说着，叫同学翻开书，暗暗地瞥了眼最后一排的徐致远，他的桌子上除了笔记空荡荡的，也不知道他有没有带课本。

一节课过去，俞尧边讲边写了一黑板的数字和公式，中途休息时站到了讲台一边，等学生记笔记。

他问夏恩他们今天课多不多，夏恩回答说上午是统计物理，下午则是微积学。只有两门课，又是新开课，下午的老先生大概会花很长时间讲绪论部分。就算今天没有课本，徐致远也不至于落下太多。

这么想着，俞尧开始了第二节，他翻开习题书夹着标签的一页，扫了一眼下面的注释，若有所思了一会儿，叫同学们看黑板。

他正讲着标签页的这道题目，忽然听到安静的后排传来一声轻蔑的笑。

俞尧垂下眼眸来，将举手的冬以柏点了起来。

冬以柏拖着长腔，说道："俞老师，你写错了一个地方。"

教室里的学生都回头望着他，只见冬以柏微微后仰着头，说道："从上往下数，第四行你重点画出的那道公式有问题。"

他话音一落，学生们开始翻书本，抬头低头将那所谓出错的地方与原地方做对照，大概是没发现什么不同，面上皆有疑惑之色。俞尧回头看了一眼黑板上他写的，问道："有什么问题？"

冬以柏得意地笑了一声，先阴阳怪气一通，说："你们教书之前难道不去辨别知识的真伪吗，误人子弟也配得上是为人师表？还是说俞老师这年过得也把脑子过糊涂了。"

平时与他同行的那几个人故意地在底下掩着嘴巴，混在人群中发出嗤笑。

俞尧刚要说话，忽然一直沉默不言的徐致远从桌下踹了冬以柏的凳子一脚，声响让教室里的杂音安静，吓了冬以柏一跳，他回头道："……你是不是有病！"

徐致远慢条斯理地站起身来，睨着他，感冒让他的声音又低又沉，他说："坐下，上课。"

冬以柏指点着书本，毫不示弱地道："我现在正给俞尧提问题，这是行使学生权利，你又凭什么在这里朝我叫？"

徐致远瞥了他一眼，说："你吵到我听课了。"

冬以柏冷哼一声："你分明就是袒护……"

徐致远用笔戳了几下桌面，打断他，声音里带着威压："你坐还是不坐？"

"我为什么要听你的？"

"行了，"俞尧的声音冷静，双手撑着讲台，望着二人，用书本指了一下门口，说道，"课堂上允许有不同意见的争辩，但不允许情绪发泄的吵架。再耽误时间，只能请你们都到外面去听了。"

二人之间的氛围僵着，冬以柏一肚子骂人的话被拧了盖，正在慢慢发酵成怒火。忽然听到俞尧说："致……徐致远同学，你先坐下，好吗？"

由于冬以柏梗着脖子不回头，所以眼睛几乎要瞥到脑袋后面去才看见了徐致远的神情，站着沉默了一会儿，然后依言坐下。

紧接着他也被俞尧点了名："冬以柏同学，你继续说，这道公式的错误。"

冬以柏皱着眉头望向他，见俞尧将他说的那处用红粉笔圈了出来。他下意识地清了一下嗓子，说："这一页的最下面有这道题的注释，上面说明了第二种解题思路——就是你黑板上写的这种——它的参考资料是这本书。"

冬以柏左右手各举起一本书来，说："但是这本书有新旧两版，新版恰好将这引用部分做了更改，给那个公式新加上了一个前提条件，第二种思路才成立。你手中的这本教材，还是引用的旧版吧？"

俞尧拿来他手中的新版，翻到了冬以柏所说的那一页，看到了密密麻麻的手写标记。嘴角有一瞬间微不可察的笑意，但是除了徐致远，谁也没有看到。

"书可是你叫我买的，你自己却不看，"冬以柏见俞尧不说话，在他面前小声挑衅道，"怎么不说话了，白字黑字写着呢，俞老师是打算赖过去？"

俞尧走上黑板，在公式旁边，一笔一画地将条件添了上去，他伸手让冬以柏坐下，但冬以柏不坐。

学生底下有窃窃私语，俞尧轻敲课桌，示意他们安静，说道："冬同学说的没错，这道题之二的解法，必须有这么一个前提条件。"

他指着添加上去的字，说道："这是一个很小的细节，需要大家认真去钻研才能发现，就比如……注释下面提到的参考书籍，有多少同学看过？"

教室里除了冬以柏没有人举手。

俞尧道："不用去买，想查的话，学校的图书馆里就可以找到，但是学校里目前也只有旧版。如果大家对这个问题感兴趣，为什么第二种解法要加上这个条件才能够成立，可以课下去问冬以柏同学。"

没想到俞尧如此反应，还在飞扬跋扈地站着的冬以柏愣了一下："什么，我？"

俞尧道："请坐。"

冬以柏顾盼了左右朝他投来的目光，受宠若惊地发蒙，坐下时却忘了凳子被徐致远之前踹歪了位置，重心不稳地晃了一下才坐正了。

"我不支持无理的起哄和挑衅，但尊重且鼓励你们对我的失误提出质疑。尊师重道在我的课上，重道在前。"俞尧道，"冬以柏虽然从前十有九天的表现不尽人意，但只要有一天他是在认真地提出问题，就应该听他讲完。"

冬以柏张了张嘴："……"

夏恩这些平时十分敬仰他的学生眼眸清澈地看着他。俞尧特意朝他们一笑，继续说："汝爱汝师，但汝要更爱真理。"话罢，他道，"我们继续上课。"

俞尧并没有特意去看冬以柏的神情，但是从他说"继续上课"就消失无影的起哄声来看，这少爷大概还是蒙着的。

俞尧离开教室的时候，就见到有大胆的学生已经拿着笔记本去请教冬以柏了。

他曾说冬以柏像徐致远不是空口胡诌。去给他做私教前了解过，冬以柏竟然是真材实料地考进既明大学的，这让俞尧感到一些意外。而他聪明叛逆，热衷于博得他人的关注，几乎到了一种出格的地步。俞尧猜想大概也是和他与父亲的关系有关的。

俞尧在一片"先生好"之中回到办公室，开门时手停在把手上，对身后跟来的人道："怎么了？"

徐致远一手揣着口袋，一手拿着笔记本，沉着嗓子说："找老师解疑答惑。"

俞尧刚想说"不躲我了吗小兔崽子"，但是徐致远越过他，拧开了门把，朝着办公室里伸手，说道："请。"

俞尧扭头他看了一眼，没把话说出口，进了办公室的屋子。

徐致远背负着手，毕恭毕敬地走过去。将本子在他面前摊开，指道："您讲的这地方我不懂。"

俞尧仔细看了一眼他的笔记，字迹改善了许多，好歹不像之前那样难认了，心想大概是岳老督促的结果。他将他划出来的地方浏览一遍之后，在一行字的后面找到了一个面熟的老朋友，旁边标记着大大的"老俞"。

这个涂鸦竟然随着他练字的进步而慢慢精致，逐渐和俞尧有一点神似，徐致远真的是在一些奇怪的地方天赋异禀，俞尧心中这样感叹着。

"这个地方你去年没有系统地学习过，理解起来是稍微有点困难。"

徐致远看上去安静温顺，但就像个才被治愈好的多动症小孩，留下了点后遗症——听讲的过程中，伸到桌子下的脚要时不时地左右晃一下才舒畅。

有时候会勾到俞尧的椅子，像是故意的。但这种行为反倒让俞尧很习惯，于是也没去斥责他。

"以这堂课提及的知识，无法去直接理解这个算式，你需要将之前的公式经过变形和代入，而且……"

徐致远认真听着，嗓子不舒服忍了半天，才轻声地去清痰，可这细微的一声却引得俞尧看向他。

近距离去看的话，眼镜像一只金丝笼子，将徐致远俊朗五官里的张扬和锐利关了进去。垂下眸子来安静看书的时候，眼睫半遮着黑眼睛，光如透过了斑驳的树影，一眨一眨的。让急了会咬人的兔崽子登时换了一个物种，像起一头纯良无害的鹿来了。

"而且什么？"俞尧的戛然而止，让徐致远抬头问他，正好对上视线。

俞尧的目光没地方躲，也就大大方方地看了，说道："……而且你不说话的时候看上去挺乖的。"

徐致远："？"

"抱歉，我继续说，"俞尧回过神来，低头给他写了一个落下的重点知识。

徐致远趁着空闲，盯着他看了一会儿，忽然问："老师喜欢话少的学生吗？"

新称谓让俞尧有些不适应，他一只手臂曲起，扶着脖侧，说："有教无类。"

"那就好，"徐致远道，"我还以为我说多了话惹老师烦了呢。"

"……"

徐致远一笑，道："我还在想，老师或许本来就不喜欢我。不然对一个曾经对你态度行为恶劣的小浑球都悉心照顾着，对我却一点也不关心。"

俞尧一蒙，忽然明白了徐致远在生着冬以柏和自己的气。

"既然俞老师说有教无类，那我就放心了。"徐致远脸上挂着口是心非的假笑，合起笔记来道了声谢。头也不回地走出办公室了。

冬以柏和徐致远本来就因为他结着梁子，这次在课堂上针锋相对，俞尧却意在偏袒对方。无论理由是出于"重道"之心，还是故意而为，总归会让徐致远不好受。

俞尧心绪复杂起来，他空张了张嘴，叫了声："不是的，你先等一下。"但是没有拦住。

他走到门口，看着徐致远拎着笔记走去下一个教室的背影。

俞尧下午没见到徐致远，夏恩说他请了假没去下午那节绪论课，理由是之前落下得太多要补两天赶上进度。于是俞尧按夏恩说的，又去图书馆找，连徐致远的影都没抓到，倒是碰见了吴桐秋和傅书白，年后吴桐秋的状态好了一点，脸上至少有点血色了。

他们朝俞尧鞠了个躬。俞尧问起他们有没有见过徐致远，傅书白还是老一句："那个……远儿他前脚刚走。"

傅书白忍不住又添了一句："也不知道他怎么估摸得这么准的，每次远儿刚说要走，结果您接着就赶到了。我算先生的查作业时间都没这么准。"

俞尧："……"

吴桐秋冷着脸，用胳膊肘拐了一下傅书白。

俞尧没办法，只能回家等。

吃了晚饭就坐在沙发上备课，到了深夜也没像昨天一样去睡觉，在客厅里点起一盏灯来看报纸。读到淮市要新上任军官的文章，盯着"孟彻"两字皱眉了很久。抚临区的混战未平，孟彻至少要延迟一年到任。敏锐的人能在淮市闻出一点剑拔弩张的味道，像是一场飓风前的宁静，而徐镇平提前调走，好像是有人在幕后牵线，故意要让淮市露出个空子来。孟彻似乎对徐镇平的"闻风而逃"有些不满，在报纸上指桑骂槐地抨击。

俞尧看着这些字，头疼地揉了揉眉心，钟过十二点，俞尧的作息习惯驱使着他陷入困意，但是仍在客厅不走，直到睡着了。

也许是因为留着个念想，睡眠并不深，不知过了多久，他被一点小动静给惊动起来。

俞尧发现自己身上盖着一条毯子，眼前蒙眬了好一会儿，才认出旁边的人是徐致远。

徐致远的手上还抓着被子的一角，他觉得俞尧睡觉很沉，没料会吵醒他，稍稍愣了一下。

在惺忪之中，俞尧问道："为什么躲我？"

徐致远踌躇很久，说道："你想多了。"

"从我回来开始，见到你的次数，可以用一只手数过来。"俞尧道，"你去哪儿了？"

徐致远瞄了一眼他，说道："岳老家、仰止书店、傅书白家、既明大学，总有一个。"

"我都去找过，可你不在。"

"那真是不巧，"徐致远还不知道自己故意趁俞尧来时开溜的行为已经被傅书白给出卖了，说道，"小叔叔，这要赖你来得不巧，不能赖我。"

俞尧盯着他。只有楼上走道中的一盏灯还亮着，灯光昏暗，俞尧柔软的神情似乎掺杂着失落。

"致远，我有的时候记性很差，会忘掉和忽略一些事情。你要是因此不开心了，不要总是瞒着我，一定和我说，好吗？"

他眼神中的恳求之意让徐致远生出一些内疚来，他躲过注视，说道："真没什么。"

"是不是我那日喝醉之后对你说什么了？"

"没有。"

"真的？"

"嗯。"

"那你为什么要在晚上一声不吭地离家出走？"

"心血来潮。"

"可……"

"你不明白我吗？我藏不住东西的，要是真有什么心事，早就跟在你屁股后面说完了。"徐致远打断他的询问，说，"你别胡思乱想了，不早了，回去睡吧。"

俞尧仰起头来看着他，说："致远，你变了很多。"

俞尧身上的毯子落到了地上，他慢慢地弯下身子去捡，但是被徐致远先一步拎起来，再次覆在了他的身上。徐致远抚平了一下上面的褶皱，说道："这不好吗？"

俞尧思绪徘徊着，没有作答。

"尧儿，你没变。"徐致远保持着捡毯子的动作，看着他说，"今天你是故意把题讲错的，我在你办公室书橱里看到过那种书，一本新的一本旧的。你就是想给冬以柏表现机会。"

徐致远没给他留反驳的机会，继续说道："你还是个老好人，对谁都一样关心。巫小峰、裴禛、冬以柏……要是排个序的话，我就给他们当了个垫板。"

俞尧眉头越皱越深，放在膝盖上的手指也慢慢地攥了起来，他说："我……"

徐致远伸出一只食指来放在嘴唇前，比了个噤声，他道："你不用和我解释，工作需要还是习惯所趋，这些都不重要。"他似乎向冬以柏学到了些阴阳怪气的精髓，说道，"亏冬少爷还诚心觉得我是俞老师的侄子，蒙受偏袒。实际上我却连他都不如。"

"……"

徐致远说："你不是问我今天下午去哪儿了吗？我去找冬以柏了，我跟他说了不要嘚瑟，你是故意让他出风头的，他起初还不信，以为是自己聪明过了老师。我拎起他领子逼他信的，他要气死了。"

"不是，你……"

"小叔叔，这样是不是辜负了你的良苦用心？"徐致远盯着俞尧微妙的表情变化，大概是想故意挑他的怒火，才做出无辜的神色来，"我就是这样的人，改不了怎么办，你要不然再像之前一样，跟徐镇平告状，让他回来教训教训儿子呗？"

说罢，徐致远起身，正要离开的时候，俞尧唤了声"致远"。

毯子又掉地上了。俞尧皱着眉头，张了张嘴，先说道："你先让我说完了好吗？"

徐致远不吭声。

"我从方才就想说的是，你跟他们是不一样的。"俞尧叹气说，"我并不生你的气——但你老是打断我。"

"……"

徐致远发现，俞尧有时迟钝得叫人抓耳挠腮，有时却很会对症下药。

如果他此时说任何一句为冬以柏或者其他人开脱的话，无论多么理智，多么有逻辑，徐致远都会头也不回地直接上楼。

但是小叔叔说"你跟别人不一样"。

徐致远城府浅得可以见底，管他之前有多少悲春伤秋又郁郁寡欢的心理独白，那病恹恹的"悲情气"仅这一句就给治舒坦了。

但他保持着面不改色，转头睨了俞尧半天，回去蹲下来，问道："有多不一样？"

俞尧："嗯？"

"你觉得我跟别人有多不一样？"

"这……"俞尧瞄了一眼徐致远，他蹲在自己身旁，清凌凌的眼神像是某种等待赞扬的动物幼崽。俞尧被他这眼神盯得卡了壳，几声轻咳掩饰过去，从沙发上起身，应付道，"你就是……很，嗯，非常不一样。"

徐致远一把逮住准备潜逃的俞尧，说："小叔叔，你跟我叠加程度修饰词呢？"

俞尧看了眼时钟，说："……今天太晚了，先上楼回房。"

徐致远穷追不舍："修饰词不算数，你重新说。给你从这到楼上的时间思考，开始倒数了。"

俞尧皱眉，语气冷冷地道："你并没有变，还是个小浑蛋。"

"变了，"徐致远摁开门把，他说，"之前别人可以管我叫小浑蛋，现在可不行了。"

徐致远走到床前，明知故问："你刚才是不是叫了？"

俞尧莫名觉得预感不好，但还是勇于"反抗强权"，说，"是，叫了，怎么了？"

徐致远冷着脸说："一声小浑蛋要用两声哥哥赔。我可以给你赊着账，今晚只还一声。"

"⋯⋯"俞尧哭笑不得道，"你做梦呢小浑蛋⋯⋯回去睡觉。"

徐致远跟个数账本的大地主似的，说："两声了，除去今晚的，账上要再加三声哥哥。"

"⋯⋯"

时候已经不早了，徐致远颇有要和他僵持到天亮的架势，他叹了口气，先行妥协。

他张了张嘴，又合上，费了半天的劲儿才喊了声："致⋯⋯致远哥哥。"

"行⋯⋯了吗？"

徐致远久久没有回音，俞尧忍不住看了他一眼，谁知徐致远的冷脸慢慢融化成了得逞的笑意。仿佛这些天浑身是刺的孤高徐少爷只是俞尧的一场梦，转眼他还是年前那只乖巧的兔崽子。

徐致远手放在门把上，说道："晚安。"

然后关上了门。

俞尧："⋯⋯"


一夜过去仍旧昏昏沉沉的，但好在翌日没什么课。

徐致远一早就去了既明大学，俞尧暂时不想见到那个兔崽子，也省得躲了。

他似乎有些头疼，坐在床边眯了一会儿，差点又睡着，被用人打扫的动静惊起来。

他开门出去，女佣见他喊了声先生好。俞尧点头示意，见他才睡醒的模样，提醒道："俞先生不是要准备出门吗？"

俞尧揉着眉心想了一会儿，道："我今日在家，学校没课。"

"可是有个车夫在府外等您很久了，"女佣说道，"他说是您叫他来府外候着接人的。"

听着这话，俞尧恍然反应道："对了，我今天得去银行一趟，差些就忘了。"他进屋整理服饰，朝女佣道了声谢。

他在镜子前，方才的表情逐渐沉静下来。将白色中衣脱下，换上衬衫和西服，慢慢地束上领带。

他下楼出门，没走几步就看到了女佣所说的那个车夫。

蹲在墙角的巫小峰见他来，眼睛溜着转往周围观察了一圈，将脖子上搭的毛巾一甩，立马起身去迎接："俞先生。"

俞尧摁着帽子，朝他点头示意。跨过拉杠坐了上去，巫小峰熟练地起步，说道："先生去哪儿？"

"田松银行。"

"好嘞。"

大清早人声还算稀薄，有零散买早饭的小摊，冒着腾腾的热气。俞尧顺手买了包子，坐在车上弯下腰来，咬了一小口，认真地问道："你是打听来了吗？"

"哎，"巫小峰回道，"吴深院去年的确在工部局做过事，而且他人脉很广，甚至同里面主事的洋人处得不错。"

"那他失踪前是去了工部局吗？"

"是去了，但他踪迹完全消失前去的最后一个地方，其实是吉瑞饭店。他当时是跟人到那里去了。"

听到这个名字，俞尧一凛眉。

这个饭店的老板便是拜托吴深院去要钱的那个人，听吴桐秋说，吴深院了无音信之后，那老板还来看过她。

俞尧单手轻轻地揉搓着手指，说道："这都是谁跟你说的？"

"哎哟俞先生，我刚想和您说，"他停下，从口袋里掏出几枚银圆来，给俞尧递过去，说道，"您让我用来打点的钱都没用上——我刚才不是和您说，吴深院在工部局的人缘不错嘛，但蹊跷的是，跟他深交过的那些人啊，无论是管事的还是小巡逻的，后来都是换了的换，走了的走，根本就没留下，也没走漏风声。"

俞尧眉心的褶皱更深。这已经不单纯是工部局廖德"草菅人命"的问题，能叫他们这么大动干戈，吴深院定然是戳到了他们的痛处。

俞尧心中闪过去一丝叫他后怕的想法，从前也时不时冒出来过，只是没有这次般强烈——这位吴深院，是他从事地下工作的同社可能性很大。

"我这些话都是从王叔那里听来的，他是租界警务处巡查队的老队长了。他其实也跟吴深院认识的，但是藏得深，看事也看得透彻，就躲了过去。他跟我说……"巫小峰小声道，"他猜吴深院是同袍会的人。"

俞尧平静地咬了一口他的早餐，说："这些事不要乱谈。"

巫小峰心知肚明，拍了下自己的嘴，道："呸呸，我多嘴了，俞先生不要怪。"

"无碍，"俞尧道，"记得跟那位王叔走近一些。"

"好，听您的。"巫小峰笑嘻嘻地蹭着鼻头的灰，说道，"王叔看我有眼缘，叫他想起了自个儿子，说以后把我招到巡逻队里去干事，拿月俸。以后就不用拉车了，这爹不认白不认！"

俞尧无奈地笑道："我本来还帮你找个在仰止书店搬书的活。但时候不长，一个月偶尔几次，有工钱，可以抽空……你还愿意来干吗？"

"那当然愿意！"巫小峰巴不得地点头，"能挣钱的营生那不越多越好吗？"

"那以后就挑进书的时候，在仰止书店见面。不要明晃晃地跑到徐家门口了。"到地方了，俞尧说着下了车，把没吃的包子给他递过去，说，"给，早饭，热乎的。"

巫小峰受宠若惊地接了，俞尧走了几步，他又唤了声俞先生，俞尧回头，巫小峰道："我再跟您说一件事，关于徐少爷的……可能不是很重要……但是……"

"说吧。"

"徐少爷变得和以前不一样了，有些时候……就跟换了一个人似的。"巫小峰的目光在俞尧眼上不安定地扫了扫，他挠了挠头，也说不出个所以然来，只是本能地感觉徐致远似乎在经历什么变化，"我猜少爷可能有什么烦恼心事，您要是有时间，可以开导开导他。"

俞尧在不经意间垂了一下眼睫，道："你觉得他需要开导吗？"

"是啊，人家不都说，有钱人经常会得'心病'吗。心理病比身体病还难治咧。"巫小峰小心翼翼地说道，"小少爷最听您话，您的话他保准听的，定是比开药方还管用。"

巫小峰朴实的"推论"惹得俞尧微微一笑，他原本想说声行，可脑海里却又浮现出那崽子挑衅得逞的笑意，只能头疼地揉揉眉心，轻轻回道："他都快要本事大到不服我管了。"一口气叹完，理了一下领带，回头进了银行。

田松银行的建筑石壁尖顶，大厅里矗立着两座白色的雕像，穿的是"衣衫褴褛"的服饰，摆的是"有伤风化"的姿势。俞尧自诩对西方艺术略知一二，审美和思想也算前卫，但来这里许多次，数次扭头打量这石像，总觉得这是在单纯地耍流氓。

他刚进去没多久，除了雕像，还看见了个熟人。周楠抱着文件包从里面出来，穿过大厅时不停地询问为他引路的人，道："日文我可以学，我们学校有设这门外文课，而且……"

"所以经理让你毕业了再来这里，"男人打断他，保持着一副笑眯眯的礼貌模样，说道，"我们没有收在校学生的例外，即使是既明大学也不行，但是你只要拿到毕业证，一定有巨大的优势。"

"等到时候那么多的既明毕业生，就到这里来了！我现在需要钱，我家里的情况我和经理说了，我保证毕业前只需要七成的工钱……我……"

"这里不听苦情故事也不要儿戏，我，只知道你压根没有充足的相关技能和或者工作经验。"男人已经做了请的动作，伸出一只食指来，仍旧笑着说，"你需要钱你可以去饭馆，去戏院，只要你想，淮市都有可以让你勤工俭学的地方。"

不愿意去那些地方打工，当然是因为不体面。

俞尧看着周楠身上大一号的西服攒起的褶皱，驻足了一会儿。

周楠的脸憋得铁青，不知该如何反驳，最后夹着他的文件包落荒而逃了，中途与俞尧擦肩而过，大概是在尴尬之中没有认出他来。

俞尧望了他一眼，周楠消失在门口了，男人熟练地继续着他的笑容，道："俞先生您来了，里面坐。"


俞尧办完了一上午的公事，中午才回到家中。管家摆好了饭菜，他挂好外套，走进屋子，在屋子见到了好久都没有出现在此的徐致远。

这人一本正经地戴着副金丝眼镜在看报纸，跷着二郎腿，眉头轻轻地皱起。见俞尧走进，才哦了一声，平静道："尧儿你回来了，等你吃饭。"

俞尧冷脸道："你平常这时候不是不在家吗？"

"我又不是一直不回家，补完功课，自然就回来了，"徐致远摘下眼镜来去洗手，手心手背反复擦干，说道，"俞老师，你要检查吗？"

"不用，"俞尧说，"我不吃饭了。"

徐致远道："不吃饭对胃不好。"

俞尧充耳不闻地上楼。

管家闻声过来，以为他是忙不开才舍了午饭时间，说道："俞先生，待会儿您要是饿了就跟我说，我……"

"不用麻烦了，"徐致远对着楼梯上的俞尧说，"小叔叔，待会儿我给你送到房间里去。"他又拖着长腔补充道，"正好我有几道思路堵塞的数学题要问你，你得好好想一想。"

俞尧停下脚步，顿了一会儿。他忽然又下楼，迎着管家奇怪的目光走到桌前，敷衍地喝完了一碗汤，捡了一只糕叼在嘴里，说："吃饱了。"他离开餐桌，到楼梯口时又转头，指着徐致远，凶道："不用你送。"

说罢上楼，关门。但瞬间工夫门又打开，俞尧又添了一句："下午工作，不讲解题。"

门又关上。

"……"

管家："？"

他道："少爷，您又惹俞先生生气了？"

这次看起来似乎还比较严重。

徐致远托着腮，用勺子搅着碗里的汤，无辜地说道："青天白日冤。"


俞尧的确在生着徐致远的气。下午他备着课，响起了敲门声。

俞尧知道是徐致远，起初并不理他，但是敲击声断断续续的，一直不停。俞尧打算一不做二不休地继续装聋作哑，但是门外飘来一声虚弱的叫唤："小叔叔。"

俞尧觉得不对劲，将门打开一点缝隙，见到徐致远倚在门框上，说："你怎么这么久才来开门。"他委屈得不行，"我胃疼。"

看到他满头是汗的模样，俞尧皱起眉来，赶紧将他扶进屋子里，道："胃疼怎么在我门口蹲着？"

"走不动了，"徐致远艰难地被他摆到床上，说，"就只能到你门口。"

"你……"俞尧想说你都这样了还不在屋里好好待着，喊管家去叫医生，但是看他那可怜劲儿，就没忍心说出口，他去倒来一杯热水，一手叉着腰，发愁地自言自语道，"你怎么也有这毛病，难不成是上次酗酒过度给伤到了？"

他说着就要下楼去给裴禛打电话，但是被徐致远叫住了。徐致远的风寒尚未痊愈，说话声中还是掺杂着些哑，只是让人觉得没有像前几日那样拒人于千里之外了，他说："我在你这坐会儿就不疼了。"

"说什么胡话，病了就好好看医生，忍着，我去叫裴医生。"

徐致远又唤道："小叔叔。"

"怎么了？"

"前几天躲你是我不对，"徐致远虚弱道，"我跟你道歉，你别不理我了。后面我们都和好，行不行？"

俞尧一怔，他跟徐致远闹脾气的"经验和能力"还是差得远，这冷战仅仅打了一中午便妥协了，他说："我什么时候不理你？"

徐致远说："今天中午。"

"今天中午是……"

徐致远伸出一只手指来，说道："我不听狡辩，我现在是病人。"

俞尧发愁地想把这主从家里请到医院去，奈何徐致远就像身上敷了层瓷膜，他动一下就哀号呻吟这疼那疼，还怨道："小叔叔，你扯到我胃了。"

俞尧："？"

他忍不住想起徐致远捂错心脏的"前科"，好奇地问这病人："你知道胃在哪儿吗？"

"我又不傻。"徐致远说，"我自个人疼哪儿还不知道吗？"

俞尧叹了口气，在这人面前蹲下身来，说："要是实在走不了的话我背你，我尽量轻点。"

徐致远乖乖地趴了上去，正好，他胸膛前的硬徽章硌到了俞尧的背——那是既明大学的校徽。

俞尧的动作稍微滞了一下，徐致远见他没反应，唤道："小叔叔？"

"你……"俞尧站起身来，犹豫了一会儿，最终还是补上了迟到几天的赞语，"你做得很棒。"

"……什么？"

"考上既明。"俞尧轻轻笑了一下，道，"凭自己的努力办成一件事，感觉怎么样？"


笑声很近，像是耳旁掠过的一缕风，这让徐致远愣了一下。

他曾经的最高理想只是做个不招惹是非的混子，整个人是只没有目标的浮萍，躺平了随风逐浪。若是有人和他谈未来与人生理想之类的话题，是要吃他白眼的。他总美其名曰"少爷我乐在当下"，实际上这只是迷茫无措的一块遮羞布。后来雾稍稍散去一点了，是因为他这个从天而降的小叔叔给他拎来一盏灯。

他曾无数次幻想过自己能够名正言顺地小叔叔的课堂上念书，在拿到既明的入学资格之时，徐致远要高兴死了，他恨不得当时就飞到北城或者吴州去，在徐老爷和俞尧面前开屏。喜悦的余留使徐致远听到俞尧的询问时心脏疯狂地跳动了起来，他把得意的语气压得平淡，说："还好吧。"

谈起自己两个月里的闭关求学，徐致远开了话闸，完全忘记了自己是个"病人"，直到俞尧提醒了他一句："你不是胃疼吗？"

"……"徐致远的声音一停，模糊不清地道，"我忘了。"

从徐致远趴上他的后背开始，袖口暴露的水渍就已经让俞尧知道他那"满头大汗"是假的了。

俞尧设陷阱抓兔子的技术也有所长进，他声音很沉静，道："哦，你不寄书信的两个月，还说闭关求学，就学了怎么装病和油嘴滑舌吗？"

徐致远好像第一次听见小叔叔这种语气，但趴在俞尧的后背，看不到他的神情。徐致远狡辩道："我搞错了，可能疼的不是胃……啊！"

"搞错？"俞老师把他从背上丢下去，道，"那行，我教你对的。"

徐致远："……"

李安荣下班早，买了些日用品回来，见到楼下的搪瓷盆里盛着未倒的清水，刚想把它端出去，就听见楼上一阵徐致远的哀号。她好奇地上楼去，就见到俞尧跟教小孩物识物似的，挨个给徐致远掰着四肢关节细数名称。

是毫不"怜香惜玉"的硬掰。

听徐致远的叫声，怕是天王老子请出来了也无济于事。李安荣撇了撇嘴，对儿子的惨状袖手旁观，"啧啧啧"了几声下楼去了。

"课"上完了，徐致远躺在床上为他受苦的四肢百骸鸣冤，看着整理衣服的俞尧，求饶了一通，嗓音又哑了不少，他用一种精疲力竭的虚弱声线道："尧儿，你什么时候这么……"

俞尧微微垂了一下眼眸，衣袖整理好了，才说道："你没学够是吗？"

"够了，"徐致远连忙伸出一只手来，止住他，道，"谢谢老师，我不学了。"

俞尧一拖凳子，继续坐到桌前备课。

"我不闹了，说正事。"徐致远从床上爬下来，坐到桌子上，试问道，"之前还没问你呢，你回北城的相亲怎么样？"

俞尧的笔在不合适的地方顿了一下，横没有拉直，他说道："什么？"

徐致远说道："就是我小婶啊，怎么不带回来让我见见。"

俞尧随口扯了一个谎，说："她……她来南方不适应，以后会考虑的。"

"这样啊，"徐致远把胳膊盘在胸前，说，"那你什么时候成亲，我好盘算着给你存份子钱。"

俞尧抬头看了他一眼，又低头继续写着，说："……不知道。"

徐致远好奇道："你怎么了，你不喜欢她啊？"

"不是，"俞尧只能无奈地道，"你不是要专心求学吗？替我操这些闲心做什么？"

"我为你着想，怎么能叫操闲心呢。"徐致远挑眉道，"我这不是怕你这尊迟钝的木头把良缘给晾没了吗？"

俞尧皱眉："小浑蛋。"

徐致远继续地主上身："又一次，你可欠我五声哥哥了。"

俞尧："……"

大地主算完了账，走之前吹了声口哨，快活地回屋做题了。

# 第8章 狡兔

周楠又一次被经理从田松银行里赶出来，这次银行下了彻底逐客令，若是他再来纠缠一次，就要被列入禁入人员的黑名单了。

他在门口站了半天，天竟飘起了毛毛细雨。人都说春雨贵如油，这早春不宜时的第一场雨，是哪家大善人在贫民窟撒的票据，自我感动地千金散尽，被"救济"的文盲们却只能拿着白纸黑字睹物思人。

他心中发出感慨，想仰起头来被这珍贵的雨浇灌一通，但挤了半天也掉不出一滴泪来，融入不了这意境。于是他放弃了天人合一，抱着被摔在桌面上数次的简历，老老实实地回去上课了。

他觉得上午的课并不重要，加上俞老师平时偶尔才翻花名册，若是幸运，可以从他眼皮底下溜一节。

他这么想着，早晨第一节就去外文系蹭了日语课，但是手中空空无笔记，也不舍得在精心准备的简历上乱写画，一个时辰仅仅就凑了个热闹，他心想着后半段可以回去把俞老师的课剩下的尾巴听完，垂头丧气地穿过走廊走回熟悉的教室。

他走路习惯低头，若是遇着个和他一样不往前长眼的，或是着急起来不看路的很容易撞上。今天的周楠就托了春雨的福，很幸运地撞上了。

对方却没有什么反应，只是稍微颔首，匆匆往前走去了。周楠眨了眨眼，这才发现自己撞上的贵人是冬以柏，舌头慌乱地将一声"冬少爷对不起"递到嘴边，定睛一看，发现一枚校徽叮当落在了地上。

他嗓门细，说话的气儿又不足，喊了声冬少爷却淹没在人群里。他心想着给这少爷留下个好印象，于是将校徽捡起来，也加快脚步跟上去。

可冬以柏腿快，没一会儿就甩下他许多步。周楠发现冬以柏走的路并不是通向他们平常上课的教室，沿途的学生越来越少。加之他神色匆忙，周楠心中有些奇怪，他心里想着，跟过去大概能看到这少爷在偷摸地做什么，说不定方便他钻空子跟这冬家小少爷搞好关系。就算被发现了，他还可以拿还校徽当借口。

他攥紧了手心里的校徽，鬼使神差地躲着身子跟过去。

果然在一处人迹罕至的竹林小径中，冬以柏停住了脚步。这个地方偏僻，又有树木石遮挡，更适合周楠藏身。

"你把我约到这破地方，是想约架还是绑架啊？"周楠听到了熟悉的声音，声音的主人徐致远从一块刻字岩后面绕了出来，皱着眉头对冬以柏说，"还是说你脑子又犯病了？"

"徐致远，你最好把嘴洗干净再跟我说话，"冬以柏抽了抽嘴角，指着他道，"你今天要是得罪了我，以后哭都没地方哭。"

徐致远戏谑道："哟，什么事这么严重，吓死我了。"

冬以柏瞥了他一眼，看样子就十分不想和这人说话，隐忍了半天，终于还是问道："你哥呢？"

"什么我哥？老……"徐致远差点就脱口而出一句"我是独生子"，幸亏这次脑子转弯快，及时止损，咳了一声，说道，"徐……徐明志他出国了。"

238

"完蛋，"冬以柏骂了一声，自言自语地道，"你怎么不早跟我说，行了，这下没救了。"

"我哥出国凭什么跟你说？"徐致远没耐心地道，"你别在这跟我打哑谜，什么没救了，有事说事。"

冬以柏瞪着他说："俞尧要被既明大学解聘了。"

徐致远心中一跳，差点就要上去拎他的领子了，盯着他，道："……你说清楚。"

"上次补课的时候，我爹想把姓俞的招揽过来，谁叫他不肯，现在我爹要对付他了。"冬以柏道，"我们家现在是既明大学的股东，我爹想干什么，校长得听他的。徐明志不是认识我爹吗？要是他还在的话，至少可以替俞尧说说情……"

徐致远往前逼了一步，森森地说道："你就回去告诉冬建树，让他不要伸这么长的手，小心徐镇平给他剁了。"

冬以柏冷哼，说："你爹现在在吴州区，淮市要来新主人，那孟彻可是我爹的朋友。就算徐镇平要管，这件事也只是大学里再寻常不过的教师解聘而已，若是理由正当，他能干涉得了多少，值得他大动干戈？"

"徐镇平难下手，不代表他儿子不可以'大动干戈'，犯不着你来管，"徐致远听着他的那句"而已"，又想起俞尧煞费苦心去引导他的事情，手上青筋直跳，心中生气得很，拎起他的衣领，轻轻一下就推到了石上，说，"所以你来跟我说这件事是做什么？炫耀吗？"

"你能不能不要随便就动手动脚！"冬以柏的体魄实在是短板，他抓住徐致远的手腕，说，"我要是想害姓俞的还过来找你说什么！"

徐致远手上的力气松了一点，说："哦？"

"我……欠他个人情，少爷从来不欠人情。"冬以柏咬牙切齿地道，"我把这件事告诉你，是想让你哥帮忙留住他，现在他出国了，谁还能救得了俞尧？"

"还有你啊，"徐致远试探着说道，"你去告诉冬建树，他要是对付我小叔，你就去投湖自杀，他保证就停手了。"

"滚！"

徐致远："你不是要还人情吗，你欠了他多少人情，值得这么还？"

"值得个屁，我脑子被驴踢了干这种蠢事，你松开我。"

徐致远上下打量着他，见他这副真情实意的欠揍样不像冬建树的帮凶，大概不是故意来演戏钓自己的，于是从口袋里掏出笔和纸，说道："立个保证签字，我就相信你。"

"签什么，我只负责告诉你个行得通的法子，现在法子没了也没我事了。俞尧爱走不走。"冬以柏说完一扭头。

徐致远打量他许久，心想他小叔叔看人还真没差，这表面上看上去狼心狗肺的冬以柏竟然还有点感恩之心，冒着被他爹发现的危险来给他通风报信。

徐致远姑且信他一回，说："你只要签了，保证不是骗我的，我就有办法。"

"你……"冬以柏犹豫一瞬，转过头来问道，"你有什么办法？"

"别问了，那是我小叔，我拿着比你珍贵，不可能出岔子。"徐致远把"我"字吐得极为清晰，说道，"你只要签字保证，然后配合我。"

冬以柏白了他一眼，半信半疑地拿来纸条，思虑许久之后，刚写一个"冬"字，纸条就被徐致远拽住。

"怎么了？"

"你，"徐致远忽然道，"抛去这件事不提，你以后离俞尧远点，听明白了吗？"

冬以柏皱眉："？"

周楠躲在竹丛里一动不敢动，听了个全程，腿麻得像是被无数的蚂蚁啃咬，等没有动静了又候了半天才敢出来。

……冬建树要赶走俞老师？

他也不知道该说什么，攥着满是手汗的校徽，出着神回到了自己院里，上午的后半段课即将开始，学生们陆陆续续地进了教室。俞尧平常对于周楠其实是异常关注的，家中贫困的周楠也因此得到了一些照顾，但他个人对于俞尧的情感十分复杂，主要是因为……

"周楠？"俞尧手拿着一本课本，说，"你上节课怎么没来？"

低头走路的周楠撞上了今天的第二个人，但是因为此人刚在自己的脑海里闪过，所以这次周楠忍不住叫了一声。周楠心想自己今天运气是真"好"，破天荒地逃一次俞老师的课就撞上了他点名。

"怎么了，心不在焉的。"

"没……没事……"

俞尧的语气有些严肃，但仍旧平稳沉静，他说："那有空吗？跟我过来一下。"

"有……"

周楠胆怯地瞥他一眼，跟着俞尧进了办公室。

桌子上摆着他的信息表，虽然被书压着，他还是从那一角露出的字迹中识别出来了。

周楠不禁心惊胆战，果不其然，俞尧开门见山地道："你去年下半年多门课的成绩都没有达标，而且听老师说……你出现旷课和迟到行为，是吗。"

"我……我其实是……"周楠是想说他在勤工俭学，但是一想到自己"勤工俭学"的地方根本没着落，说出来可能叫俞尧当场揭穿，于是把嘴闭上了。

"没关系，你可以解释原因。"

周楠低头道："……是。"

俞尧看着他许久，叹了一口气，说："你知道，我是助学贷金相关的负责人，你的申请一年前通过，现在位于名单之列，若各门成绩合格，原本去年下半年就可以领到七十元。"

他道："但是现在不仅领不到，我还要因为你旷课和成绩不达标，要给你的父母寄通知信。"

"不是……"周楠慌了，"您别寄，我父母他们身体不好，而且不识字，读信都要找村口的先生读，我……"他道，"您能不能……通融一下……"

他说话声越来越小，最后闭了嘴。

他说到通融二字时自己说话都没底气，俞尧出了名的做事严谨严格，跟温润的好脾气大相径庭。周楠能用苦情戏打动之前的负责老师，但是心里明白，自己啃不动俞老师这块骨头。

"周楠，这是规矩。"俞尧说，"你要是不想，就将不好的学习习惯改掉，好吗？"

周楠欲哭无泪地点了点头，清晨的春雨没叫他哭出来，俞老师却快叫他哭了。他支支吾吾地解释了一会儿，最终还是无奈地回到了教室里面。

信息表里写着家庭地址，他肯定已经寄了。

周楠这么想着，坐立不安了一节课，又没有听进去。


俞尧确实已经写完了信。

最后包了七十块银圆，塞进了包裹里，结结实实地又缠了几层。

刚做完这一切，徐致远就敲门进来了，刚好给俞尧省了劳动力，正好使唤他，道："把这个交给学校的邮寄处去。"

徐致远一撇嘴，接了过来，说道："学校不是没给他发助学贷金吗？你自掏腰包啊。"

俞尧动作一滞，瞪他一眼，淡然地道："你，偷听了。"

毫无悔过之心的徐致远一掂量包裹，自信地猜测道："你信里不会还写了这是他自己打工赚的吧？成绩不合格，提出批评但因爱家之心拳拳，遵既明校训之孝道，所以写此信表扬？"

俞尧沉默。

徐致远一挑眉："我说中了。"

俞尧冷着脸赶他，说："快去。"

"我就是你肚子里的蛔虫，"徐致远耸肩，就当跑腿锻炼身体了，道，"小叔叔，你的心思我这边可是看得透亮。"

俞尧："……"

俞尧在手边备了本一节指节厚的书，是上面尽是外文，徐致远看不懂，但是俞尧随手抄起来的时候，他就知道该后退保持至少两步的安全距离了。

因为这本书主要用于徐致远插科打诨时，弥补俞尧没有称手武器的空缺。

于是徐致远能屈能伸地向后挪了一步，伸出一只手指来，说道："俞老师，君子动口不动手，你这是体罚学生。"

俞尧说："你过来，我不动手。"

徐致远得了便宜又做出正义凛然的模样，说道："那不行，学生犯错了，就该罚。"

俞尧："？"

俞尧盯着自己肚子里这条自相矛盾的蛔虫，只见他笑道："我不介意老师动口。"

俞尧蹙着长眉，看着他后撤了几米远的他，刚脱口一个"你"字，这兔崽子揣着信件跑出办公室，没影了。

他望着桌子上飞来的一只小虫，发了半天呆。


淮市入春，天气渐暖。

小疾小病容易跟着春风一起回暖，徐致远的感冒刚愈，李安荣接着

"步上后尘"。她郁闷得很，只要是在家听到打喷嚏的声儿，就会听到李安荣的一声"臭小子养这么大也没见多孝顺，得个病倒是第一时间传染给我"。

孝顺儿子坚信不是自己传染的，每到这时候，他就会仰头不服气地回一句："我染病的时候也就偶尔回来几趟，你见我的次数都没有尧儿多，人家还好好的呢。"

李安荣见着小子"闭关"时的自闭劲儿过去了，心中算是舒了一口气，但也没妨碍嘴上损，后来的碎碎念就随机应变地变成了："臭小子养这么大也不见有什么出息，病毒都比他努力。"

徐致远："……"

孝顺儿子服了。

初春长芽的不只有新柳，徐致远怀疑自己也慢慢长了只乌鸦嘴，刚说完俞尧好好的，本来一切风平浪静，某天晚上下学回来时，俞尧挂好外套，打了个喷嚏。

这一声跟李安荣的极其同步，打完了两人面面相觑，陷入了三秒的安静。

徐致远身为唯一健康的"传染源"，处在二人中间，揉了揉眉心。

这下他是真的相信病毒比他有出息了。


俞尧正好打算请两天假，在家休养。

徐致远还要上学，去岳老家补课，但把回家的时候提早了一些，抽出空闲照顾俞尧。

俞尧其实也不用他照顾，风寒又不是什么大病，加之他平时的身体就不错。除了会乏力发困，胃疼闹腾几次了之外，与平常无异。

但他还是默许了徐致远到房间里待着。徐致远就在他房里做功课，写乏了就拉小提琴。时不时还要往李安荣的房间走一趟，端饭倒水。管家叫他安心读书，自己来照顾徐太太，但是徐致远却说这正好是让他妈看看自己孝顺儿子的时候，推着管家让他去忙自己的。

管家说，那我照顾俞先生吧。

徐致远说，这个就更不用劳烦你了。

俞尧平时在床上闭眼小憩，听着徐致远算数时嘴里轻轻的碎语，若是渴了叫声"致远"，手里就会被递来一杯温热的水。

他有时候盯着书上的一个字看半天，会忽然有那么一个瞬间以为自己老了。回过神来时才发觉，这种安然休闲的日子，的确是他想在晚年拥有的。

现在想暮年还为时过早，俞尧想要下床去洗把脸清醒一下，但是被徐致远拦住，他说："小叔叔，你去哪儿？"

俞尧想了一会儿，突然习惯性地就给自己找到事干了，他说道："我去田松银行一趟，之前替学校办的事还差些尾巴。"

徐致远把胳膊往椅背上一跨，说道："你都请假了，就别去了。你告诉我什么事，我帮你跑腿。"

俞尧也闲着没事可干，便说："这个不能别人替，你好好做功课，我一会儿回来。"

"那行吧……"徐致远敲了敲桌子上的一摞书，说道，"那待会儿我再搬点东西过来哈。"

俞尧看了一眼那一堆待补的课本，替他叹了口气，说道："行，你慢慢补。"

可是等俞尧从银行里回来，发现徐致远把枕头被子搬过来了。

俞尧站在床前，看着铺被的徐致远，皱眉道："你干什么？"

徐致远定了动作，无害地盘腿坐在地上的床褥上，说："我不是说搬点东西过来吗？你同意了啊。"

俞尧："……"

他指着桌子上的书本，说道："你不是搬书吗？"

徐致远无辜极了，说："小叔叔，天地证明，我什么时候说搬书了？"

"……"

确实。

俞尧打开窗，打算把这个装傻的兔崽子用被子卷起来一块儿扔出去。

但徐致远早就预谋好了，在他出去办事的几个小时做完了功课，给母亲送完了药，吃完了饭，洗好了自个儿。

于是准备充足的他趁势被窝里一钻，裹紧了自己，闭上眼睛贴着墙，说道："小叔叔，给你留饭了，吃完了收拾收拾就来睡吧。"说完把头一缩，将被子和自己合并成一个团，挪到床脚贴着，俞尧打不着。

俞尧："……"

他让这兔崽子气笑了。

等他收拾完了，徐致远还在那只壳里待着，也不知道闷不闷。俞尧拍了拍圆润的被子，说道："回去睡。"

徐致远没动静，俞尧跟他僵持了很久，终于妥协地叹了口气，说道："那你一晚上就这样吧。"

徐少爷肯定不会乖乖这样的。等俞尧拉灯了，他的脑袋也就探出来了。

俞尧背对着他，听着他钻出被窝那深深的呼吸，也没搭话，睡自己的。

出乎意料的是，徐致远一直老老实实，一直到半夜，徐致远轻声说道："小叔叔，我睡不着。"

俞尧仍旧闭着眼，他说道："合眼，静心，就睡着了。"

徐致远不听，跟俞尧聊起天来，他仰躺着枕着自己的双臂，问道："尧儿，你为什么要来这里做老师啊？"

这个问题在他们两个初次相遇时也徐致远问过。俞尧说自己是为了传道授业，可经历种种之后，徐致远发现既明似乎没有表面上那样平和——不仅有类如冬建树的人物在背后牵线、搅浑水，学校在教学管理上也是小心翼翼，不敢有什么大胆创新之举——这里不是一个适合俞尧研学的安稳之地。

俞尧背对着他，补充了他的答案，道："因为这里有学生。"

徐致远读不出来什么深意，以为他小叔在敷衍自己，说道："又不是什么学生都得你来教的。"

俞尧叹气，但还是耐心地解释，他的声音清晰："无论身为何人居于何职，都不要给自己设一些傲慢的门槛，学者、教师尤是。"

徐致远若有所思地"嗯"了一会儿，他还想再说什么话，但床上的俞尧卷着被褥翻身，像是个累了一天的父母无奈地管教家里活力过剩的小祖宗，他语调里拖着倦意和感冒的鼻音，说了一声："致远，睡觉。"

大概能想象到他发愁皱眉的样子，徐致远轻轻地笑了一声，于是结束了他们两个短暂的夜谈，道："尧儿，好梦。"

因为感冒和病假，俞尧睡了一个难得的懒觉，翌日醒来时骨头都痛，蒙眬之中下床，发现徐致远和他的被子一起消失了。

外面天光大好，但还有些早春的余凉，俞尧只披着一件大衣，在院子里看到了徐致远正在将桶里的湿被单拎出来晒。

俞尧奇怪道："你这么着急洗它做什么？"

徐致远正专心致志地发着呆，没注意到俞尧到了他身边，吓了一跳。他把被单囫囵地搭到铁丝上去了，说道："它发霉盖着不舒服。"

"你都还没有拧干就晒，"俞尧伸手去将铁丝上的被子攥在一起，用力拧了一下，水哗哗地落进了木盆里。

徐致远参毛似的将被单夺到铁丝一边去，顾不上手湿，抓着俞尧的手臂把他拖回屋里，说道："你生病了还跑出来，去屋里好好待着。"

俞尧觉得他在掩饰些什么，以为是他第一次学着自己洗东西，怕人看见。于是为了保护少年人的自尊心，待屋子里了。徐致远把被子拧干之后招呼都没跟俞尧打，就匆忙地上学去了。

他前脚刚走，后脚裴禛就来了。他看着那飞奔的身影，问俞尧："小少爷这是去哪？"

俞尧说："去既明上课。"

"他居然考上了？"裴禛眼睛一弯，笑道，"看来俞老师的苦心没白费。"

"跟我没多大关系，"俞尧看着他手上提的东西，说道，"你来就来，提这么多东西做什么。"

"这昨天你不是问我开药吗，苑知道你感冒了，非要让我来看你，我说又不是什么疑难大病。"裴禛无奈地笑着，举起手中拎的布袋，说道，"里面有姜和刚杀的鸡，你可以叫管家熬姜汤喝。你得收啊，你不收我可回去挨埋怨了。"

俞尧只好谢了他的东西。请裴禛进屋坐下，自己去上茶。

"你回来，不用那么麻烦，哪有医生使唤病人的道理。"裴禛跷着二郎腿，双手交叉放在膝盖上，好奇地说道，"这小少爷怎么就忽然奋发图强了，你这做私教的不知道吗？"

俞尧摇头，将刚泡上的茶壶摆在茶几中间，沉默了一会儿，道："是到了该懂事的年纪，自个儿想通了吧。"

裴禛笑道："你没奖励奖励他吗？"

"还没来得及。"

裴禛见他表情没有波澜，挑起一边眉，道："人家为了你考上了既明，口头奖励总得有吧。"

俞尧郁闷地盯着他，道："什么为了我？"

"你看不出来吗？小少爷这样的孩子并非朽木不可雕，而是需要一点外在的动力。"裴禛道，"他现在的劲头便是你带给他的。"裴禛换了个简单的说法，"他就想得到你的评价和夸赞。"

俞尧不语。

"如果不信，你可以自己问他，"裴禛说，"你问他若是俞老师不在既明教书了，他还愿意这样努力吗？"

"……"

现在的徐致远确实从当初的不上进中脱身了，却又转身跳进了另一种让俞尧十分头疼的情况。

"我只希望他能不要再像一个孩子似的考虑问题，别无强求。"俞尧的眉间攒着些愁，将茶推到他的面前，道，"裴医生，喝茶。"

裴禛看着杯子里慢慢倒满茶水，瞥了他一眼。他端起来吹了吹热气，沉默着小口喝完。谁也没有说话，过了一会儿他起身说："我还得回医院，先走一步了。"

俞尧回过神来，脸上带着一些歉意，站起身来送他，说道："裴医生……帮我对苑道声谢。"

"好。"裴禛眯眼露出笑意，走出门了。


俞尧的身体不错，假完了也好得差不多了，他以为自走后留下的事情终于全都解决了，却没想到学校里还有更大的新麻烦等着他。

俞尧回既明，第一件事就是被校长喊了过去。

校长平时脾气和善，对每个老师的情况都有了解，他尤其欣赏新来的俞尧。

俞尧与校长的关系也不错，二人偶尔会挑私下的空闲聊些学术上的问题，印象里这位六十多岁的老校长，脸上总是带着笑纹的。但将他叫到办公室时，神情并不好。

俞尧恭敬地叫了声岑先生好，站在桌旁，道："您叫我来有什么事吗？"

岑校长戴上眼镜，一指桌子前的椅子，说道："你先坐。"

俞尧坐下，岑校长开门见山地说了："俞老师啊，我听说您在课上鼓动过学生去反抗淮市政府和外国军队？"

"先生您可能误会了，"俞尧知道校长对于他负责的一些校内活动有意见，面容平静，说道，"提醒他们不要甘于眼前虚假的和平，时刻保持清醒，记住耻辱。我认为这是每个既明老师该做的。"

"我理解你的想法，这种教育绝对不能少，"校长十指交叉放在桌子上，说道，"但是我们要做得隐晦，平和去地引导他们的思想，而不是促进他们的激进行为。"校长摊开手，慢慢地一字一顿道，"这些只是手无枪刀的学生，未来才是他们大显身手的时候，你现在去教他们去做无谓的牺牲，只会毁了他们的前途。"

"我不认为学生自发地组织爱国主题的朗诵和讲演活动是激进行为。"俞尧说道，"这些只是他们将想法付诸实践的合理尝试而已，正说明了我们的启蒙和引导起了作用，不是吗？"

"抛去从前的学术活动不谈。"校长用手指点着桌子，声音里稍带着一些愠意，道，"俞老师，你觉得去田松银行滋事，扰乱办公也算是合理尝试吗？"

俞尧皱起眉来，问道："什么？"

"你自己看吧，"岑校长将一份文件从桌子上推过去，说道，"我问过领头学生，他们这个活动是经过你批准的。"

俞尧捡起桌子上的文件，眉间拧了疙瘩。

"今天冬建树先生来找我问责了，"岑校长深呼一口气，摇头说，"他很生气，要我们揪出批准这个活动的老师，不然就将那群学生全部开除。我已经询问了那群学生，还没有将结果跟冬先生说，叫你来是给你一次机会，去彻查这件事。"

俞尧沉默了半天，只说了一声："可我对这件事并不知情。"

"我愿意相信你，可是事实摆在那里，学生里有你门下的弟子，你可以去盘问他们为什么要这么做。"校长无奈地道，"如果明天你不能给出一个合理的结果，我们只能将调查结果交给冬先生。到时候他要求如何处理你，我也没有办法。"

俞尧心里咯噔一下，问道："我门下的学生？"


"俞老师！"

教室里的夏恩走起来，其他正襟危坐的学生也投过目光，全都焦急地站了起来。

俞尧在这群人之中扫了一眼，结果看到了在桌子上托着腮的徐致远。闭上眼睛深呼一口气，问夏恩："到底怎么回事？"

"俞老师，对不起，"夏恩眼睛里噙着泪，看模样差点要哭出来，"是我的错，我……"

"先不要道歉，给我解释一下事情的原委，"俞尧冷静地道，"我相信你，放心说。"

"好，"夏恩吸了一下鼻子，快速地理道，"您还记不记得上一次我给您递了一次活动申请？应该是昨天在田松大礼堂举办。本来去之前应该通知负责老师，但昨天您请了病假。我本来打算去和您说一声，可是几个学生以什么场地申请确认为由，提前领着近一半人跑去了田松银行。我觉得不对劲，赶到的时候，他们已经跟里面的员工吵起来了。说田松是洋人银行，不配开在淮市，愈演愈烈，还……"

俞尧听完，环望了一眼这群少年青涩又气盛的脸，他知道这群孩子一直对田松有意见，这次是怒火被有心之人当枪使了。俞尧直接道："是谁把你们领到银行的？"

学生面面相觑，回想了一番，报出了一个名字："曹向帆。"

俞尧显然不知道这个学生。

徐致远趴在桌子上，懒散地出声提醒道："欠我三百大洋的那个。"

学生全都回头望向他，徐致远说："冬以柏其中一个小跟班，曾经在食堂弄脏过我外套。"

"他在哪儿？"俞尧问道。

"曹向帆……不在这儿，他从一个小时前就被冬以柏喊走了。"有人举手说道。

"他从前都不来参加我们的活动，"夏恩攥紧了拳头，支支吾吾道，"会……会不会是冬……"

俞尧拍了拍他的肩膀，夏恩望着他——每次俞尧拍他的肩膀时都让他觉得十分具有安全感，俞尧说，"你只需要将事实告诉我，剩下的我来解决就好。"

"同学们，"俞尧朝这群义愤填膺的学生们说道，"你们只需回去正常地学习、生活，不要有过多的猜疑。如果有什么想说的，可以私下来找我聊。"

学生面面相觑，其中一个人举手道："可是……可是俞老师，主任说这次的事件严重，既明可能会开除我们……"他的声音越来越小，最后随着头颅一起低下去，其他人受到他的感染，也是一副忧心忡忡的样子。

"大家不用担心，你们的初心不坏，我会说服校长的。"俞尧看着他们重新炯炯发光的眼睛，伸出一只手指来，补充道，"但是吃一堑，长一智。大家往后要保持独立思考的清醒头脑，不要再像这次一样被情绪利用，明白吗？"

学生看着他，低头认错道："明白。"

俞尧并不算矮，但这些少年人正是蹿个子的时候，有一两个瘦胳膊瘦腿的，却长得比他还要高一点。俞尧挨个拍了一下他们的瘦削的后背，催促道："行了，快点回去，赶上吃午饭。"

他们恭敬地朝俞尧鞠了躬，从教室里散了。夏恩站在俞尧身后，眼睛里含着的泪还未消散，他怯懦道："可是万一……万一学校把您开除怎么办？"

俞尧朝他笑了笑，但是被徐致远夺过话头去，徐致远道："哪有那么容易。"

夏恩转头看向徐致远，他没有细想，只觉得俞老师有徐家庇护，就算将责任全揽下来，处分应该不会过于严重——但即便如此心中还是竖了一道小小的槛。

夏恩一吸鼻子，朝徐致远鞠了一躬，又朝俞尧鞠了一躬，也听话地离去了。

教室单独里剩了俞尧和徐致远两人，俞尧终于忍不住朝徐致远道："你怎么也掺和了？"

徐致远双手举起道："我不是涉事学生，只是听到消息过来查看而已。"

"那就好，"俞尧放心了大半，下巴一指门口，无奈地说道，"你也去吃饭去，都多大年纪了，别什么热闹都赶着往前凑。"

徐致远委屈了："俞老师，你怎么对我和对学生还是两副面孔呢。"

俞尧揉揉眉心，道："私下里你我是亲属，说话哪要那么多规矩。"

"说白了你就是跟我亲呗，"徐致远挑眉，手撑着桌子，抬腿直接从桌子上方跳过去，拍拍手道，"我们说正事，小叔叔，你要怎么处理这件事？"

俞尧垂下眼睫米，叹气道："我先去找冬以柏聊聊。"

"你不用问他，"徐致远道，"不是他干的。"

俞尧疑惑。心想这小子从前是与冬以柏水火不容，提到名字就苦大仇深的程度，怎么现在倒平和地帮人家洗清嫌疑了。

"怎么？你……知道些什么？"俞尧察觉出端倪，看着他道。

"我现在还不知道，得等会儿……"徐致远正说着，眼神好像有意无意地往路过的零散学生中瞥了一眼，黑亮的眼睛里忽然磨起了一只狡黠的小钩子，但只是一瞬就收回来了，没叫人发现。

俞尧追问道："什么等会儿？"

徐致远忽然弯下身子来，说道："现在保密。"

俞尧皱眉，正要开口，便听到耳边一声"砰"的巨响，旁边的窗户被人用力地打开了。

徐致远想是早就料到似的，云淡风轻地道："你不会轻点吗？"

窗外保持着开窗动作的冬以柏喊道："徐致远！"

徐致远镇定地一歪头，抚了一下脖子，说："关你什么事，你来干什么？"

"我来……"冬以柏狠狠地剜了明知故问的徐致远一眼，说道，"你说我来干什么？你给我滚出来说话。"

徐致远双手一插兜，计谋得逞的小愉悦没让他计较冬以柏的措辞，他正要走出去，俞尧清了一下嗓子，道："等会儿，你们要去哪儿？"

此时的冬以柏听到俞尧说话心中别扭得很，噎了半天，火药味儿十足说了一声："跟你没关系。"他又砰地关上窗，大步离开了教室前。

"小叔叔，不要生气。"徐致远也走出去朝俞尧招了一下手，道，"我去帮你揍他。"

俞尧蹙起眉来："……"


"你问出来了？"徐致远依着大岩石，抠下块风化的碎渣来，两指一捻成末，一口气吹散了。

"我爹让他干的。"冬以柏强忍着心绪波动，说道，"我爹让曹向帆还有另外两个人挑个俞尧不在的时间搅和学生活动，最好是闹到田松银行去，他们好有理由下手管。"

"自导自演啊？"徐致远嗤笑一声。心想曹向帆带着那群学生骂田松银行的时候一口一个坚定的"洋走狗"，看来对自己的定位还挺清晰的。

"是。"冬以柏道。

"我小叔牌面还真大，冬建树堂堂一个银行董事长，需要这么自砸门面地制造理由赶他？"

"这样的话俞尧走后，名声会受到影响。"

"哦，懂了。"徐致远道，"绝人后路呗，心善点还真做不出来。"

冬以柏终于忍不住瞪了徐致远一眼，大概是对徐致远字里行间对自己父亲的贬低心生不满，他怒道："那你们能怪谁？俞尧吃饱了撑的叫那些学生跟洋人对立，现在淮市和平，你们非要去点火，烧到自己身上来还要赖别人。"

"冬以柏，"徐致远双臂盘在胸膛前，说道，"你真的觉得那些洋人是真心想让我们'和平'吗？"

冬以柏嘲笑道："你出过国吗？你会几门语言，你又跟多少外国人交流过？就来质疑我的观点。"

"我没出过国，除了汉语别的语言一门不会，交流只会用手比画，"徐致远毫不觉耻，他沉静地看着冬以柏道，"但我也知道别人把枪炮架我家门口上，还毫不客气地吃我家米粮，是浑蛋和强盗干的事。"

"怎么着，你看他们吃起来笑眯眯的，细嚼慢咽有礼貌，就想着欢迎他们了？"徐致远皱眉道，"居然还管叫这和平，叫好客。你渡太平洋的时候脑子灌了几斤海水？"

冬以柏沉默不答，过了一会儿后才慢慢地哼了声，说道："我看你是把鲁莽和无知当骄傲。"

"停，我不跟你谈这些，"徐致远伸出一只手来打住，现在不是跟冬以柏闹掰的时候，他只冷声说道，"咱俩压根也沟通不了。我们现在只谈曹向帆和你的好爹……再提别的，我怕我忍不住想把你脑子里的水给打出来。"

冬以柏瞥了他一眼，说："你想问什么？"

"你是怎么打听的来曹向帆是受你爹指使的？"

"曹向帆知道我讨厌……"冬以柏微微一顿，说道，"……讨厌俞尧，他觉得我跟我爹就是一伙的，就没必要瞒我。"

那轻微的一顿被徐致远抓住了，他故意地打了个哼，说道："俞尧还没说什么呢，你芥蒂倒挺深，看来以后还得让他防着你点。"

冬以柏一愣，皱眉道："你是小孩吗？听句话就告状。"

徐致远不慌不急地道："你既然讨厌我小叔，这么在乎他怎么看你干什么？"

"我……"

"我不管你怎么想的，你刚才也看到了，"他走上前去，睨着冬以柏，脸上带着些不容置喙的压迫感。他一字一顿地道，"俞尧是徐家屋檐下的人，是我小叔。你和你那好爹都休想碰他一根头发。"

"……"冬以柏让他的神情惹得背后生寒，咬牙切齿地道，"徐致远，你有病。"

"你知道就行。"徐致远笑了笑，继续说正事，"既然那曹向帆觉得你和他一伙，那你的话他是不是也听？"

冬以柏觉得这人有疯子的潜质，实在是不想和他说话，硌硬了半天，想起自己还有签字押在他那儿，只好说道："是。"

"他会自导自演，我们也会。"徐致远说道，"明天中午想办法带他去食堂，到时候他听到什么，想出什么主意，你依着他的说法同意就是。"


夏恩喊周楠去参加助学贷金学生的交流会——岑校长不嫌麻烦，让学生分批去，说人少更好了解情况。这一批轮到他们系的几个班了。夏恩跟周楠报了个时间，周楠只是敷衍地点了点头。

夏恩走后，周楠将空白的建议书夹进了物理教学书里。

他并不打算去——自己的评判结果里被俞老师划了一条"成绩不达

标"，又分不到钱，去了也是自取其辱。加上他今天还要去一家报社递简历，没有时间。

俞尧往他家里寄的信已经让周楠辗转反侧许多天了，怯弱地不敢盼着家里有什么回声，也不敢去发出什么抗议，心里埋怨着俞老师较真又不通理。可在担惊受怕之中像模像样地认真听了没几天，又回归了翘课找工作的老本行了。

他这样想着，垂头丧气地来到食堂打饭。抬眼就看到了穿着西服的冬家小少爷和平时跟着他的几个学生。他一敲脑袋，记起冬以柏的校徽还在自己手里的事——他这几天一直带在身上，正等着有一天能让它为自己在冬以柏心里加一个"印象分"，他在身上上下摸索，找到了那枚校徽，正要朝冬以柏走过去时，便见到一个瘦弱的身影擦碰了一下冬以柏露出桌外的手肘。

筷子吭当一声砸到了碗筷边缘，冬以柏对面的那个人——周楠能认出是曹向帆来，他大吼一声："你没长眼睛啊？"

"对不起，"吴桐秋好似有什么急事，目视前方，只冷冷地撂下一声就匆匆向前走过去了。

"你……"

冬以柏只使个眼神，曹向帆把后面的话化成了一声粗口，乖乖地噤声了。

他这声吆喝倒把吓了周楠一跳，他怯怯地顺势将餐盘一放，坐在了他们的近处，假装并无来找冬以柏的目的，仅仅是个路人。

曹向帆啧了一声，道："少爷，这女的不是之前在南墙挑事的那个吗？听说当时还是俞尧把她给捞出来的。"冬以柏"哦"了一声，目光一直落在吴桐秋的身影上，曹向帆的注意也被吸引了过去。

只见不远处的吴桐秋拍了拍另一位女生的肩膀，说了些什么。

"哎……那个不是经常去咱们班蹭俞尧课的女的吗？岳剪柳？"曹向帆疑惑道。跟俞尧有密切联系的两人让他有了警戒之心，他看着两个女生皱起了眉头，在嘈杂之中凭口型模模糊糊地认出来，两个人的对话好像中有"俞老师"。曹向帆像是逮着个立功机会似的，回头眼睛发亮地看了冬以柏一眼。

冬以柏大概也听到了，用下巴一指，轻声道："打听打听。"

曹向帆赶紧偷偷摸摸地跟着两位女生出了食堂。周楠紧张地往嘴里舀了一口饭，正心不在焉地咀嚼着，半天过去，餐盘只剩下残羹之后，曹向帆风风火火地回来了，兴奋地朝同伴宣布道："大事！"

冬以柏皱眉，示意他小声，问道："怎么了？"

"我刚才偷听到她们说，俞尧不服学校上次的处理，今天暗中组织了一批学生去了九号教室209开会，在谋划点东西。吴桐秋正考虑着要不要参加。"

周楠的筷子一滞。

同伴道："哟，俞尧要造反啊？"

"造反不至于，他那性格也做不出太过的事，"曹向帆笑嘻嘻地道，"但私自举行学生集会，还发生是在上次田松出事之后，给他宣扬出去，说他不服从学校管理策反学生，就够既明开除他了。"

他看向冬以柏，冬小少爷挑起两边眉毛，谨慎地说道："光凭听来的就确定吗，别聪明反被聪明误。"

"您提醒得对少爷。"曹向帆的眼纹里露出谄媚的笑意来，他看向同伴，轻声说，"我待会跟他偷偷去209看一眼，确认一下。"

冬以柏将用完的碗筷朝他们一推，双手插兜，站起来说道："按你想的做，别露馅就行。"他走出食堂的时候，路过周楠身边，无意地扫了他一眼，周楠仍旧若无其事地吃着他的饭。

曹向帆一群人把少爷和自己的餐具收拾好了，连忙出去了，急切得像生怕耽误了投胎似的。

周楠这才敢放开腮帮子去嚼东西，心中暗自嘟囔着：第九教室209……校长办的那助学贷金交流会不就是在那儿吗？

曹向帆远远地看了一眼"209"的牌子，朝同伴比了一个嘘，自己哈腰弯背地潜到窗户下面。巧的是，这里正好有一扇窗开着。

他朝同伴招了招手，让他潜到那块偷听的风水宝地来。

屋中的傅书白坐得近窗，他用钢笔抵着下巴，听周围的学生在聊些学习生活上的琐事，时不时地还插科打诨地搭一句。但他一边又在教室沿走廊的三面窗上留了眼神，有麻雀飞过，啾鸣的动静叫他说话的声音顿了一下。

"怎么了？"同学问道。

"没事，刚才忽然忘记自己要说什么了，"傅书白笑道，"我这脑子就这样。"

鸟儿翅膀扑簌之下，有一小块白色校服的衣摆让他的余光捕捉到了，傅书白眼睫一垂，知道外面来了人。

他面上与同学谈笑风生，却桌子下伸出脚来，微不可察地在夏恩的凳子腿上轻敲几下。

夏恩正紧张兮兮地转着手指，这轻微的动静被紧绷的神经无限放大，他忽然噌一下站起来，凳子被"刺啦"向后一推，这使班里的学生静了下来，纷纷看向他。

傅书白保持着微笑，抚了一下额，用拳头抵着嘴巴，几乎用气音和咬字道："不要紧张，剪柳和桐秋去拖校长了。"

"同……同学们，"夏恩的喉结滚动了一下，突然说道，"在开始之前我先统计一下，大家有多少是俞尧老师直接负责的。"

这一批学生没多少人，来的大都是物理院的学生，掺杂着文哲学院的部分人，于是在场的大都举起了手。

"好……俞、俞老师应该一会儿到。"夏恩又磕磕绊绊地说，"你们有多少人已经收到贷……已经收到钱了？"

举手的零零散散地换了几个人。

"好的……一会儿我们就开始。"夏恩额头冒汗地盯着桌面，用食指抵了一下眼镜，无话可说了，道，"呃……同学把窗户关一下。"

傅书白起身去关窗，外面听到动静的两人赶紧往"风水宝地"旁边躲了半米，学生的声音便被闷闷地关在教室里了。

曹向帆和同伴对视着，嘴角有几丝鄙夷的弧度，他们按照原路返回，走远了声音逐渐大胆了起来。

"又可以加一条罪名了，"曹向帆明显信了夏恩掐头去尾的话，得意道，"物理院某年轻副教授贿赂学生。"

同伴也从中嗅到了"立功"的味道，急切地问道："那我们现在怎么办？"

曹向帆道："你立刻去主任那里举报，让他赶紧到这里来，趁他们还没结束抓个现行……我去通知冬先生。"


而半个小时前的冬府的门口，俞尧刚下车。

他将了一下西服袖子，回头，对跟着他下车的人皱眉道："你跟来干什么，不是让你在车里待着吗？"

他今天约了冬建树见面，解释学生的事，谁知道徐致远非要跟来。他在路上跟这兔崽子商量了半天，让他待在车上别下来，结果到了地方，苦口婆心全部白搭。

徐致远特地穿了正装。虽说是长身体的年纪，徐致远却也不像同龄人般瘦得像仿佛一打就散。西服背心正好将窄腰宽肩裹了出来，正经地将头发梳上去，不苟言笑时，剑眉星目之间有种凛冽的英俊。

"我说了第三遍了，今天下午没有课。"他在冬府门口也不知收敛，保证道，"我就在一边听，不闹事。"

俞尧道："不行，回车里待着。"

徐致远跟他要赖，一直赖到了冬建树从窗户中看到了他们出门查看。他看到徐致远时一愣，接着脸上换了一副意味深长的笑容。

"俞老师来了，等您半天了。"冬建树笑着，将俞尧和徐致远招进了屋子里，说道，"小少爷也跟着，快，进屋。"

徐致远朝他扯了一个"势均力敌"的假笑，跟在俞尧后面。冬建树温和的语气里添了一些森然之意："小少爷跟徐老爷长得越来越像了，差点认不出来。"

徐致远对答如流："哎，您这话我妈可不愿意听，她老跟人说我是随她才长得俊的。"

冬建树笑了几声，吩咐下人去倒茶，让俞尧坐下。聊了一会儿，切入正题道："俞老师来找我，是犬子又在学校里胡闹吗？"

"没有，是关于几个学生的问题。"

"哦，学生啊……"冬建树小酌了一口茶，一口气深深地从胸膛里吐出来，倾诉道，"您说到学生，我又想起来。现在的小孩也不知道被什么东西蛊惑，一个个抛了学了十几年的儒学礼道，思维跟茹毛饮血的野蛮人似的。"

徐致远知道他要说什么，装作不经意地掀眼看着他，只见冬建树故作忧愁道："就昨天一群既明小孩到田松门口骂街闹事，可算把我气着了，我接着就让校长去给我查个明白。"冬建树一副义愤填膺的模样，怨完了还问了俞尧一句，"俞先生，你知道这件事吗？"

徐致远看似事不关己地在沙发上跷着二郎腿，毫不客气地从桌子上捡糕点吃，眼神却偷偷落在那二人身上，俞尧的十指交叉放在膝前，说道："冬先生，我来……正是和你说这件事。"

冬建树保持着笑容，道："怎么了俞先生？"他说，"这件事不会与你有关系吧？"

俞尧刚说了一个"我"字，早有预备的徐致远就插嘴道："您是不知道啊冬叔，我们班里有几个小混子……"他喝了口水把糕点咽下去，道，"他们是又不听我小叔的话，又仇视洋人，还天天混在冬少爷身边误导他。"

俞尧憋了一口气，瞪了"说好不闹事"的徐致远一眼。

冬建树也就当个笑话听，脸上挂着慈祥的笑容，说："哦？小少爷你说这些事是那些小混子搞的鬼啰？"

徐致远道："我看多半是。"

冬建树哈哈地笑了几声，夸赞道："小少爷童心未泯啊，身上还有一股子江湖气。"

徐致远朝他一笑，道："您过誉了。"

俞尧揉揉眉心，圆场道："让您见笑了冬先生。"

"我说的实话，"徐致远懒散地瘫在沙发上，吃着东西，说，"冬叔，你可别不信我。"

"小少爷初涉社会，一些事还是不懂，"冬建树看着他这副样子，脸上有点不耐烦，但是还是笑道，"这些事，先让我们大人解决吧。"

徐致远一撇嘴，安静了下来。

见徐致远不说话了，冬建树待要继续话题，一个下人便进来说道："冬先生，有人找。"

冬建树问道："是什么人？"

"应该是一个学生，经常在冬少爷身边那个，他说有急事找您。"

冬建树登时脸色一变，但是还没开口，徐致远就先说道："哟，冬少爷身边的人我也见过不少，让他进来一起聊天呗。"

"让他等着。"冬建树沉声道。

徐致远故作疑惑道："为什么？"

俞尧用手肘戳了一下徐致远，小声又无奈地道："致远，不要说话了。"

下人退出去了，但还没来得及通知外面等候的学生，他就已经冲进来，欣喜道："冬先生！冬先生——"

徐致远一挑眉。

"我们抓到俞尧他私下……"曹向帆的声音戛然而止。

"……"

屋里鸦雀无声，但在安静之中神色又各有不同。曹向帆呆若木鸡地和俞尧对视，俞尧不明所以地皱眉，他又看了一眼怒火压在眼神里的冬建树，辗转一圈，最后和徐致远对上。

徐致远朝他一笑，像是一只纯良无害的狐狸在领土眼着慌忙闯进的猎物。狐狸挑眉问他："嗯？你说俞尧怎么了？"

曹向帆脸色一青，好似头降天雷，声音卡在喉咙里说不出来了。

与此同时，在九号教室209的门口，接到举报赶来的教师主任与老校长面面相觑。曹向帆同伴的脸色与曹向帆如出一辙。

教师主任和那个同伴异口同声地叫了一声："校长好。"

"……"

这滑稽的大眼瞪小眼让角落里的"参演人员"之一傅书白没忍住扑哧笑出了声。


经此一事，校长把整件事调查的方向由俞尧转到了曹向帆的身上。原本以曹向帆的油嘴滑舌编个可以卖惨的理由，冬建树再撤回追究，就平安无事地度过去了。可是偏偏当事人出现在了冬家府上还撞到了俞尧本人。

不说其他，冬建树和俞尧之间裹着的那虚与委蛇的和谐是彻底保不住了。冬建树本可以破罐子破摔地勒令校长开除俞尧，但偏偏曹向帆整的这出"诬陷"戏码还把教师主任和校长牵扯了进来。在这种众人心知肚明的情况下去直言解聘，多少有点气急败坏的意思。虚伪的和气没了，冬建树起码要保住些脸面。

于是冬建树悄无声息地停止了追责，银行闹事以曹向帆记过和惩罚当事学生值日一周收尾。

能把校长、主任和冬董事长集结在一起的一出好戏，竟出自徐致远之手。这让傅书白有些惊讶，再细细地琢磨过去的徐致远时，已经不单纯是刮目相看，总觉得这少爷过去的鲁莽有点扮猪吃老虎的嫌疑。

实际上的徐致远并没有他想象的那么"明智",他只是偶尔要点狡猾的小聪明。

他的小叔叔偏偏就是连他的狡兔三窟开在哪都清楚的人,不出半天,徐致远就被俞尧看穿了。

小兔崽子在俞尧房间里罚站,罪名是暗中扰乱校长的交流会。

"闹这么大,你有没有想过万一出了问题会造成什么后果?万一让你自己和大家栽进去呢?"俞尧训道,"下次无论遇到什么,为了谁,都不许再谋划这样的事了。有什么问题一定提前跟我说,明白吗?"

徐致远诚心道:"明白。"

他能乖乖地站在这里挨训,原因无他,因为他从心软的老师那里骗来了块"糖"吃——为了对徐致远"团队"为化解这次危机而做出的贡献表示感谢,三天之内俞尧要对徐致远有求必应。比起往后快活的三天,罚站只是一瞬,不妨碍小兔崽子的心情大好。

训完了他,俞尧叹了口气,继续备课,徐致远则在他背后吊儿郎当地站着,嘴里含着一块糖,问道:"那这三天是不是从今天开始算?"

"今天不算,"红墨水在本子上留下一个重点符号,俞尧看了一眼嬉皮笑脸的他——这少爷大概又把自己的话当成耳旁风了——他的声音里带着无可奈何的疲倦,说,"明天开始。"

"那我今晚就去你的房间打地铺,"徐致远说,"钟声一敲我立马喊你起来。"

"致远,"俞尧无奈道,"你能不能消停点?"

"不行,"徐致远坚决道,"好不容易讨来的三天。"

"你……"

徐致远一不做二不休,又打算回去抱地铺,出门时却听到有声音从楼下传来。

"徐致远,你过来。"

徐致远趴在栏杆上往下望,果真看见了正在喝茶的母亲,问道:

"妈，你什么时候回来的？"

李安荣的脸上看不出喜怒，徐致远猜想她大概上楼路过，从没关紧的门缝里听到了他和自己小叔的谈话。

"给我跑趟腿去送个东西，"李安荣道，用下巴指了一下桌子上的包裹。严肃地说道，"以后不准闹你小叔，听明白了没？"

徐致远守夜的计划只好作罢，一撇嘴，道："哦。"


田松银行的大厅，有伤风俗的雕像一如既往地忧郁望天。

周楠研读了一个星期的日语，自觉可以进行简单的交流了，最后一次来田松应聘，抱着天上掉馅饼的心态希望经理能被他的执着和学习能力打动。

他深呼一口气，步入熟悉的走廊，走廊尽头那件熟悉的位置前，出来两个他熟悉的人——

哐当一声门被关上，经理抓着曹向帆的胳膊，面无表情地走了出来。

曹向帆皱着眉道："你让我跟冬先生说话，你……"

"这位同学，让你走是董事的意思，希望你能体谅我们的工作。"

"是冬先生说事成之后会在田松给我提供岗位！"曹向帆急道，"去引导俞尧的学生闹事我已经做了！后面我也不知道为什么会……"

听到他的前一句话，周楠拿着简历的手微微地紧握了一下。

经理比了个噤声，不耐烦地说道："我也很遗憾，这位同学。但这不是我来追究的事，我现在的任务就是让你出去。"

"你让我进去见冬先生，我去跟他说，肯定有谁在搞鬼，我……"

周楠赶紧找了地方侧身一躲。经理一边拉着他，一边彬彬有礼地跟往来的顾客致歉，快速将喋喋不休的曹向帆拉出了银行。在遮挡下，周楠没有被发现，他呆呆地站在原地看这二人出门。

工作岗位。

原来曹向帆和冬建树的交易是这个。

那……

周楠被一位金发碧眼的女士拍了拍肩膀，大概是问他需要什么帮助，他潦草地用蹩脚英语应付了几句，回过神来。趁经理还没回来，快速溜到了走廊最后的房间。

他站在原地深呼吸几次，鬼使神差地伸出指弯来放到了门上，可这一瞬间，又风声鹤唳地听到了走廊旁的脚步声，本能的害怕叫他收回了手指，清醒须臾之后咽了一下口水，头冒冷汗地欲原路返回。

可是没有迈出一步，房间里的冬建树突然问道："谁在外面？"

听到声音的周楠停住动作，僵硬了好一会儿，才把身体转过去，敲响了门。

"请进。"

周楠开门进去，看见了冬建树。

冬建树正在看一份文件，轻蔑地瞥了他一眼，见到他身上的大号西服以及抱着的简历，轻描淡写地说道："走吧，不收在校学生。"

"不……不是的，冬先生，"周楠怯弱地道，"我是既明大学的，我……是有其他事和您说。"

冬建树不耐地打断他："既明大学的学生也不可以。"

"是……是关于俞老师的事。"

静了三秒钟，冬建树终于舍得抬头看了他一眼，推了一下眼镜。这气氛让周楠背后发凉，他慢慢地生了些后悔之意，想要就此转身逃走。

冬建树却忽然说："进来坐下吧。"

周楠一惊，赶紧进去在椅子上坐下，这是那位经理的办公室，冬建树来这里大概是有什么事情。他用下巴一指，说："不会随手关门吗？"

周楠赶紧起身又去将门关上。

冬建树怀疑地观察着他紧张到踉跄的步子，说道："你是俞尧的学生？"

周楠点头，小声道："嗯。"

冬建树十指交叉地放在桌子上，不慌不忙地试探道："你有什么想跟我说的？"

"我……"周楠捏着简历，也顾不上卖关子，道，"上次曹……曹向帆为了诬陷俞老师举报了校长的交流会的事……其实，徐少爷和冬小少爷也有参与。"

"徐少爷……"冬建树道，"徐致远？"

周楠道："是，我不小心听到的。"

"他和我儿子？"冬建树嗤笑一声，继续试探道，"你是俞尧故意派来挑拨离间的吗？"

"我没有。"周楠忽然站了起来，急道，"我不是挑拨离间的，我听到那天还、还捡到了冬少爷的校徽，在这……"他也不知道拿这校徽有什么意义，或许能够让冬建树相信他"听到的那天"不是瞎编的，于是就跟抓着救命稻草似的浑身找。

正好此时经理敲门进来，见到周楠时大惊失色，连忙鞠躬跟冬建树道歉，道："抱歉董事，没看好让他进来了。"他伸手去抓周楠，周楠缩着脖子去躲。

冬建树伸手让他停住，问道："你认识他？"

"是，"经理道，"他从上个月开始，来这里投简历有三次了。"

"哦，"冬建树若有所思，声音忽然放缓了，道，"为什么要这么早来这里找工作？"

对他熟悉无比的经理答道："学校给的助学贷金没有批下来，因为成绩不合格。"

周楠攥着校徽，张了张嘴，却没得反驳，只好又闭上。

"既明大学的那个什么助学金之类的东西……"冬建树想了一会儿道，"是俞尧负责的？"

这回经理不知道了，他看向周楠，而周楠点头回答："我是归俞老师负责的。"

冬建树"哦"了一声，思忖一会儿，却叫经理退下了。

他继续跟周楠说道："坐。"

周楠忐忑地坐下。

"你刚才说冬以柏也有参与？"冬建树道，"他干了什么？"

"是……他同意曹向帆的行动的。"周楠也知道在别人面前说人家短不好，只道："这件事是徐少爷规划的，小少爷只是受了徐少爷的指使而已。"

"唔，"冬建树点了点头，沉默一会儿后，笑道，"谢谢你的消息了。明天找个时间你再来这里一趟吧，我让经理再看看你的简历。"

周楠抬起头来，惊讶地道："真的？"

冬建树若有所指地道："我只是给你一次机会，能不能通过要看你的能力了。"

周楠眼里的惊喜又渐渐消落下去，一咬牙，又说道："冬……冬先生，其实我还知道一件事。"

达到目的的冬建树的嘴角微不可查地钩了一下，故作好奇地道："哦，还有什么？"

"俞……俞老师他其实是同袍会的一员，"周楠说，"我见过他的入会申请书。"

未完待续，更多精彩请期待《北鸟南寄·完结篇》

**图书在版编目（CIP）数据**

北鸟南寄 / 有酒著. —武汉：长江出版社，2023.3
ISBN 978-7-5492-8750-5

Ⅰ.①北… Ⅱ.①有… Ⅲ.①长篇小说 – 中国 – 当代
Ⅳ.①I247.5

中国国家版本馆CIP数据核字(2023)第045307号

北鸟南寄 / 有酒 著

| | | |
|---|---|---|
| 出　　版 | 长江出版社 | |
| | （武汉市解放大道1863号 邮政编码：430010） | |
| 策　　划 | 力潮文创-白鲸工作室 | |
| 市场发行 | 长江出版社发行部 | |
| 网　　址 | http://www.cjpress.com.cn | |
| 责任编辑 | 罗紫晨 | |
| 特约编辑 | 唐　婷　波　菲 | |
| 封面设计 | Finnn | |
| 封面绘制 | Finnn | |
| 插图绘制 | 八厘米饼干　客小北　钢橘 | |
| 印　　刷 | 北京盛通印刷股份有限公司 | |
| 版　　次 | 2023年3月第1版 | |
| 印　　次 | 2023年4月第1次印刷 | |
| 开　　本 | 880mm×1230mm　1/32 | |
| 印　　张 | 8.75 | |
| 字　　数 | 227千字 | |
| 书　　号 | ISBN 978-7-5492-8750-5 | |
| 定　　价 | 45.00元 | |